Luzes de emergência se acenderão automaticamente

Luisa Geisler

Luzes de emergência se acenderão automaticamente

ALFAGUARA

Grafia atualizada segundo o Acordo Ortográfico da Língua Portuguesa de 1990, que entrou em vigor no Brasil em 2009.

Capa
Mariana Newlands

Imagem de capa
Bryan Mullennix/Getty Images

Revisão
Cristiane Pacanowski
Raquel Correa
Eduardo Rosal

CIP-Brasil. Catalogação-na-Fonte
Sindicato Nacional dos Editores de Livros, RJ

G273L
Geisler, Luisa
Luzes de emergência se acenderão automaticamente / Luisa Geisler. – 1. ed. – Rio de Janeiro: Objetiva, 2014.

296 P. ISBN 978-85-7962-316-5

1. Ficção brasileira. I. Título.

14-12176 CDD: 869.93
CDU: 821.134.3(81)-3

1ª reimpressão

[2020]

EDITORA SCHWARCZ S.A.
Praça Floriano, 19, sala 3001 — Cinelândia
20031-050 — Rio de Janeiro — RJ
Telefone: (21) 3993-7510
www.companhiadasletras.com.br
www.blogdacompanhia.com.br
facebook.com/editora.alfaguara
instagram.com/editora_alfaguara
twitter.com/alfaguara_br

"A vida de Ivan Ilitch foi das mais simples, das mais comuns e, portanto, das mais terríveis."

Lev Tolstoi, *A morte de Ivan Ilitch*

"Who wants to sleep in the city that never wakes up,
blinded by nostalgia?
Who wants to sleep in the city that never wakes up?"

Arctic Monkeys, *Old Yellow Bricks*

1.
O café mofado

No dia em que Henrique decide escrever cartas ao seu melhor amigo em coma, o café mofou. Como o tempo que só se nota nas rugas, o café mofou. No líquido preto dentro da cafeteira, pelos brancos vêm à tona com grudes, flores de lótus da podridão. É apenas no comentário de Manuela que Henrique sabe, percebe, repara. Bocejando, responde:

— Aquele que fica dentro do filtro?

Manuela sorri:

— É bonito até.

Henrique se levanta até a bancada, põe-se em frente ao aparelho. Puxa para si a jarra para cafeteira. Observa o mofo, o café, a jarra, as marcas de café, as vezes em que o café poderia ter mofado, os lugares onde poderia ter mofado, a bancada, até que—

— Há quanto tempo vocês não usam isso aí, Ike?

Ele se ensimesma. Não sabia. Não sabia por que a mãe ou o pai não tinham visto. Suspira:

— Mais tempo.

— Mais tempo que…?

Henrique olha a penugem dos mofos no café.

— Ike? — diz Manuela.

— Acho que passei café quando fui visitar o Gabi no aniversário dele.

— Em novembro?

— É — ele diz.

Naquele dia, não tomou o café que fizera. Viu a água ferver e voltou para a cama. Henrique sabe que faz muito tempo que não toma café. Ele sabe que faltam três semanas para o ano-novo. E — mais que isso — Henrique sabe que faz muito tempo que não pensa em Gabriel.

2.
Canoas não voam

Canoas, 10/12/2011

Meu velho,

a Cecília foi a primeira a vir te ver quando tudo acalmou. Tu ainda tava na UTI. Era a minha segunda visita. Eu disse que tu não ia acordar tão cedo, mais querendo mandar a guria embora do que de fato sabendo.

"Avisa que eu passei?"

Fica aí o aviso. Ela carregava uma caixa de Ferrero Rocher, mas foi embora com ela. A Cecília tinha hálito de chiclete de hortelã, mas (naquela hora) misturado com o cheiro de hospital. Ela me entregou umas cruzadinhas nível médio:

"Pra tu te entreter aí."

Assim que terminei as cruzadinhas, parei de vir pro hospital. Não tinha mais no que pensar. Tinha tu ali, cheio de tubos, a Manu me enchendo de sms toda hora, por que eu não tava com ela, mimimi. Quando tu tava na UTI, pelo menos eu conseguia te assistir respirar. Depois de mudarem os aparelhos, eu só conseguia me perguntar se tu respirava mesmo.

Eu me afastei.

A Cecília deixou um número de celular pra ligar se precisasse. Avisou que tinha mudado esses tempos. Acho que não precisa, tu sabe o Facebook dela.

Mas faz tempo, acho que até perdi o papel. Foi mal,

Ike.

Canoas, 10/12/2011

Meu velho,

tu vai ler isso?

Esses dias eu vi café mofado. Foi bem no começo do mês. Queria poder ter tirado uma foto, te ligado. Tu ia curtir, acho. Eu nem sabia que café líquido podia mofar. Tinha cheiro de parede. Minha mãe riu, meu pai até agora não deve ter notado nenhuma diferença. A Manu fez um chilique, me chamou de porco e, antes que eu percebesse, ela tava com a cara se enchendo de lágrimas. Perguntou se eu seria pouco cuidadoso com o café do posto.

"Manu", eu disse, "eu sou pago pra cuidar das coisas do posto".

Ela chorou mais, as lágrimas iam descendo pelo rosto. Deve ser TPM. Ou sei lá, também, não gosto de pensar que é isso, porque ela anda tão irritada ultimamente que deve gostar de ficar menstruada. Mas chorou, disse que eu andava estranho, que eu precisava de um psicólogo, que eu não era mais a mesma pessoa. Tudo por causa do café com mofo. De boa, isso não é TPM.

Fora isso, tudo igual.

Agora me ocorre se teu cabelo, tuas unhas, teu sangue, se isso mofa.

Faz tempo que eu não te vejo no hospital. Bastante
tempo. Vamos nos falando,
Ike

Canoas, 12/12/2011

Meu velho,

"Vocês estão livres dessa tortura por enquanto. Até o ano que vem."

Foi o que o Barbosa disse depois de entregar as provas. Ou seja, é oficial: passei nas duas cadeiras do semestre. E, mais importante que isso, não faltou dinheiro. Acho que semestre que vem eu consigo um estágio e saio da merda da loja de conveniência. Cara, se eu conseguir um estágio, até faço mais cadeiras na faculdade. Imagina só, com o Fies cobrindo 75%.

Mas não posso pensar nisso agora. Eu não quero pensar nisso. Ultimamente, sonhar tem uma graça grande *demais*. Eu devia parar com isso. Começaram as férias de faculdade, e eu quero ir embora. Morar em Porto Alegre, cara. Até morar mais longe, morar em *São Leopoldo* ia ser mais legal, sabe? Eles aceitam que, ok, há uma cultura alemã e a coisa toda. Aqui tem uma cultura trem. Tu entende por que eu detesto esse lugar. Tu entendia. Tu reclamava do Trensurb comigo, do trem das seis às sete e meia, dos dias frios em que todo mundo deixava as janelas fechadas e compartilhava gripe, das pessoas que desciam no Mercado e ficavam grudadas na porta desde a Unisinos.

Deve ser porque choveu num 7 de setembro desses. Em um, ou em dois, não sei. Mas 7 de setembro sempre é o cancelamento, os atrasos, os dias sem passeatas, sem música, o dia de folga que eu tinha que ficar em casa, os churrascos que não iam existir, a minha mãe irritada porque ninguém mais vinha. Daí o pai do Léo nos dava carona, xingando tudo, e a gente ficava jogando SNES na casa do Léo até alguém nos buscar. É. Acho que é por isso que a gente odeia a cidade e ficou tão próximo. Tu teve notícias do Léo ultimamente?

E nós dois odiamos Canoas. Deve ter a ver com esses acontecimentos que todo mundo divide.

Acho que é porque o slogan (?) da cidade é "Voa Canoas", sem vírgula. Ok, ok, é por causa do avião, o símbolo da cidade, "a importância da Aeronáutica para o desenvolvimento municipal", a capital do avião.

Acho que também deve ter a ver com o fato de que a dona Zilá sempre me xingou porque não usava vírgulas com vocativos e lá tem a porra do avião na praça principal. Voa Canoas. Essa frase faz tão pouco sentido em tantos níveis, sabe? Canoas não voam.

Canoas não voam, porra.

Meu velho, tu entende o que eu quero dizer, não entende?

Acho que é por isso que odeio tanto essa cidade.

Talvez seja pelo atendimento que tu teve no hospital (canoense). E foi num 7 de setembro (de alagamentos). Tu quase morreu. Ok, ok, vá lá: tu ficou em coma. Mas, se alguém me perguntar, não é melhor. Daí te transferiram pra um hospital em Porto Alegre pra cirurgia, como se isso fosse te fazer viver. *Porque é porto-alegrense, é melhor*. E até isso mentiram pra ti, porque Porto Alegre não mudou porra nenhuma.

É. Acho que é por isso que eu odeio tanto essa cidade. Isso e a imagem de uma canoa com asinhas. Eu ando cansado desse lugar.

(Tu chegou a saber se o Léo foi pra cadeia? Ouvi algo sobre pó, sei lá.)

A gente andava cansado desse lugar. Depois do posto, vou te ver. É algo como terceira vez,

Ike

Canoas, 13/12/2011

Meu velho,

vi a Manu tomando anticoncepcionais, e tinham uns remédios a mais na carteira. Além da Neosaldina. De brincadeira, perguntei pra ela qual era aquele e pra quê era. Ela ficou meio vermelha e olhou pra baixo:

"É pra ajudar a acalmar as coisas."

Quando ela tinha começado a tomar? Ela falou que fazia um tempinho. Quanto mais eu perguntava do troço, mais ela explicava meio de braços cruzados, meio olhando pro chão.

"Um psiquiatra me deu a receita", ela se encolhia nela mesma. Perguntei o nome, ela disse que não se lembrava.

E era antidepressivo isso? Ela se sentia triste, louca? Ela me abraçou:

"Ansiolítico." Ela me apertou. "A gente vai ser feliz de novo."

"Mas eu tô feliz", eu disse.

Ela abraçou o meu pescoço, disse que também era difícil pra ela, disse que tudo ia ficar bem. A fase difícil (?) ia passar. A gente ia ser feliz de novo, ela repetia, a gente ia ser feliz de novo.

Ela pediu pra não contar pra ninguém, mas eu precisava contar isso pra ti. Mas a Cecília deve saber também,

Ike

Canoas, 15/12/2011

Meu velho,

eu tinha chegado no posto fazia uma meia hora. O segurança que faz o turno até as seis ainda tava lá, comendo um sanduíche, falando de como estava feliz que ia substituir o turno de alguém no Réveillon, ser pago pra trabalhar no feriado.

"Ah, sei lá", eu disse. "Ganhar o dobro pra não ver a família no Natal não me convence."

Ele soltou um muxoxo: poxa, mas cinco reais em vez de dois e cinquenta? Ele voltou ao sanduíche, e eu preferi não discutir. Queria ver a Manu com fogos de artifício ao fundo, como numa daquelas fotos bonitas. Queria conferir se ela melhorou, se ela tá feliz, se o tal remédio fez bem. Eu nunca tenho folgas. Pelo menos eu ganho por periculosidade, o perigo de se trabalhar num ambiente que um bêbado pode entrar e vomitar tudo. Isso e o caixa eletrônico. Perigoso. Ajuda a não ganhar quinhentos reais, e, sim, uns oitocentos. Os benefícios são ok, dá pra ser feliz, comprar umas coisinhas, sair às vezes. Dá até pra pagar a faculdade.

Tu te lembra das vezes que tu saiu pra um churrasco e eu preso no ar-condicionado? Queria estar com a Manu numa data especial. Qual a graça de uma folga numa quarta-feira?

Eu tinha tentado negociar, conversar com alguém pra ver se topavam, mas nem no Natal, nem no ano-novo.

Bom, por enquanto, dá pra descansar durante as férias das aulas. O que eu compro pra Manu de Natal?

Ike

Canoas, 17/12/2011

Meu velho,

o Steve Jobs morreu uns tempos atrás. Quando tu acordar, vai ser uma das informações mais novas. Deve ter sido câncer: ele teve câncer por um tempão, não teve? Eu devia fazer uma tabela com coisas que acontecem, pra quando tu acordar e tal.

Tu te lembra da morte da Amy Winehouse? A Manu segurou o choro:

"Ai, pessoal, morte é um negócio tão triste." Tu riu:

"Morrer é um troço engraçado."

Um pouco antes morreu o Osama também, e daí vieram as nossas teorias conspiratórias sobre como o Osama era imortal pra começo de conversa. Eu pensava nelas às vezes, pensava em como tudo se encaixava tão perfeitamente.

Agora, eu penso em ti morrendo. E não sei se é triste. A Manu não deixa de *não estar* errada. É triste. Teu funeral seria engraçado demais. Tu acha que a Cecília iria? Espero que sim, pra dar os Ferrero Rocher que ela te deve. Aliás, chegou um cartão dela pelo correio (tua mãe trouxe pra mostrar pra minha):

Gabriel querido e família,
melhorem logo.
Feliz Natal,
Ciça

E só. Um "Melhorem logo..." bem motivacional. Imagino ela no funeral, jogando uma florzinha no caixão: chega no céu logo, tá? Ou algo igualmente motivacional.

Eu olharia pro teu corpo parado e pensaria "Puta que pariu, eu vou te enterrar". A gente tinha uma aposta, lembra?

Eu tava abraçado no skate. A gente fedia a suor, fedia muito. O Rafinha descia um corrimão de skate. Ele era bom, era mais velho, mas agia (e age) como um irmão mais novo. Ele passou numa federal, tá quase se formando e mesmo assim te admira pra caralho. Mais do que tudo, ele podia ser skatista profissional se quisesse, de tantos troços municipais ou sei lá que ele ganhava (e se tua mãe não fechasse tanto a cara com a ideia). Mas ele te admira.

Tu olhava teu irmão. Eu tinha falhado no meu décimo segundo flip consecutivo (eu tava contando). Eu olhava o meu pulso, que tinha batido num degrau quando caí. Doía.

"A gente vai bater a cabeça e morrer qualquer hora dessas", eu disse.

"Que merda", tu disse.

"Tu nunca fez nada de importante", eu disse. "Pra escrever naquela pedra, sabe?"

"Epitáfio", tu disse. Nunca esqueci a palavra. "Sim, tipo: Henrique, treze anos e meio, nunca conseguiu fazer um flip."

"Eu penso no teu epitáfio", eu disse. "E tu pensa no meu."

A gente riu. Uns dias depois, descobri que tinha quebrado o pulso.

Epitáfio é uma palavra bonita. Usei na minha redação do vestibular e tudo (não passei).

Porra, eu não sei teu epitáfio. E tu nunca me disse o que colocar no meu. Eu deixaria um espaço em branco.

Sei lá, colocaria uma grande imagem de uma canoa com asinhas, algo assim. É, ia ser afudê,
Ike

Canoas, 19/12/2011

Meu velho,
tá muito calor, puta que pariu.

Ainda bem que tu tem ar-condicionado,
Ike

Canoas, 20/12/2011

Meu velho,
assim que saí do posto hoje, fui pro hospital. Era terça, o horário de visitas era tranquilo. As camas separadas por biombos revelavam pessoas sonolentas e sozinhas. Não sei se sonolentas, mas com certeza deitadas, imóveis e com cadeiras vazias. Uma mulher falava pra si mesma, olhando pro próprio soro. Mais assusta do que ajuda. Mas é bom, eu posso falar coisas sem me sentir tão anormal.

Tu consegue ouvir quando falam contigo? Ao menos eu já estava na Porto alegre segura do meu emprego. Falei do remédio da Manu. Falei das cartas. Falei de um cliente muito estranho do posto. Falei do Natal. Todo o hospital tá com uma decoração natalina, umas guirlandas vermelhas e verdes em torno da tua cama. Será que iam me deixar pintar teu tubo respiratório com canetinha?

Perguntei pra enfermeira sobre quando o médico ia estar por perto pra gente conversar, pra eu ouvir alguma novidade. Ela me olhou feio:

"Qual médico?"

"Sei lá, o médico."

A enfermeira deu de ombros.

"Tem o neurologista e o clínico, no mínimo. Tem o pneumo, o ortopedista, de vez em quando. E até fisioterapeuta tem, se tu considerar isso médico."

"O mais comum."

Ela me olhava numa mistura de olhar-feio com vá-se-foder.

"O neurologista e o clínico vêm uma vez por dia, cedo da manhã. A fisioterapeuta vem também, se for do teu interesse."

"Que horas?"

"Não sei confirmar."

"Brigado."

Tua mãe tinha deixado flores (margaridas, acho) do lado da cama. Eu queria que tu pudesse ouvir quando te contei sobre a enfermeira. Queria que tu pudesse responder, na real. Falei sobre como dois meses atrás já tinham chegado ao shopping as renas, os dourados, as ajudantes gostosas com roupas que acho que é pra animar o pessoal, os vermelhos, a árvore com tantos flocos, os verdes e, claro, o próprio Noel.

Acho que foi a última vez que eu falei de fato contigo. Comecei a me perguntar se o que eu falava não te incomodava. Eu sempre me pergunto se quando eu falo, eu não tô incomodando todo mundo por falar, daí eu presto o serviço de não falar com as pessoas. Às vezes, descubro que não falar deixa as pessoas mais irritadas do que falar minhas merdas. Mas as cartas têm essa vantagem: dá pra reler e repensar o que pode ou não te irritar.

Na volta de trem, depois de perceber o quão burro burro burro muito burro eu era por não conhecer nenhum lugar pra fazer compras natalinas, parti pro shopping. Pensei no centro, mas a minha mãe não ia gostar. Tu sabe, ela gosta do bom e do melhor, mesmo que o melhor (na opinião dela) seja comprado no shopping de uma cidade de trezentos mil habitantes.

Dona minha mãe andava reclamando demais do nosso micro-ondas (e ficava sempre falando que "esse forno esquentou a tua mamadeira e a do Gabriel..."). Foi tu que me falou que os preços do shopping são os melhores? Fui ver. Tinha fornos bem bons, uns trezentos reais em doze vezes.

Só olhei o relógio de novo quando meu celular vibrou com um sms da Manu. Queria saber se eu já tinha saído do hospital, onde eu tava, com quem eu tava.

Todos os presentes que quero dar pra Manu são caros demais,

Ike

Canoas, 23/12/2011

Meu velho,

tu bateu a cabeça. Era 7 de setembro, chovia pra cacete. Tu tinha discutido com a Cecília, vocês tinham recém terminado. Vocês tinham almoçado juntos e "precisaram conversar". Mas era uma daquelas brigas que vocês sempre tinham, isso de namoro de cinco anos que começa a ficar meio chato. O relacionamento de vocês fazia muito que tinha se tornado uma árvore apodrecida, mas grande demais, as raízes grandes demais, os amigos e família em comum. Vocês terminavam e voltavam, e assim seguia a vida. Eu tinha certeza que vocês iam se casar quando se formassem. Naquele dia, tu tava solteiro e, num sms (tu me encheu de sms), tu me disse que era certo dessa vez.

Eu tinha que trabalhar no posto nesse feriado. Tava cobrindo um colega que ia ficar no Dia das Crianças. Perguntei se tu queria tomar uma cerveja assim que eu saísse. Tu nunca respondeu essa.

Tu tava na rede na frente de casa, tava numa área coberta se embalando (tua mãe me contou). O chão tava bem molhado (tua mãe me contou que te xingou e te mandou sair dali). E o pino da rede arrebentou (tua mãe me contou). Tu voou. O despencar na grama molhada do quintal, a cabeça na calçada asfaltada: foi isso que Dona Fátima ouviu. Correu.

Tu tava acordado e ria (tua mãe me contou). Tu te sentou na grama e mexeu na cabeça. Chovia em ti, tinha barro na tua camiseta. Enquanto tua mãe avisava a casa inteira de que tu precisava de um médico, tu sentou na grama, disse que não precisava, tu tava acordado, daí caiu de novo na grama.

Dona Fátima xingou tudo durante a viagem de ambulância pro hospital, em Canoas. Ela te xingou, por estar na rede. Xingou teu pai, por nunca consertar a rede. Xingou o Rafinha por não estar em casa. Xingou a Cecília por deixar o garoto nervoso. Xingou a chuva de merda. Ela me xingou, por falar via sms contigo. Durante a internação e todas as tentativas de estabilização, ela xingou a sala de espera, meu chefe, teu chefe, a reitoria da Unilasalle e da UFRGS, o Trensurb e o Piloto (tu te lembra? O teu cachorro que morreu quando a gente era criança, que a gente enterrou na praça).

E eu terminava meu turno às duas. Tava lá, de boa, certo de que tinha acabado a bateria do teu celular, ou que tu tinha ido tirar uma soneca depois do almoço.

Tua mãe me contou que eles falaram palavras, palavras, concussão, hemorragia, inchaço no cérebro, palavras, edema, ressonância magnética, coma, palavras, palavras, outras palavras, cirurgia exploratória, lobo parietal, proximidade lobo occipital, craniotomia, aquela medicazinha não transmitia nada de confiança, palavras, palavras. E ela se lembrava de só isso. Depois que teus pais souberam da notícia de que o ideal seria operar (em Porto Alegre), que minha família soube de qualquer coisa.

Muito mais tarde, comentei que queria ser atualizado. Mesmo que fosse algo meio "a gente já explica", sabe? Não queria ser uma criança na mesa das crianças.

Tu ainda tava na UTI quando eu te vi pela primeira vez. Tu dividia a UTI com mais umas três pessoas e suas três famílias, cada qual em sua órbita em torno de uma cama. Tua mãe ignorava isso. Tinha adotado uma cadeira e estava na metade do relato de odiar tudo o que conhecia (no caso, os médicos).

"... eles querem operar, mas não querem operar agora, mas não querem operar aqui. É incrível como nada tá bom!"

O teu pai sorria, sorria pra mim. O sorriso do teu pai era tão confiante que compensava o cheiro de doença, a decoração feia e superava a tua mãe puta da cara. Quando eu cheguei perto dos teus pais, ele me abraçou:

"Eles tão esperando estabilizar pra transferir o Gabi pra outro hospital. Vão operar."

Fiz que sim com a cabeça. Não tinha muito mais o que falar, nem de mim, nem dele. Fiquei muito tempo pensando em quanto tu pesava pra terem te trazido. Ou foi ambulância? Mas tu tava molhado, então devia ter pesado mais, não? E, se foram eles que te trouxeram, eles prestaram atenção naquele procedimento que tem que fazer com gente imobilizada indo de um lado pro outro? Algo com a coluna? Eu não me lembro direito do que é, mas falam disso na autoescola.

Teus pais iam passar a noite ali e, no dia seguinte, uns parentes do interior deveriam chegar. Tua mãe xingava tudo ao fundo, enquanto teu pai me atualizava e dizia que tudo ia ficar bem.

"Ele podia ter morrido. Bateu o lado da cabeça. Se tivesse batido num lugar ali atrás, podia ter morrido."

Ele falou "morrido" com a força de quem pesa as palavras. Tentei transmitir qualquer confiança que eu não tinha, olhei o seu Rogério nos olhos. Chovia na rua (não tanto quanto antes, eram mais umas gotinhas e o vento barulhento). O sol refletia na pulseira de alguém, dando um ar de filme-da-Disney-com-muitos-magos. Tentei sorrir, mas deve ter sido uma imagem meio macabra. Seu Rogério olhava pra ti:

"Ele podia ter morrido."

"Ele vai ficar bem depois da cirurgia?"

"Eles não sabem!", tua mãe gesticulava muito. "Eles não sabem nada! Por isso que a gente vai embora! Em Porto Alegre, é melhor!" Ela teria se levantado se levantar não significasse ficar mais longe do filho. Ainda gritava: "Ninguém nos diz nada, ninguém diz se o guri vai ficar bom amanhã ou depois! Por quanto tempo esses moleques estudam pra me dizer que não sabem nada?"

Ela achava os médicos jovens demais, despreparados demais, *ruins* demais, e aquela menina que fingia ser médica ia aprontar alguma, ela bem sabia.

"Ele podia", seu Rogério olhava pra ti ainda, "ter morrido".

A única coisa que eu podia fazer (e tentava) era trazer água ou café pros dois. Resolvi voltar. Pedi que me atualizassem o máximo que conseguissem. De qualquer forma, liguei pra eles algumas vezes ao longo da noite. Às vezes me pergunto se liguei porque não conseguia dormir ou se não conseguia dormir porque ligava. Eu devia ter ficado por lá?

Sei que quando saí do trabalho no dia seguinte, liguei pra saber, e os parentes já tavam no hospital. Mas aquilo não importava. Teu pai atendeu.

Disse que tu tinha estabilizado o suficiente pra ser operado. Foi algo tipo isso,
Ike

Canoas, 24/12/2011

Meu velho,

quis fazer uma piada. Quis mesmo. Quis falar daquelas listas de "Mortes Mais Patéticas". Quando tu acordar, podemos fazer uma Lista de Comas mais Patéticos. Se tu quiser dizer que foi um acidente de moto durante um rali no deserto, ninguém vai desmentir.

Um rali no deserto com um prêmio de quatro milhões de dólares de um xeique entediado,
Ike

Canoas, 24/12/2011,

Meu velho,

eu tinha voltado do intervalo fazia pouco. Um cara entrou (as portas automáticas e o calor que veio da rua deram um ar meio espacial pra cena), parou no centro da loja, perto da seção dos chocolates, bem no centro da loja. Olhou pros lados, olhou pra mim (que tava organizando os refrigerantes no freezer). Falou alto o suficiente pra ser ouvido fora da loja:

"Onde é que eu arranjo um presente pro meu filho?"

Ninguém respondeu. E o cara lá, parado, a respiração forte, suando, meio vermelho, a música pop da moda no fundo.

Comecei a rir. Rir alto mesmo. As lojas ainda tão abertas hoje. Ele podia correr pro shopping (ou pro centro, que seja), enfrentar uma fila e dar um brinquedo legal pro garoto.

O Cauê, um dos guris que tá no posto faz mais tempo, chegou perto de mim, talvez porque visse que o cara vinha na minha direção. Talvez porque quisesse me dar um xingão. Ele sorriu pro cliente do jeito que parecia deboche.

"O senhor vai encontrar alguns brinquedos por aqui", ele apontou pra uma estante-de-destaque-específica-para-Natal-ou-Páscoa, que incluía brindes, umas Barbies, coisa e tal. "Mas eu não sei a idade do seu filho, ou sua disponibilidade financeira, quem sabe um chocolate..."

Ele comprou uns bonecos do Max Steel (eu disse "bonecos"). Gastou uns trezentos e cinquenta reais no cartão de débito. Logo que pegou a nota fiscal, ele jogou cinco reais no balcão:

"Me dá um Marlboro vermelho."

A Gi, que tava no caixa, sorriu de leve. Antes que ela entregasse o troco, ele já tinha ido embora, com um cigarro na boca. Só funcionários na loja. Um olhou pro outro que olhou pro outro que começou a rir que começou a gargalhar até que o Pablo se sentou pra rir enquanto todos riam.

"O cara coberto de suor!"

Tu já chegou a visitar o posto? Não é de todo mal. É em Porto, perto da estação Farrapos. Pouco tempo de trem. Tem umas duas farmácias perto (e acho que venderam uma padaria aqui em frente pra filial de alguma outra farmácia), um restaurante de comida chinesa caro, umas oito empresas de material de construção. É perto de um corpo de bombeiros, o que é bom, não sei bem por quê. Mas é bom, não é? Se as coisas pegarem fogo e tal.

O posto em si entedia pela normalidade. Gasolina comum e aditivada pra um lado, álcool e GNV pra outro. Num canto, alguns carros entram no lava-rápido. Em outro, ajeitam a calibragem do pneu. Do lado de fora, o banheiro.

Por causa do banheiro, fico muito feliz em trabalhar no turno das seis às duas. Todo mundo odeia limpar o banheiro. Todo mundo. Ponto. A sujeira grudou nas paredes de tal forma que limpar parece que suja mais, as sujeiras têm uma lógica própria. Todas as noites, surge uma nova poça de vômito em torno da privada. Isso sem contar os escritos na parede (sem qualquer vírgula no vocativo), a porra que brota mesmo com dois banheiros separados. Faria mais sentido limpar com mijo do que com água. Já achamos calcinhas, celulares, camisinhas, canetinhas, chinelos, sapatos, livros inteiros (Macroeconomia), camisas, pulseiras, chaves e um carimbo do ursinho Pooh. Preciso confessar que quis ficar com o livro. Vou ter Macro daqui a alguns semestres e já consigo estudar, mas tive nojo.

Nos finais de semana, quando eu chego, dá vontade de entrar com roupa de astronauta. Quando comecei, até sentia vontade de vomitar limpando as coisas. Agora passou. A gente se acostuma com a merda toda, acho.

Passando a porta de vidro (automática), se chega na loja de conveniência. Tem pouco espaço interno. Não que tamanho atrapalhe: é um tamanho bom. Tem maiores e menores.

É importante que o freezer dos sorvetes fique do lado da porta. Ele e os estandes de jornais. Não sei bem por quê, é o que o Leonardo diz. Bem no centro da loja, algumas mesinhas facilitam pra quem quer comer aqui. Em geral, quem come aqui é o povo que toma café da manhã e uma gurizada que vem uma vez por semana de um colégio das redondezas almoçar pra ter aula de tarde. Depois das mesinhas, fica a estante-de-destaque-específica-para-Natal-ou-Páscoa ou das coisas-especificamente--caras ou promoções-que-não-são-muito-econômicas.

Atrás, em paralelo, tem umas três ou quatro prateleiras com a maior junção de coisas aleatórias da face da terra. Uma começa com papel higiênico, papel toalha, guardanapo e termina nos pratinhos plásticos. Outra tem Ruffles, Doritos, castanhas-de-caju, pistache e acaba na Pringles. Uma área meio isolada abriga os caixas eletrônicos (foi aí que a gente começou a receber mais pela periculosidade).

Eu me divirto quando vem o pessoal repor o dinheiro, ou sei lá. O caminhão BRINKS nunca vai ser levado a sério. Eles tão de brinks, de brincadeira, não é possível que seja sério.

Algumas prateleiras acomodam chocolate. Tudo cheira a limpo, é sempre frio de ar-condicionado (exceto em algumas semanas do inverno). Tem uma música de fundo que é de um CD gravado pelo Leonardo, com umas músicas pop que tocavam todo o tempo no rádio uns meses atrás. Não é ruim ou desatualizado, só besta.

A estante das bebidas alcoólicas (vodcas Smirnoff e Absolut, licores variados, uísques Drury's ou Johnny Walker, vinhos, Velho Barreiro, a coisa toda) importa mais que tudo. Por mais que os preços sejam mais caros, eles não são um problema se acabou tudo em casa às três da manhã. Também é importante que os freezers de bebidas e congelados fiquem no fundo. Isso me parece um pouco de maldade, porque a pessoa tem que atravessar todo o posto, todas as prateleiras, todas as mesas pra comprar uma Coca-Cola de seis reais. Mas bom, o Leonardo disse que tem que ser assim, então, paciência.

O Leonardo é o dono do posto, anda de Volvo e só vem pra encher o saco. Ele tem uns vícios de linguagem que ninguém entende, tipo falar "virtualmente" do nada ("bom, essa ideia é virtualmente fácil de se fazer..."), rir de coisas meio macabras ou sem sentido (ele falando "vocês viram que mataram o Osama?" *risadinha*, ou "eu parei no semáforo..." *risadinha*. POR QUÊ?).

O Leonardo é jovem até, tá terminando o mestrado em alguma coisa meio tosca e só quer mexer em tudo. É casado e tem dois filhos, dois guris, que eu não vejo muito, mas têm uns dez anos. Ele vem pouco e se diverte com facilidade. É só puxar assunto de carro, ou do preço da gasolina, que ele virtualmente fica feliz de novo. O guri do turno da tarde, o Pablo (como gordo piadista que se preze) faz uma imitação espetacular do cara. Até a voz de bêbado, até o cheiro do perfume que a mulher dele escolhe.

Tem a mulher da sala do dinheiro, ela é meio que uma gerentezinha, mas eu nunca entendi muito o que ela faz. Função dela (na minha cabeça): ficar na sala do dinheiro. Fora esses dois, todo mundo é bem parceiro, e o ritmo, bem de boa. Gente que sonha coisas tipo um Gol em setenta e duas vezes, gente que sonha com o Minha casa, minha vida, Fies, gente que sonha com o Natal. Eu sonho com a minha namorada depressiva (ou o que quer que ela tenha). É, não é de todo o mal.

Espero que tu nunca precise conhecer esse lugar,
Ike

3.
Sexo

Anabélly para em frente às portas automáticas, que se abrem. Ainda no mesmo lugar, ela olha para cima, procurando o céu ainda dourado do nascer do sol. Encara o teto sujo do posto de gasolina. Ela se equilibra sobre os saltos finos, caminha lentamente para trás. As portas se fecham. Ela ri. Caminha até a frente das portas, elas abrem, Anabélly dá um passo para trás, as portas fecham. Ela ri de novo, alto.

Corre para dentro da loja de conveniência até os freezers ao fundo. Passa reto por duas pessoas que tomam café sentadas numa mesa. Abraça vodcas gaseificadas, cervejas e as coloca sobre o balcão do caixa. O jornal matinal fala de protestos contra o novo Código Florestal. Exalando cheiro de uísque, energético e vômito, Anabélly faz três vezes a viagem dos freezers ao balcão do caixa. O atendente tem a cabeça baixa.

É bonitinho até. Um pouco baixo, mas tem um rosto bonito. A pele num tom que a faz pensar em café com leite. Ela contém um bocejo, coça os olhos de máscara borrada. Enquanto o caixa passa os códigos de barras, ela se inclina no balcão:

— O que tu tá fazendo?

Ela sorri. Quando fala, fede mais a uísque. Ele encara algumas das cervejas, enquanto as ensaca:

— Guardando as cervejas?

Ela gargalha.

— Não, bobo. — Anabélly aponta um bloco de notas com cara de estar com o garoto desde a quinta série. — Esse bloquinho aí.

— Ah — ele olha para o bloco de notas —, eu gosto de escrever coisas.

— Tipo poesia? Eu escrevo poesia — mente.

Verdade seja dita, ela escreve poesia. Mas não mostra para ninguém e, se estivesse sóbria, negaria até que gostava de ler.

— Tipo... pra pessoas.

— E por que — ela pausa e olha para as compras — tu não escreve num blog? Tenho uma amiga que posta pensamentos no Face.

— Porque fica mais pessoal, pra pessoa, sabe? — ele passa as últimas cervejas no caixa. — Carta e tal.

— Sei lá, via Face é mais rápido.

— Mas eu não posso escrever no Face no trem.

— Tu escreve nesse troço — ela aponta para o bloco de notas — no trem?

— No trem, aqui, quando tenho que esperar alguma coisa acontecer.

Vê o crachá, diz "Henrique Martins". Recita o nome dele mentalmente para se lembrar dele e procurá-lo no Facebook.

— "Esperar alguma coisa acontecer."

— É.

— Ah, mas é só ter internet no celular.

Dessa vez, ele quem gargalha.

— Deu cento e treze com sessenta.

Ela saca do bolso uma nota de cinquenta, uma de dez, uma de vinte, uma de cinco, uma de dez e outra de vinte. Carrega algumas das sacolas para fora, deixando outras sobre o balcão do caixa. Um carro está parado próximo à saída do posto. Ela abre a porta do carona, coloca as sacolas no banco de trás e, ao voltar, outra garota acompanha Anabélly. A segunda fede a cigarro.

As duas andam se equilibrando numa linha imaginária. Os cabelos sacolejam ao ritmo de seus passos. Estão enfiados em coques que estiveram na moda em algum ponto da noite, quando arrumados. Elas pegam as sacolas restantes, desejam a Henrique Martins um bom resto de sábado.

4.
Um jarro pra fumaça

Canoas, 25/12/2011

Meu velho,

te lembra de quando a gente cantava é Natal, é Natal, pega no meu pau? A tua mãe xingava pela casa "Olha essa linguagem!". Eu me lembrei disso ontem, voltando no ônibus. Acho que hoje em dia não se fazem mais famílias de vizinhos que passam uma ceia de natal juntas (e saem cantando músicas com palavrões), fazem?

Era a primeira ceia sem ti.

Ninguém perguntou nada pra tua mãe, e ela disse:

"Eu fui no hospital ver o Gabi hoje."

O barulho de talheres tava mais alto que o normal. Ela continuou:

"Sabia que não ia dar tempo... Por isso encomendei o chester."

Em condições normais, minha mãe teria dito que um chester pronto justo no Natal era um pecado. Mas a boa dona minha mãe Vera apenas sorriu e elogiou. Tua mãe agradeceu no meio de uma garfada de arroz. O salpicão também era comprado pronto, mas só descobri quando teu irmão me contou.

Fátima elogiou um pouco a decoração ("mas vocês mexeram no jardim, não mexeram?"), as cadeiras novas da garagem, a mesa grande e bonita. Minha mãe sorriu (ainda sob tortura), disse que sentia falta de um micro-ondas na garagem, porque o único forno de micro-ondas na casa tinha esquentado as minhas mamadeiras e do Gabriel.

"Tu te lembra a função de nós duas conversando com os dois bebês chorões?", Dona Vera sorriu como se quisesse sorrir. Tua mãe foi olhando cada vez mais pra baixo enquanto mastigava, até que disse:

"O Gabi tá bem. Tá com uma cara boa."

Não era verdade.

Tu tá murcho, cara. Murcho. Magro, mas, mesmo com o peso que tem, não te sustenta. Tua mãe deve ter visto a pessoa errada.

Enquanto orávamos pra agradecer o ano, o Natal, Jesus, os empregos, os presentes, a tua boa recuperação, fizemos aquela rodinha em que todo mundo fala algo bom do ano. O vô e a vó sempre começam e sempre dizem algo tão chato quanto parecido sobre estar com a família reunida e tal. Na noite de natal, em geral, é comum cada um passar num lado diferente da cidade. Mas no almoço do dia seguinte não se mexe. Ou seja, a fala deles era mais ou menos a mesma de sempre, já que ninguém prestava muita atenção (porque ninguém prestava muita atenção no que qualquer um tinha pra dizer. A sensação que dava era que todo mundo achava o especial de Natal da Globo mais interessante que aquilo tudo).

Agradeci por algo, tua mãe agradeceu por algo, coisas pra estimular a "gratidão do Natal", antes de trocar presentes. Depois que agradeci o Leonardo, amigo do meu pai, pela oportunidade do primeiro emprego, uma experiência superlegal, a Manu me abraçou. Agradeceu pela faculdade, agradeceu pela ótima família, pelo namorado que só dava apoio, pela família do namorado, os amigos do namorado (?)...

"... enfim, por tudo". Ela sorria, eu com os braços em torno dela com os braços em torno de mim. Minha mãe deveria falar logo em seguida. Ela fez o beiço como fazia quando eu esqueço de passar no mercado.

"Não quero dizer nada."

"Meu amor", meu pai estendia o braço em torno da cintura dela. "Tu não quer agradecer por nada do ano?"

"Tá, tá." Minha mãe mantinha o beiço: "Que bom que mataram aquele muçulmano lá."

O riso geral foi de nervosismo. O que aconteceu com os discursos de meia hora da Dona Vera? Passamos pra Dona Fátima, que insistiu sobre como tu tá com uma cara ótima, ficando cada vez mais forte, que tu tinha ficado bem depois da cirurgia, que tu era um exemplo de força e superação. Agradeceu a força da família e todo mundo que estava e não estava lá (mencionou o Rafinha, que preferiu ficar em casa (e ninguém perguntou muito sobre isso)), me agradeceu por ir visitar e me interessar pelo Gabi...

"... agradeço que diminuíram as más influências na vida do Gabriel, porque tem certas pessoas que, olha."

Não agradeceu pelo plano de saúde nem pelas fraldas. Não me xingou por ter sumido depois que tu fez a cirurgia, e só ter voltado na época de Natal.

Ganhei uma luminária da Manu (eu tinha reclamado muito da minha atual), um sabonete dos meus pais. Meu vô me deu um livro velho que não vou ler, que veio da estante dele (porque ele não gosta de ninguém nunca). Minha mãe agradeceu o forno de micro-ondas, disse que eu não precisava ter me incomodado, a coisa toda. A Manu ganhou um vale-dia num Day Spa anti--estresse-revitalizante-chocolate-dia-de-princesa-almoço--e-jantar-incluso em Porto Alegre (no Peixe Urbano por setenta reais):

"Como tu adivinhou?", ela não tinha me soltado a noite inteira. Ela se ria. Fazia muito tempo que a Manu não se ria. Espero que volte de lá com um sorriso desses por um bom tempo.

Os adultos se deram toalhas (de mesa e de corpo), sabonetes, kits banho ou coisas de barbear, um vinho. A contagem regressiva foi a contagem pro final daquela merda. Agradeci por ter que ir dormir cedo pra chegar no posto. Trabalhar no Natal nunca foi tamanha salvação. Feliz Natal, irmão.

Preso na conveniência de estar numa loja de conveniência,
Ike

p.s. me pergunto se tu sabe das fraldas. Sabe?

Canoas, 27/12/2011

Meu velho,

a enfermeira (a mesma) me disse que tu não ia lembrar de nada.

"Ele não tem consciência", ela disse. Só faltou ela completar a frase com "seu idiota".

Mas sei lá. Já disse o quanto queria que tu lembrasse, né não? Eu me acostumei contigo gritando CARALHOs e MERDAs pra quem quisesse ouvir. Os teus gestos assustavam quem não te conhecia, tu lembra? Tu ria alto, pedia uma torre de chope de dois litros e meio. E tu era o rei da torre. Quando eu me oferecia pra pagar, tu me empurrava, dizia que eu tinha um emprego de merda, tu pagava. E tu gargalhava.

Quando tu tava com a Cecília, era pior ainda. Tu é um cara de dois metros e tanto, não exatamente magro, e ficava um minotauro quando tava com a Cecília. Tu olhava o mundo de cima e julgava todo mundo que comia macarrão e arroz na mesma refeição. A Cecília adorava, a Manu também. Sair de casal contigo não representava perigo nenhum, a gente podia atravessar o centro porto-alegrense no escuro, pegar o último trem com as torcidas organizadas que voltavam de jogo. Se passasse das onze e a gente não pudesse mais pegar o trem, tu negociava com o taxista: quarenta reais até Canoas. Ele começava a barganha com setenta, e, se tu quisesse, tu podia terminar fazendo ele pagar pra nos levar pra casa.

Eu me sentia tão mirrado, burro e pobre contigo, mas tão de boa, porque tu era superior, mas era o Gabriel Meu Amigo. Tu era bolsista que passou em primeiro lugar no Direito da PUC, mas era o Gabriel Parceiro. Teu estágio é (era?) do caralho. Eu era o guri que precisava de Fies pra fazer Administração na Unilasalle. Eu estudava em Canoas, tu era bolsista em Porto Alegre, mas eu era o Henrique Teu Amigo. Então não tinha problema. A gente se via três, quatro vezes por semana, é impossível eu não ser cheio de orgulho por ti, tipo o Rafinha.

E agora tu usa fraldas, meu velho.

Fraldas.

Eu vi a enfermeira trocando teu cobertor e te vi de fraldas. Ela disse que tu não vai lembrar, nem das fraldas, nem do hospital, nem do que digo. Mas eu nem tava conversando contigo, decidi que só quero falar quando tu for lembrar. Foi aí que ela disse que *tu não tem consciência* (te lembra dessa parte?). Qualquer "contato com o meio" não seria lembrado.

"Mas por que ele usa fraldas?"

A enfermeira riu. Pra ela, eu era uma criança curiosa.

"As pessoas fazem cocô, ué."

"Mas ele tem aquele troço ali..."

"A bolsa coletora", ela disse. "Urina."

"É", comecei a me perguntar qual a sensação de usar fraldas.

"O Gabriel não controla nem urina, nem fezes."

"O jeito é usar fralda", eu disse enquanto a enfermeira arrumava o elástico da tua fralda geriátrica.

Ela te cobriu de novo:

"O jeito é usar fralda."

Meu velho, tu com vinte e três anos e uma fralda geriátrica. Mas tu não vai te lembrar disso, espero. E talvez, assim que tu acordar, eu ponha fogo nessa parte da história toda. Tu não merece isso.

Aliás, talvez eu conte. Pode ser uma carta na manga pra um almoço de domingo depois que tu receber alta (quando eu já estiver estagiando e puder estar no churrasco). Imagina eu, tu, a Manu, talvez a Cecília (espero que não?), teus pais, meus pais, teu irmão, eu contando, todo mundo com uma Skol na mão, chorando de rir:

"Daí eu ia visitar o Gabriel, né? E lá tava eu, conversando com a enfermeirinha..."

"E era gostosa?", tu ia perguntar. Eu não ia saber o que responder, ia olhar pra baixo.

"Era gostosinha, era gostosinha", teu pai diria.

Todo mundo ia rir. A Manu ia estar feliz. Eu ia continuar:

"E a enfermeira tá lá, ajeitando teu cobertor, quando o que é que eu vejo?"

"O quê?", todo mundo ia dizer, já rindo.

"Uma fralda!", todo mundo ia rir. "Esse filho da puta com fralda!"

E a gente ia rir, e todo mundo ia falar de fraldas, dessas da Turma da Mônica, Pampers, com desenhos e tal, todo mundo ia começar a falar de absorventes também, Intimus, Sempre Livre, o líquido azul do comercial. Eu ia contar que perguntei pra enfermeira por que diabos tu usava fralda...

"... e ela me diz 'as pessoas fazem cocô, ué!' *Ué*!"

E todo mundo ia rir e anunciar: "que história sensacional!", e a Manu ia ser feliz, e todo mundo ia passar o almoço inteiro terminando as frases com "Ué!" (Uma piadinha interna nossa), e a minha mãe ia ter um novo forno de micro-ondas, e em todos os almoços de domingo, alguém sempre ia exigir:

"Ô, Ike, conta lá a história do Gabi de fraldinha!"

(e meus filhos iam pedir pela história que eu tanto contava, e tua esposa ia brincar com isso, e a Manu ia se dar bem com eles, e teus netos iam achar sensacional).

E vai ser do caralho. Não vai?
Ike.

Canoas, 28/12/2011

Meu velho,

passei a manhã no hospital hoje. Acordei decidido a falar com alguém que saiba me dizer mais do que "as pessoas fazem cocô". Acordei decidido a saber alguma coisa a mais do que eu sabia em setembro. Quarta-feira de folga e essas coisas todas, cheguei às oito da manhã. Me programei pra chegar num horário em que tua mãe não tivesse lá.

São engraçadas as coisas que a gente pensa enquanto espera, enquanto eu te encaro cada vez mais murcho, cheio de sondas e soros e coisas saindo e entrando ao mesmo tempo de-e-em ti. Primeiro veio a enfermeira te dar banho, trocar tua fralda, dar uma olhada nas sondas, na bolsa coletora, fazer uns exercícios respiratórios básicos. Ela perguntou se eu queria ajudar, neguei. Conversei sobre qual médico eu deveria falar se queria saber de personalidade, de mudanças, de tempo.

Esperei pelo neurologista. São *muito* engraçadas as coisas que a gente pensa enquanto espera. Enfermeiros passaram, alguns familiares, até que vi meu alvo: jaleco branco, uma prancheta.

Deixei que ele visse alguns pacientes do quarto antes de mim, na ordem que ele preferia. A enfermeira o acompanhava. Quando ele chegou próximo à tua cama, ele perguntou coisas, ouviu coisas, deu a receita do dia e, por último, a enfermeira apontou pra mim. O médico disse algo pra ela. Ela apontou pra mim de novo. Ele virou a cabeça pro lado que nem um cachorro em dúvida. Já na distância apropriada, ele estendeu a mão pra mim:

"É um pouco cedo pra fazer visitas, não?"

O arquétipo do médico sorria pra mim. Era o Max Steel Doutor Negro, segurando a prancheta, o jaleco branco contrastando com a pele, as piadinhas prontas, os dentes brancos que ocupavam toda a cara, o aperto de mão forte, a história de olhos nos olhos, a certeza de que tinha um excelente trabalho a fazer. Olhei pra ti, deitado e murcho:

"Eu queria falar sobre o Gabriel."

"Você é parente dele?"

(O arquétipo do médico usava "você".)

"Irmão."

Depois de ele perguntar meu nome, uma seriedade voltou ao rosto dele. Comentou que ele não me via muito, elogiou o teu outro irmão, disse que conhecia bem o resto da família. Quis perguntar se ele queria um exame de DNA:

"Eu andei meio longe."

Era como se antes estivéssemos em reunião informal e, com o decreto de parentesco, a porra tinha ficado séria. Ele tinha ficado em silêncio, apenas me encarando.

"Eu queria falar sobre... o que tem acontecido", eu disse. "Meus pais falam muitos termos médicos, mas eu..."

"Você quer alguma resposta mais objetiva, Henrique", ele sorria. Deixei escapar um sorriso: é, era isso. Por exemplo? Expliquei: queria saber quando tu ia acordar, como tu tá, o que tem acontecido, se tem algo que dê pra fazer, se tu já tava naquele estado em que todo mundo desliga as máquinas nos filmes. Ainda olhava pra ti:

"Faz um tempo que ele tá assim."

Ele olhou pra ti. Ele se virou pra mim, os dentes mais uma vez ocupavam o rosto inteiro:

"É difícil dizer quando o Gabriel acorda, Henrique. Não tem um algoritmo que dê pra calcular e tirar a resposta." Ele coçou a nuca, de novo sério: "O que se pode afirmar é que quanto mais tempo ele ficar em coma, maiores são as chances de ele não acordar e de ter sequelas."

"Quanto antes melhor", eu disse. Ele complementou que, medicamente, sim. Olhei pra ti. Não quis saber de sequelas que já poderiam estar tomando forma, não quis saber de mudanças no sistema motor, ou em tu vendo rostos e não reconhecendo ninguém, que nem nos filmes. Não quis saber o que poderia dar errado, porque já tava tudo dando errado.

"Ou seja, vocês só esperam?" Tu tava tão calmo. "Não dá pra operar de novo?"

Não. A primeira cirurgia tinha sido bem-sucedida, seria tudo muito desnecessário, o teu estado era estável, ainda que em coma...

"... essas são as únicas certezas que eu tenho para você por enquanto."

Tu tava tão calmo.

E não tinha nada que desse pra fazer? Ele negou com a cabeça: não. A função neurológica tem progredido bem. Tu tava tão calmo. Eu sorri. O que isso queria dizer? Ele ia voltar a se mexer e andar e falar?

"Henrique", o arquétipo doutor pôs a mão em meu ombro, num arquétipo de má notícia. "A consciência é quando o cérebro consegue reconhecer e se relacionar com pessoas. Mesmo inconsciente, uma pessoa pode ter reflexos, abrir o olho." Ele ficou me encarando por mais tempo: "Mas a pessoa não consegue manter contato com o mundo exterior."

"Sei", eu disse. "O que importa é que o cérebro volte."

A gente tinha que te esperar responder. Mesmo se tu te mexesse, não queria dizer nada? Depois de três meses, eles não sabiam nada? (Comecei a entender a tua mãe.)

"A gente tem que esperar uma resposta, isso pode demorar mais alguns meses."

Fiquei encarando o homem, enquanto ele fazia aquela cara de "ah, pois é, é a vida", e perguntava se era só isso que a gente tinha pra conversar.

"Já ouviu desses casos de pessoas que acordam cinquenta anos depois de um coma? Não tem como saber. É lento, Henrique."

Fiquei olhando pra ti. Tu tava tão calmo. O médico já se afastava da gente. Toda aquela conversa me pareceu tão ensaiada e rotineira que eu só sabia uma coisa pra dizer dentro da cena:

"Só o tempo vai dizer?"

Era isso. O médico se desculpou, disse que tinha outros pacientes. Deixou um e-mail. Acho que é bom que tu esteja calmo.

Eu podia conversar com os outros médicos da equipe, mas eles iam dizer o que ele disse.

Não tenha sequelas, cara,

Ike.

Canoas, 30/12/2011

Meu velho,

não lembro se tu tava junto quando a gente tava na garagem mofada do Pedro conversando sobre ele ter terminado com a Paula. A Paula gostava de cerveja, conhecia vários filmes e tinha uma cintura boa, sabe? Tudo bem, ela odiava a mãe do Thiago, mas a mãe dele odiava a Paula de volta. Então, ok. Mas tu tava junto quando o Thiago soprou a fumaça de cigarro pra baixo, daí sacudiu a cabeça? Daí disse:

"Mas... não rola, sabe?"

Não rolava. Ela não dava pra ele. Juntos há mais de um ano, e ela não dava (acho que tu tava junto da conversa, sim, não é possível (a Scila não tava, era naquela época (acho) em que vocês dois tavam brigados e tal)).

É nisso que eu penso, às vezes, depois de transar com a Manu. Ela pode me encher de sms, reclamar de tudo, odiar caminhar, mas... sabe? Até sem camisinha, ela é tranquila. Começou a tomar anticoncepcional porque eu pedi e tudo.

Não sei por que eu te conto isso. Tu sempre reclamou que eu era muito fechado (contigo e com todas as outras pessoas). Tu, mais de uma vez, nessas que alguém falava de bundas, de peitos e gurias, falou que eu era mudo, nem ria de piadas. Tu muito já perguntou se eu era gay e, se eu fosse, não era um problema.

Porque eu falo pouco. E, menos ainda, falo de mulher.

Pronto. Acho que essa foi nossa conversa mais profunda sobre mulher (e tu profundamente apagado). Por algum motivo, elas são esquisitas demais pra se comentar. Elas têm poder demais.

Era isso que tu queria saber?
Ike

Canoas, 31/12/2011

Meu velho,

tô aqui sentado esperando qualquer coisa acontecer. Qualquer coisa. Alguém entrar, alguém pedir uma informação, alguém tentar comprar um champanhe, umas camisinhas. Até um assalto animaria as coisas. Mas são sete da manhã da véspera de ano-novo. Mesmo que seja movimentado na noite, e em feriados (e nas noites de feriado), todo mundo morre quando a madrugada acaba. Todos pegaram suas asinhas canoenses e foram pra algum lugar melhor. Alguma praia. A serra. Qualquer lugar é melhor que Canoas. Claro que tem exceções, mas.

E eu não posso dormir no trabalho. Nem ler, nem ver televisão, nem nada. Ninguém disse que eu não posso escrever ainda, então, estamos aí. 2012 vai ser legal, sabe? Eu tenho certeza que vai.

Em 2012 Canoas vai virar uma potência econômica. Todo mundo vai sair bem em todas as fotos. Em 2012 vou sair da casa da minha mãe. A Itaipava vai fazer parte da cesta básica (em especial a do posto). Todos os professores vão fazer piadas engraçadas em aula (os meus, principalmente). A Manu vai ficar feliz de novo.

Em 2012 nenhuma mãe vai reclamar de falta de dinheiro (até porque não vai faltar). Eu vou sair desse emprego de merda. Em primeiro de janeiro, tu não só vai acordar, como tua personalidade vai estar idêntica. Tu vai acordar e rir de mim. Tu vai rir e perguntar:

"Tu achou mesmo que eu ia morrer, seu puto?"

Em 2012, o futuro vai ser no agora e todas as coisas vão — enfim — dar certo. Ao mesmo tempo, aliás.

Feliz ano-novo,
Ike

5.
Sem um ponto final

— Como é que eu faço o capital de giro? — pergunta Lúcia, no centro de uma aula silenciosa. Ela tenta arrumar o grafite para dentro de sua lapiseira. Vira-se para aquele garoto coberto de papéis:

— Tu não sabe fazer?

Henrique se afasta da mesa. Lúcia percebe que, mesmo coberto por papéis, folhas de caderno, cópias do conteúdo de aula, o celular no modo calculadora, Henrique não sabia o que se passava. Ficou todas as três aulas do curso noturno de férias preenchendo folhas com linhas e linhas. Ele levanta a cabeça dos papéis:

— Não sei — ele coça a nuca sem olhar para a colega. — Juro. Não sei mesmo.

Enquanto ela corre à mesa do professor, Henrique começa uma nova folha. No verso das cópias da apostila de Finanças Corporativas, coloca a data. *Canoas, 14/01/2012*. Ganhou o curso de férias num sorteio da faculdade.

Henrique ainda escreve a segunda frase, até que o celular toca. A caneta e as linhas do caderno azuis. Um toque pré-programado. Lúcia ouve e fica encarando para fazê-lo parar. Ele se foca no papel, ignorando os outros oito colegas, o professor, o exercício, a nota, as horas complementares, o cheiro de lugar fechado no verão fedendo a suor, o ar gelado demais pelo ar-condicionado, até que o celular toca de novo. Dessa vez, Lúcia encara o professor, que pede que o estorvo vá ver seu telefone na rua. Alguém tinha que fazer alguma coisa com esses irresponsáveis, não? Mais um playboy idiota na turma?

Mais tarde, o professor contaria à baixinha que tinha sido alguma coisa com o pessoal do Turismo, que tinha colocado um banner do Dia do Profissional em Turismo, em vários idiomas. Os dez primeiros alunos de qualquer área das Ciências Sociais Aplicadas que traduzissem a mensagem e enviassem para um e-mail ganhariam um prêmio. Mas isso estava escrito em francês: a maioria dos colegas tinha achado que alguém já tinha traduzido ou achou a ideia chata ou não entendeu que tinha um prêmio envolvido ou, se entendeu, o prêmio era uma caneca. Henrique mandou o que o Google Tradutor disse. Ganhou um curso de férias. E, por isso, ele provavelmente nem valorizava o curso. Mais um playboy idiota de fato. Sim, o professor contaria isso à baixinha num café durante o intervalo, sorririam muito, falariam do resto da turma, do estorvo, e marcariam outro encontro num restaurante próximo à faculdade.

Enquanto Henrique fecha a porta da sala de aula, Lúcia ainda ouve um terceiro toque-padrão.

Ele tira o celular do bolso: duas chamadas perdidas e uma mensagem de texto.

Remetente: Dona Fátima.

gabi em convulsao. me liga

6.
Meio chapado meio cheio de certezas

Canoas, 14/01/2012

Meu velho,

eu te imagino lendo essas cartas e achando tudo engraçado. Tu vai estar no teu quarto, a tua coleção de garrafas de cervejas refletindo o sol (sempre é bem iluminado). E te imagino deitado na cama, a televisão de 1997 ligada (ela sempre tá ligada) e uma pilha de papel no teu colo. E tu ri, perguntando que porra é essa, como eu arrumei tempo pra escrever tanto em tão pouco tempo.

Sei lá, acho que eu não gosto de ler jornal ou ver novela. Isso libera bastante tempo. E tem o Trensurb, que tu sempre amou detestar. E tem o posto. E tem sentar do teu lado no hospital e achar que falar mais atrapalha do que ajuda. E tem as aulas que são sempre longas demais. Verdade seja dita, Administração é um curso longo demais. Acho que é alguma coisa ligada a comprar mais tempo pra saber o que eu quero. Mas *fazer o que se quer* é uma ideia que me incomoda bastante. Daí eu fico escrevendo.

Daí tu ri desse trecho. Tu não precisa das atualizações, tu não precisa de uma lista de tudo o que eu pensei enquanto tu tava fora, como um monte de sms de uma namorada, como uma rede social, onde eu falo tudo o que eu comi e quais ônibus peguei. Tu pergunta por que eu não escrevi antes, por que em dezembro. Tu pergunta por quê.

Aqui é o momento em que eu paro e penso em qual resposta te dar. Penso em dizer "se tu não quer ler, não precisa" ou "porque eu não tinha ninguém com quem falar". Mas isso tudo ia soar depressivo e exagerado.

Talvez a Manu esteja certa e eu precise
de alguém com quem falar e só,
Ike

Canoas, 14/01/2012

Meu velho,

tua mãe me mandou um sms mais cedo hoje. Na verdade, hoje ainda é hoje-que-já-é-outro-dia-porque-já--tá-de-madrugada-mas-ainda-é-hoje-porque-eu-não-dormi-e-o-dia-só-muda-quando-eu-durmo, mas ela mandou um sms umas dez, algo assim. Tu tava convulsionando, ela disse. Se eu fosse pro hospital (mesmo perto do trem), ia passar das onze e vinte, e eu não ia conseguir pegar o trem pra Canoas. Então, só liguei da parada de ônibus. Ela explicou que tu tava bem, era só uma febre, mas que tu já melhorava e o médico já tinha chegado. Ela disse que ia ligar se acontecesse alguma coisa.

"Tu já fez o suficiente", ela disse. Estranhei que ela não contou sobre quão ruim eram as enfermeiras, as máquinas automáticas dos corredores, o teu cabelo sujo, a roupa da moça da novela, os lençóis. Enquanto desligava, estranhei que tudo tava bem.

No ônibus de volta, sentei do lado de uma senhora. Ela começou a conversar comigo, mexendo os braços quebradiços, queria me contar sobre o aniversário da morte do marido dela. Tinham sido casados por vinte e dois anos, não tinham filhos, mas foram felizes. Ela sabia que ele pensava nela e, acima de tudo, ela pensava nele. E isso a deixava feliz. Usou a palavra "feliz" umas cinquenta e três vezes. Disse que, às vezes, conversava com o marido, imaginava longos diálogos sobre a Sessão da Tarde e as aulas gratuitas de tai chi chuan no Capão do Corvo.

"Sabe", ela encostava muito no meu cotovelo, "eu nunca conheci a vida sem ele".

Olhei pra baixo. O que eu ia responder? Ela ficou me encarando.

"Desculpa, eu não entendo a tua dor." Pensei que essa seria uma boa maneira de espantar a mulher. Ela colocou a mão quebradiça em cima da minha.

"Entende sim."

Peguei uns papéis do curso de férias e me enterrei neles. Ela perguntou se eu tinha uma namorada, se estudava, perguntou do curso de férias, perguntou por que eu estudava tão tarde, eu só tinha que me formar.

"Mas estudar é importante", ela olhava para a janela (mas não *pela* janela). Continuou:

"Eu tinha uma sobrinha, estudava muito, ganhou uns prêmios, tipo esse dos poemas do trem. Tu conhece?" Ela falou dos adesivos da campanha do governo com os poemas. Acho que ela parou quando eu não respondi essa pergunta.

Tu deve te lembrar dos poemas do trem. Em geral, são poemas que me convencem de que não gosto de ler. Desde quando as pessoas podem mandar esses textinhos pra, quem sabe com sorte, serem publicados nas paredes dos trens? 2005? 2009? Em geral, encaro os poemas, a figura toda, no lugar onde devia ficar o adesivo com a rota do trem. Na metade da segunda frase já penso em outra coisa.

Tu escreveu um poema do trem aos dezesseis anos sobre como tu odiava os poemas no trem. Como é que começava mesmo? Era sobre como tu odiava as pessoas do trem, os poemas do trem, que refletiam o cansaço de toda uma nação que estava no trem, um trem atrasado, lotado com quem se atrasou pra pegar o ônibus, de quem estava preso no trânsito pra chegar e correr numa esteira, de quem se atrasou pra própria vida.

Não sei se era assim, se acabava assim, ou se era essa a reflexão, ou foi isso que tu quis dizer quando me mostrou o poema. Foi na tua fase dezesseis anos gótico punk skatista com sentimentos de poeta. Nunca foi publicado. De qualquer forma, tu acenderia um cigarro (tu fumava compulsivamente quando longe dos teus pais) e faria a pose mais próxima de um filme:

"Um trem atrasado, lotado com quem se atrasou pra pegar o ônibus..."

Tu também citou o Drummond, dizendo que
(ele disse que) perdeu o bonde e a esperança.
Seria algo assim,
Ike

Canoas, 15/01/2012

Meu velho,

antes de dezembro, eu só te visitei em 9 de setembro. Visitei no dia do coma, dia 9 (quando encontrei a Cecília) e dia 10 de dezembro.

Depois de setembro (não me lembro do mês), tua mãe veio visitar pra jantar, conversar com a minha mãe, como elas fazem desde que tu te mudou pra cá. Falou muito de ti, reclamou da televisão ligada no Jornal Nacional. Disse que não tava a fim de desgraça.

Dona Fátima passava (passa) muito tempo no hospital. Ela vai de manhã com o almoço num potinho e só sai de lá a tempo de pegar o trem e preparar a janta. Logo depois da notícia, ela dormiu no hospital quatro dias seguidos. Minha mãe te via mais quando tua mãe passava mais tempo por lá.

Enquanto meu pai recolhia os pratos, Dona Fátima disse que não tinha mais me visto no hospital. Dona Vera concordou: todas as vezes em que ela e o pai iam visitar, eu não tava no humor, ou não podia, ou a Manu tinha alguma coisa. Dona Vera se orgulhou em mencionar que te vê uma vez a cada duas semanas. Pra não precisar olhar pra ninguém, me servi de mais suco.

"Ah, é uma coisa de horário... Eu tenho que sair do posto e ir direto pra Unilasalle. É o único horário que eu tenho pra estudar antes da aula, as provas..."

"Mas tu tem um par de aulas de noite, Ike", minha mãe disse.

"E era nessas horas que tu e o Gabi tomavam cerveja", tua mãe disse. "Antes da aula, até."

"Acho que é mais motivo pra não ir nesse horário", respondi.

Tua mãe brincou que eu deveria abrir uma cerveja do lado de ti, ninguém ia ver pelo biombo. Ela abriu a bolsa, futricou nela até pegar um panfleto, que ela me estendeu.

"Tem ajudado muito o Rogério", ela disse.

Um panfleto com design nas cores rosa e amarelo, com a foto de uma garota oriental sentada na grama olhando para o céu. O título em verde. *Sua angústia não é você: como lidar com ela?*

No verso, um parágrafo introdutório. Todas as pessoas têm maneiras diferentes de lidar com a dor, dizia o panfleto. Uns reprimem, seguem com a vida e fingem que está tudo bem. Outros questionam razões, querendo colocar lógica. Para fugir do emocional, tentam usar o mental, dizia o panfleto. Mas todas as formas de lidar com a dor duram pouco, e são apenas máscaras.

O segundo parágrafo tinha o título de GAP: Grupo de Apoio à Perda. Eles apoiavam perda no sentido geral, morte, divórcio ou intercâmbios de longa duração. Imaginei uma reunião do Alcoólicos Anônimos, mas com viciados em crack junto. O texto explicava que grupos de apoio podiam ajudar a passar pelos estágios da perda com mais facilidade. Depois disso, citava datas, locais e horários das reuniões. Quando Dona Fátima notou que eu terminava de ler o panfleto, ela tinha orgulho na voz:

"Nós vamos nas quintas-feiras de noite. Tu não tem aula, né?"

O Senhor Meu Pai José Antônio olhava pro William Bonner:

"Tu devia ver ele. Ia te fazer bem."

"Vou dar uma pensada."

Dei uma pensada até o teu aniversário. Não me lembro por que não te vi nos teus vinte e quatro anos de idade, eu queria ir. Teu irmão tinha até me oferecido carona no dia. Eu e ele tínhamos combinado algo de horário? Acho que fiquei mal porque não tinha te comprado um presente. Mas é um pensamento meio idiota. Se eu não dissesse, tu não ia saber.

Me peguei pensando nesse Grupo de Apoio à Perda, que ficou na minha cabeça. Não tinha uma perda. Acima de tudo, não *tem* uma perda.

Tem tu em coma. Fim. E faz tão pouco tempo que tu tá em coma.

O que esperavam que eu fizesse? Chorasse? Ficasse triste e falasse sobre isso cada vez que nós quatro nos reuníssemos em torno da mesa? Rezasse pra ti todas as noites? Eu devia te ver no hospital? E devia achar que se teu coração acelerar por qualquer motivo, é um milagre? Querem que eu pare com todos os meus hábitos e diga que eu não consigo pensar no assunto? E vai fazer diferença?

Se alguém me disser que vai mudar alguma coisa (qualquer coisa), pode deixar comigo.

Mas, no meio-tempo, não me peçam pra falar
com alguém que tá fora da área de cobertura
ou desligado. Vou guardar energia pra quando
tu quiser ouvir,
Ike

Canoas, 18/01/12

Meu velho,
continua calor pra cacete.

Eu amo meu emprego debaixo do ar-condicionado,
Ike

Canoas, 19/01/12

Meu velho,

eu fui. Só pra ver como era. Comentei a história do panfleto com a Manu, ela pegou o troço da minha mão na hora.

"A gente devia ir. Só pra ver."

Escolhemos a quinta-feira, pra pegar carona com os teus pais. Não sei se por educação ou curiosidade. Minha mãe foi também. Durante a viagem de carro, Dona Fátima alternou entre contar das aventuras do Rafael em Imbé e suas próprias aventuras no hospital.

Os Grupos de Apoio à Perda acontecem nas terças e quintas-feiras, das sete às oito e meia. O local é uma igreja aqui do bairro, e o "facilitador" é um pastor com a ajuda de uma psicóloga pra "dinâmica de grupo".

Sempre imaginei que esses grupos fossem com cadeiras em roda, todo mundo com crachás com nomes falsos, ninguém sendo obrigado a falar, comida de graça, o pastor e a psicóloga mais ouvindo do que falando como as pessoas se sentiam. Não que esteja errado, claro.

Não que esteja errado, mas eu tive que preencher uma ficha pra entrar, mesmo sendo um "acompanhante" e não "participante" (três vezes seguidas como acompanhante te tornam participante). O cadastro pediu meu RG e CPF. Não que esteja errado, mas as cadeiras plásticas estavam enfileiradas, umas atrás das outras, de frente pra um espaço com um bloco de folhas de flipchart num tripé, canetinhas e um púlpito. Não que esteja errado, porque tinha uns biscoitos desses que vêm em pacotes de quinhentos gramas, um bolo caseiro de uva, pãezinhos de queijo, chá e café, tudo "fornecido pela comunidade". A sala tinha um cheiro forte de uva e plástico (dos painéis que ficavam nas paredes, convidando pra cultos, grupos de apoio, apresentações do coral, passeios da igreja). Quatro ventiladores de teto ajudavam com o calor (principalmente humano). As pessoas apertavam cadeiras em grupos em torno do vento artificial.

Teus pais, eu e a Manu (e a bolsa dela numa cadeira do lado) sentamos um do lado do outro. Não estávamos exatamente junto do grupo compacto dos amantes do ventilador, mas ainda tinha uma brisa.

19h01 (todo mundo lentamente indo se sentar nas cadeiras, as conversas diminuindo) o pastor subiu no palquinho, comentou dos novos rostos que ele via, comentou de como era bom que os rostos velhos ainda estavam lá. Sorria muito, mexia as mãos bem devagar. Não era velho (como eu também esperava que fosse), usava uma calça jeans e uma camiseta do time de trabalho voluntário da igreja.

As pessoas já tinham uma noção de quem era quem e de quem sentava onde, como uma turma de escola. Enquanto eu preenchia meu cadastro, tua mãe me falou da pessoa X (chorava demais e fazia visitas sem avisar), da pessoa Y (fazia muita fofoca), da pessoa Z (o filho estava na cadeia, ela pedia dinheiro pra todo mundo).

O pastor falou de amizade, falou do ano-novo e terminou com versículos da Bíblia. Falou algumas frases sobre a dor, sobre como estávamos todos no mesmo barco e era por isso que compartilhávamos nossas vidas como iguais. Éramos iguais. Ele indicou um livro (título, autor e editora no quadro), pediu que todos fechassem os olhos, fizessem uma reflexão sobre pedir e dar perdão a nossos "entes queridos". Enquanto a reflexão acabava, a Manu me cutucou:

"Que bonito aquilo que a psico falou, né? Sincero."

Uma mulher (no máximo uns trinta anos) se levantou e veio pra frente de todo mundo, junto do pastor e da psicóloga. Vestia uma roupa que apertava muito os peitos, falava olhando pra baixo e agitando os braços. Contou de sua irmã de quinze anos, que tinha morrido em outubro. Um daqueles acidentes de carro em que a irmã estava com guris irresponsáveis e bêbados só porque as amigas tinham insistido. A irmã tinha saído de casa tão bonita, perfumada, não era certo ter morrido naquele dia. A morte da menina estava errada. A ordem é: os pais morrem, então a irmã mais velha morre, e só então a irmã mais nova.

Me convenceu. Não a mulher que falava chorando: a coisa toda me convenceu. Fiquei convencido de que estar ali fazia bem pras pessoas, pra todas aquelas pessoas. Fazia bem pra Manu, pra tua família. Aquela mulher, que tinha perdido a irmã fazia três meses, se sentia melhor ao falar pra desconhecidos. Eu podia fazer aquilo, ia me fazer muito bem.

E eu era parte.

O ambiente passava a confiança mútua, de compartilhar angústias e inseguranças. Enfrentavam juntos não a proximidade da morte dos que amamos, mas a nossa própria. A coisa toda de estar no mesmo barco. Para a psicóloga, uma parcela da dor era a falta de lógica pra morrer. A irmã mais nova era quem se esperava que vivesse mais. E não viveu pra sair do Ensino Médio.

Depois dos pais, uma mulher contou da perda de seu bebê. Pela perda do bebê, a relação com o marido se tornou insustentável. Estava separada fazia seis meses, mas ouvia a voz do bebê. Sentia chutes na barriga.

"Perder é estar, constantemente, diante da falta de controle", dizia a psicóloga no fim de uma ou outra fala. "Mas nem sempre a gente sabe disso..." A cada Comentário de Sabedoria, a Manu me cutucava. Sorria pra mim.

"Sincero, né?"

Depois dos aplausos, um senhor de idade e um garoto. O pai do garoto (filho do velho) tinha ido no mercado à noite, a pé.

"Era só ovos, pão e mortadela", o guri tinha a cara coberta de ranho.

Na volta, foi assaltado e, ao reagir, o ladrão atirou. A mãe do garoto tinha morrido anos antes num rafting que deu errado, e a esposa do senhor tinha Alzheimer e mal se lembrava do que acontecia. Restava o avô para o garoto. Comentaram que na semana passada, tinham ido à polícia pra identificação do assaltante. Não era o cara.

Logo em seguida, um marido que tinha de lidar com a esposa sumida fazia um ano. Ela aparecia às vezes na casa, dizendo que ia ficar, que amava a casa, que sentia saudades da rotina, que tinha cansado de uma vida que só fazia mal. Ficava por um mês e depois sumia de novo, levando joias ou porcelana. O marido não achava que eram drogas (ela não tinha perfil) e cogitava que fosse uma segunda família.

O pastor contava da ovelha desgarrada ("haverá maior júbilo no céu por um pecador que se arrepende do que por noventa e nove justos que não necessitam de arrependimento"). Contou das superações das famílias, da fé, do caminho dos justos, do poder do milagre e da oração. E toda essa honestidade era muito bonita, não era? Era muito verdadeira.

Aquelas histórias me convenceram, me convenceram do sofrimento e da capacidade de superação humana. Os aplausos no fim de cada história me convenceram dessas palavras de campanhas políticas: solidariedade, união, apoio, força, acreditar. E naquele momento eu tive certeza de que o pastor, a psicóloga e as pessoas queriam ajudar umas às outras.

Até que chegou o bombeiro, pela primeira vez no GAP. No ano-novo, ele estava de serviço. Receberam uma chamada de um "princípio de incêndio", num endereço que reconheceu como a casa dele. O bombeiro disse que continuou, era uma ocorrência, ele sabia que estavam fazendo um churrasco, ajudou a achar o endereço. Quando viu o sobrinho na frente da casa, ele abraçou a criança e não soltou mais. E só. Não viu que o garoto tinha uma queimadura de terceiro grau na perna, ficou só abraçando...

"... eu sou um profissional, entende?", ele dizia. "Eu não podia esquecer das pessoas ali. Não pensei no fogo, na casa. Fui fraco na hora. Meus colegas tiveram que me tirar dali pra prestar primeiros socorros."

Tua mãe se virou pro teu pai:

"... essa ganha a noite." O bombeiro insistiu sobre como ele atrapalhou e não ajudou. Que tipo de bombeiro faz isso?

Não falei nada no carro. Teus pais falaram das histórias todas, das superações todas. A Manu segurou minha mão: ela se sentiu melhor depois de ter participado. Queria voltar. Dona Fátima mandava uma mensagem de texto pro Rafinha, pra saber como ele tava. Comentou, os olhos no celular:

"Mas notou como aquele gurizinho tá falando bem em público?" Dona Fátima guardou o celular. "Ele tá mais calmo, mais controlado."

"Não foi escandaloso que nem a louca das vozes do filho", teu pai parou num semáforo.

"Tem seis meses já, alguém podia mandar pra um psiquiatra."

"Tem lugar pra tudo", teu pai disse. "E ela não tinha nada que estar ali."

"Não tinha mesmo."

O celular vibrou com a resposta do Rafinha. O silêncio se estendeu pelo carro enquanto Dona Fátima encarava o celular e digitava uma resposta. Seu Rogério ligou o rádio, que sempre tinha aquele CD que tu gravou pra ele. Abba. Cantarolou um pouco, até Dona Fátima guardar o celular:

"Mas quem se superou foi o bombeiro", ela disse. "Que novela."

"Aquele homem é um homem corajoso", disse teu pai. "Os homens sabem quando veem um homem de bem. A gente conhece o olhar, algo de instinto."

Fechei a porta do carro e agradeci a carona. A Manu era aquele gato daquele desenho da Alice, um sorriso enorme. Ela andava uns passos na minha frente, com a minha chave nas mãos. Ela me apressou pra entrar logo, depois que abriu o portão. Trancava o troço de novo:

"Tu tá quieto."

"Pensando."

"Tu gostou de hoje?"

"Achei legal."

"O que tu acha de voltar na outra quinta?"

"Pensando."

Acho que não,

Ike

Canoas, 23/01/2012

Meu velho,

acho que tu te lembra dos churrascos aqui em casa, quase todos os domingos. É uma das vantagens de se ter uma família (ou boa parte dela) que mora perto. Esse é um dos motivos de eu ainda morar em Canoas. A vó e o vô ficam numa rua pra cima, tio Maurício e tia Regina uns dois blocos de distância, tu morava aqui do lado. Domingo passado, teu pai (e tua mãe, e o Rafinha) veio pro churrasco e, se eu não conhecesse o velho, diria que chegou chapado. Sentei na mesa com eles. Antes mesmo de tomar cerveja, ele já ria muito. Ele se perdeu no meio de várias coisas que dizia. Começou a contar uma história sobre tua infância e acabou em "esses dias o Gabriel apertou os olhos, como se tivesse com dor, enquanto a gente tava lá!" e ainda em "mas um homem não deve ser visto chorando. Eu, por exemplo, em vinte e sete anos de manter uma família, nunca..."

Teu pai é um cara engraçado. Gosto das respostas que ele tem pra tudo, o tempo todo. "Eu sou um homem observador", ele observa sobre si mesmo. Por isso, não me lembro bem do que a gente tava falando, mas ele tava falando de ti:

"Tudo tem um motivo", ele disse, ainda meio chapado meio cheio de certezas. "A gente não pode ficar se perguntando por que é que cada coisa é cada coisa, porque tudo tem um motivo. Tem que viver." O Rafinha falou a primeira coisa desde que tinha chegado:

"Tá, e qual é o motivo do meu irmão não dizer nada? Sem dizer se tem dor, tesão ou calor?"

Teu pai gargalhou, falou que tinha uma resposta pra essa aí, tinha sim. Falou alguma coisa sobre o que é comunicar, sobre os milagres da ciência, sobre médicos, e foi buscar uma cerveja.

"Não te preocupa. Tem uma pílula pra tudo, absolutamente tudo."

Teu pai é um cara bem engraçado,
Ike

Canoas, 24/01/2012

Meu velho,

quase oito da manhã, uns trinta e cinco graus na rua, e quinze no posto. Daqui a pouco, vêm algumas pessoas pegar um café, por pura preguiça de achar outra padaria no lugar da que fechou e virou uma farmácia. Tem quem chegue às seis mesmo e tome café com pão, lendo um jornalzinho e tudo. São sempre as mesmas. Pagam com as mesmas notas, pedem o mesmo Trident de hortelã (não menta), fazem as mesmas piadas, têm um mesmo jeito de andar.

Tem uma mulher que a gente chama de Amorzinho. Ela tem uns cinquenta anos e um perfil que tu imaginaria como o Papai Noel é, caso ele fosse uma mulher. Usa uns coletinhos de lã, saias que vão até abaixo do joelho, tudo muito largo em torno do corpo. E cheira a vó. Todas as terças e quintas, ela vem até o posto, compra dois pães de queijo, conversa com o Duda (da padaria) e dá o cartão pra ele, telefone profissional, celular, e-mail. Todas as terças e quintas. A gente nunca parou pra olhar qual era o nome ou profissão dela. O Duda tem namorada e tal. Acho que deve ser uma coisa meio bizarra, mas o Duda não parece se importar: é inofensiva. No começo, ele dizia que ia ligar perto do final de semana, agora ele só agradece. Imagino que seja meio chato pro Duda dispensar uma mulher tantas vezes na semana, mas nunca perguntei.

Eu me sinto próximo dessa gente, desses quase personagens. Eu não falo de ninguém pra fazer piada, mas por um medo de que vou me tornar essas pessoas. Talvez eu já seja. De tanto tempo que eu passo nesse posto, (discretamente) enfiado no meio de papel, tenho a sensação de que eu também vou me tornar um daqueles fantasmas de instituições.

Tipo um cachorrinho que sempre tá do lado
do bar, e tu sabe que tá tudo nas normas porque
o cachorrinho tá lá. Que merda,
Ike

7.
Voltar a fazer isso

Rafael caminha até o portão. A varanda com cadeiras plásticas que iriam quebrar a qualquer momento, o jardim que precisava de um cachorro, uma rede rasgada há sete anos, mas ainda dobrada. Ele já se acostumou a ver a frente da casa número 441 vazia. Henrique não trabalhava nas sextas? Sentado no chão da varanda, ele bebe refrigerante. Ainda exibe a mesma aura de cansaço.

Rafael talvez se atrase um pouco, mas acena. Brinca que é cedo da manhã demais para aquele veneno. Sabe que Henrique mal responderá. Ele larga a Coca-Cola e acena de volta.

— Como tu tá — Rafael abre um sorriso —, cara?

— Cansado, meu velho — Henrique sorri—, mas bem. Como é que tu tá?

— Indo, na medida do possível.

Imagine uma criança de sete ou oito anos que, ao ser perguntada "como está?", responde: "Cansado, mas bem." Uma criança de sete ou oito anos cansada era normal, se ela brincasse muito. Aos quinze anos, um adolescente se sentiria cansado com frequência, já que estava em fase de crescimento e, no caso de Henrique, ele passava muito tempo fora de casa. Desde que o conheceu, Rafael sabia que o cansaço era um sinal de normalidade. Aprendeu a conviver com isso, assim como aprendeu a aceitar o garoto como uma variação de irmão.

Rafael talvez se atrase um pouco, mas observa o amigo na sua frente. Conclui que três pessoas tinham uma dinâmica melhor para conversar. Henrique se levanta e caminha em direção ao portão:

— Tu ainda tá no estágio lá na KW Tecnologia da Informação?

— Aham.

— Já foi efetivado?

— Ainda não — Rafael cruza os dedos —, espero uma resposta em março. Tu tá no posto ainda?

— Tô.

— Tu tá curtindo?

— Tá uma viagem.

— Sei.

— Não que eu não procure outro emprego.

Rafael comenta que podem estar precisando de um estagiário em marketing. Henrique continua na ênfase em marketing? Isso. Ambos conferem os números de telefone salvos no celular.

Rafael talvez se atrase um pouco, mas pergunta de Manu. Mais para poder ficar do que por interesse. Não se falam há alguns meses, em especial porque Henrique não visitou muito o irmão nos últimos meses. Ele entende. É foda. Sabia que a mãe tinha perguntado e, por isso, não perguntou nada. Rafael controla todos os aspectos da personalidade que lembrassem a mãe, numa busca infantil para ser único. Quisesse ou não, ele se entristeceria muito ao notar que também tinha muitas semelhanças com o pai. Quando a conversa adquire ritmo de conversas que acabam, Rafael confere o horário no celular. Talvez se atrase bastante.

— Então tá. Até a próxima.

— Vamos marcar de se ver, meu velho.

— A gente tem que fazer isso com mais frequência.

— É, voltar a fazer isso.

8.
Os dinossauros tinham menos incomodação

Canoas, 04/02/12

Meu velho,

o Rafinha entrou pelo portão da casa, carregando um fardo de Heineken:

"Fala, cara."

Era uma sexta à noite e nenhum de nós tinha nada. Fomos pro quintal e pegamos umas cadeiras de praia. Depois de acender um Marlboro vermelho, ele me ofereceu um também. Não. A gente falou de qualquer coisa por um tempo. Eu não falei em tom de piada (ele não riu):

"Nem parece que são oito da noite, de tão claro."

"A Lua tá bonita."

"Como chama a Lua assim?"

"Sei lá, meu velho."

"Minguante é quando ela tá minguando, tipo diminuindo."

Falamos de qualquer coisa lunar por mais um tempo. Ele me contou da vaga de estágio pra marketing, me deu um e-mail e disse pra mandar currículo a partir de março. A pessoa que tava na vaga ia ficar até abril, daí abriam a seleção. Falamos de mais qualquer coisa por mais um tempo. Ele limpou a boca com as costas das mãos.

"Tô ficando com uma guria."

"Há quanto tempo?"

"Uns dois meses, acho."

"Bah."

Ele concordou com a cabeça:

"Bah."

"É sério?"

Ele não sabia. Ele não quer namorar com ela, mas eles já tão indo pra todos os lugares juntos. Foram numa festa esses tempos e, além de não ficar com mais ninguém, eles passaram a noite toda um do lado do outro com cara de cu. Sem dar as mãos, nada. Mas ela é engraçada (na opinião dele), era uma bixo dele na UFRGS.

"O fato de ela *querer estar* em Ciências da Computação já é engraçado."

Ele achava que ela era virgem antes dele, porque era meio nova e recém tinha feito dezoito anos. Mas ela não disse nem que sim, nem que não. A gente falou da Manu, da Cecília. Perguntei se ela tinha te visitado ultimamente.

"Nunca vi ela no hospital", ele disse.

"Ela não tava com o Gabi ainda? Tipo esperando ele..."

"Até já deu pra um colega de trabalho", eu disse. "Mas só isso que a Manu me contou."

A Manu me conta muito pouco da Cecília. Quando ela me dá qualquer informação, sempre imagino as duas sentadas na cama fazendo um teste da Capricho. Daí uma fala pra outra: "Se o Ike perguntar, tu diz que..." Não sei, mulheres têm uns códigos pra essa coisa de ex, não têm? Essa coisa de amigo do meio que ex-namorado em coma também deve ter um sistema de regras.

Não sei por que eu e o Rafinha falamos da Cecília. Só tu gosta dela. Tu te lembra de quando a Cecília me apresentou pra Manu? Era teu aniversário de 2009, naquele bar que todo mundo ia. Qual era o nome mesmo?

Eu fiquei a noite inteira falando com a Manu, usando toda a lábia que não tenho. Eu olhava pro chão, ficava sem assunto, misturava uma coisa na outra, dizia que tinha visto um filme que eu não tinha só pra poder ouvir a opinião dela, daí quando ela perguntava o que eu achei, eu dizia: "Ah, achei massa."

Ela é tão bonita, meu velho. Tipo, ela tem um corpo que é todo encaixado, sabe? Quando ela ri, ela não ri com os dentes, mas com os peitos, os ombros, a barriga numa espécie de dança chacoalhada.

Bom, naquela noite ela ria. Ria, aliás, como faz muito tempo que não ri. Sempre achei que o senso de humor dela valia muito a pena. Eu às vezes brinco que ela podia engordar vinte quilos e eu ia amar ela do mesmo jeito. Ela não acredita e diz que eu falava isso pra todas as minhas namoradas, daí elas engordaram vinte quilos.

Mesmo ela rindo comigo (e das minhas piadas), eu me sentia idiota. Eu queria ser engraçado, mas, se ela fosse engraçada, ser engraçado seria um desafio maior, sabe? (Faz sentido isso?) A guria que fazia um curso técnico de enfermagem e conhecia tantas pessoas. Ela devia ser ótima com pessoas, eu pensava. Devia fazer todo mundo se sentir bem. E eu era sem graça, perdido entre um curso e outro, feio e burro. Poxa. Teve um momento em que eu quis parar pra cheirar minha camisa, porque tinha certeza que fedia a suor.

Depois da festa, quando chegamos no McDonald's, a Manu e a Cecília foram no banheiro. Quando voltaram, a Manu ficou conversando contigo, depois com o Rafinha, depois com uns colegas teus da faculdade. Tentei retomar o assunto do filme que eu não tinha visto, mas ela meio que riu e se virou pra Cecília. Entre um Quarteirão e um Big Mac, peguei o celular de uma Manuela de má vontade.

Mandei uma mensagem de texto no domingo de tarde, ela não respondeu. Mandei uma na terça-feira, e ela não respondeu. Na sexta, liguei, convidei pra ir no cinema no sábado. Sim, era caro. Sim, o (único) shopping canoense ia estar lotado. Sim, sim, eu sabia. Mas eu queria ver ela, e ainda dava carona. Daí meu pai não cedeu o carro.

Chamei um táxi da minha casa pra casa dela e depois pro shopping. Paguei os ingressos de treze reais, e a gente viu um filme bem legal até, uma comédia de zumbis e tal. Em fevereiro, vai fazer dois anos que eu e ela estamos juntos, meu velho (a gente vai comemorar direito só na Páscoa, mas enfim). E a Manu nunca me contou o que aconteceu naquela noite: é coisa da minha cabeça, ela diz.

Mas não consigo deixar de imaginar a Cecília toda cheia de frescuras, falando mal da coisa toda. A Cecília não gosta de mim, tu sabe disso. A primeira vez que nós saímos os quatro ela ficou puta porque não conseguia conversar o tempo inteiro. Ela ficou puta porque fez uma piada de Star Trek, e eu nunca vi Star Trek. Sério mesmo, Star Trek? Tem várias meio que crises que eu e a Manu tivemos, e eu tenho certeza que a Cecília se enfiou na história.

Agora começo a me perguntar se tu não vai brigar comigo porque eu tô falando mal da tua namorada enquanto tu tá em coma. Será que vocês não vão acabar voltando, e eu aqui falando merda?

Eu devia parar com isso. Foi mal,
Ike.

Canoas, 06/02/2012

Meu velho,

vamos pra Imbé nesse carnaval. Não vamos alugar a casa da Dona Neusa (que bom que não pedimos pra reservar). A namorada do Rafinha (aquela que ele não sabia se era sério) vai ceder a casa da mãe. Os pais dela não vão, acho que o pai morreu, algo assim. O Rafinha não quis explicar direito porque a Thaís não quis explicar direito.

Umas amigas da Thaís vão, daí quis chamar o Pedro e a Scila. Faz tempo que não vejo esses dois. Eu me lembro de falar com eles quando tu entrou em coma, liguei pra casa, falei com a mãe e tudo. A Scila começou a atropelar as palavras, falou num ritmo rápido das nossas memórias juntos. O Pedro começou a repetir:

"Que merda." Aí ele parava: "Que merda, cara. Puta que— que merda."

Troquei umas mensagens de texto no aniversário do Pedro, mas não teve festa. Convidei os dois pra tomarem uma cerveja comigo e com o Rafinha, mas eles não podiam no dia. Quando liguei pra Scila pra convidar os dois pra Imbé, achei que não iam poder de novo. A Scila disse que ia falar com o Pedro e...

"... vai ser muito massa, muito legal, tipo que nem a gente fazia! Pô que bom que vocês convidaram, vai ser muito tri!"

"Mas vocês não tinham nada planejado?"

"Capaz, o Pedro tá enrolado com uma guria e tem que sair do país."

A gente riu. Comentei que ela podia levar amigos também, se quisesse, porque ia ter mais gente que ela não conhecia e, acho, a casa é grande. Ela disse que ia pensar e, se ocorresse algo, ela ligaria. Combinamos das caronas (eles vão no carro do pai), e...

"... vamos nos falando! Qualquer coisa, tu nos liga, tá?"

Não falamos de ti.

Nem comentei com a Manu que vão três mulheres solteiras pra Imbé porque olha,

Ike

Canoas, 10/02

Meu velho,

"Eu vou prestar concurso na semana do dia vinte e cinco, tu não lembra?", a Manu disse. Ela se remexeu no sofá, sem conseguir se deitar demais.

"Oi?"

"Imagina que eu vou pra Imbé com vocês."

"Tá, então, a gente passa o carnaval longe?"

"Qual o problema?"

A gente ficou um tempo quieto um do lado do outro. Eu sabia dessa história do concurso, ela (com certeza) sabia que eu sabia e ela (com certeza) ligou os pontos de que eu me esqueci. Ela se virou e largou as pernas no braço do sofá.

"Tu podia ficar comigo."

"Mas, Manu, já tá tudo combinado."

"Não é como se um a menos fosse mudar grandes coisas."

"O pessoal não ia ver assim."

"Porque tu não quer explicar."

"Porque eu quero ir."

"Porque tu esqueceu que eu tinha concurso e que eu tinha pedido pra ficar aqui comigo."

Eu me perdi tanto brincando com palavras e tentando explicar que ela me entendeu errado, que ela tava nervosa com a prova, exagerando...

"... eu te amo, Mumu. Tu sabe."

"Isso não diz muito."

Acho que as minhas ex-namoradas têm essa coisa meio transtorno obsessivo-compulsivo com datas, ocasiões especiais, "momentos só nossos". Não quero dizer que é coisa de mulher (porque tem tanto homem fresco), mas foi uma coincidência. Isso e o fato de que eram legais. Muito legais. Engraçadas. Nem sempre gostosas, mas bonitas. Tinham rostos bonitos, sei lá, mãos bonitas. Macias. Mesmo a Manu, que mal sabe a diferença de hidratante e pasta de dente, é macia. É. Transtorno obsessivo-compulsivo, engraçadas e macias. Essa seria a definição de todas as minhas namoradas, não que tenham sido muitas. Numa contagem oficial, 2,5.

A 0,5 é a Helena, tu já adivinhou e já tá te rindo. Nunca entendi por que eu e a Helena ficamos, pra começo de conversa. Ela estudava numa escola de mensalidade maior que três salários mínimos, e eu usava tênis com a sola furada. Eu tava com ela porque ela era muito macia. Ela tava comigo acho que por causa das músicas de skatistas e meninas ricas, tipo aquela do Charlie Brown Jr. e daquela guria canadense. Até Eduardo e Mônica tem essa história: a menina esperta e responsável com o vira-lata.

De novo, nunca entendi por que a gente ficou. Até agora não entendo como a gente transou, e por que ela achava que isso nos fazia "namorados" oficialmente. Na mesma noite mudou o status do Orkut pra "em um relacionamento sério". Teve que mudar pra "solteira" no domingo. Macia, obsessiva-compulsiva e engraçada.

Talvez eu seja uma dessas pessoas que age melhor quando tá namorando. Tipo quando as pessoas falam que tu precisa transar porque tu precisa relaxar. E ter uma namorada meio que automaticamente exclui isso da cabeça dos outros (ou não, porque daí as diversas desculpas pra tu estar irritado giram em torno de brigar com a namorada). Me sinto mais confiante com uma namorada, quase como se tivesse um carimbo de Aprovado pela Sociedade e pelo Inmetro.

É uma sensação boa, a de estar namorando, não por estar namorando, mas por ter uma resposta imediata pra qualquer coisa. Se tu não quer ir num evento, tu pode dizer que tem que falar com a namorada, que ela não pode, ela não deixa. Ao mesmo tempo, se tu não quer ficar sozinho, tu tem alguém que meio que está obrigado a estar contigo. Não por estar obrigado. Mas meio que por isso. Tá, tu entendeu.

E ter sexo assegurado é bem bom também. E sem camisinha, que tem gosto de comida congelada. Ter uma pessoa que pode, por convivência, ter uma série de gostos em comum contigo e ter essa pessoa pra conversar é bem bom também. Acima de tudo, naqueles dias de merda em que eu acho que ninguém gosta de mim, é bom ter uma voz na minha cabeça que diz: a Manu gosta de mim. A ideia de que ela não tá comigo por alguma motivação sinistra me encanta um pouco. Com a Manu, algumas das nossas conversas já funcionam na base do...

"... tu viu aquele filme que—"

"Ah, aquele da polêmica e"

"Acho que o juiz—"

"Sim, que babaca."

"Tu notou que a gente acabou de—"

"Sim."

E já tem dois anos. Não consigo não parar e me perguntar se eu tô mesmo com a pessoa certa entre todas as pessoas (talvez) certas com quem eu talvez poderia estar.

Quando comecei a namorar com a Tati, eu criava experimentos idiotas na minha cabeça pra testar se ela era a guria certa pra namorar. Eu precisava de uma voz divina, cara, essa coisa toda de primeira namorada, que já morava sozinha e tal e tal.

Esqueci de propósito minha escova de dente na pia dela. Se ela devolvesse a escova, queria dizer que ela gostava de mim e confiava na minha independência. Se ela guardasse a escova, queria dizer que ela gostava de mim e podia ser controladora. Se ela jogasse a escova fora, queria dizer que ela não gostava nem de mim nem das minhas coisas. Ou ela recebia muitas pessoas em casa, era supersociável, e não tinha tempo pra pensar nesses detalhes dos outros. Ou ela descobriu meu plano e me achou inseguro e burro e infantil. Acho que mais cedo ou mais tarde, todas elas descobrem meu plano e acham isso.

Aliás, no meio da nossa discussão, a Manu lembrou que nosso aniversário de dois anos de namoro era na terça-feira de carnaval, e eu nem tinha lembrado, nem planejado nada e eu não ia estar em Canoas, ela tinha pensado numa jantinha e tudo e eu sou um idiota que só penso em mim e ela vai tirar o siso na outra semana e eu não lembro disso também, ela aposta. Dizem que a gente namora a mesma pessoa e eu me pergunto se a gente acaba não cometendo os mesmos erros de novo e de novo. Obsessivas, engraçadas e macias. Aliás, em minha defesa a gente programou uma viagem pra Gramado no feriado de Páscoa. A gente até já reservou uma cabana e tudo. Eu achei que era nossa comemoração de dois anos.

Em minha defesa de novo, eu achava que a gente ia
passar o carnaval junto em Imbé. Contra a minha
defesa, eu me esqueci do concurso e do siso. De
qualquer forma, a culpa não é minha,
Ike

9.
É tarde

Dante empurra o laptop para o lado e deita a cabeça sobre a escrivaninha. O laptop cobre uma pilha de papel, livros xerocados e encadernados às pressas na central de cópias da faculdade, textos soltos, Art, Truth and High Politics, La Estética del Franquismo, A Teoria Crítica e o Cinema de Propaganda Totalitária: convergências entre o nazifascismo e a indústria cultural (e algumas palavras sobre Riefenstahl e o Pós-Moderno) e Dante cai no sono.

Ele não sabe por quanto tempo dormiu. Teve três sonhos e só se lembra de um.

No sonho, corre. Corre num parque de grama azul, as árvores, o chão, o laguinho azul. Dante sonha que sabe que a grama deveria ser verde. Tenta começar a caminhar, diminuindo o ritmo da corrida, mas não consegue. Dante, no sonho, sabe que ele como fumante não deveria ter fôlego para correr. Dante, no sonho, sabe que ele como o sempre mirrado garoto da escola não deveria ter força suficiente para correr. Pega o celular da mochila, que sempre esteve em suas costas, faz uma ligação para o Professor Doutor Anatoli. Alguém atende o telefone, mas é Renan.

Além de dores de cabeça, Dante sente vontade de conhecer algum verbo difícil. Um que signifique "mandar o ex-namorado dizer ao professor que não iria à reunião de orientação do dia seguinte". Quer mandar Renan desligar, quer mandar Renan à puta que pariu, quer mandar Renan falar com a Scila sobre a praia que ela tinha comentado, quer mandar Renan voltar logo, porque eles têm a química perfeita e deveriam ficar juntos, e quer mandar Renan explicar para alguém que odiava aquele tema e aquela porra toda e quer mandar Renan à puta que pariu de novo e acorda.

Já dentro do pijama e de dentes escovados, o celular vibra. É Scila. Quais eram os planos para o carnaval?

— Nem um "oi"? — Dante ri.

— O que tu vai fazer?

Não vai fazer nada. A história da praia ainda está para acontecer? Ele ouve Scila sorrir do outro lado da linha.

— Tu já te decidiu?

Ele e Renan planejaram fazer a viagem com uns amigos (dele) para Olinda no carnaval. Mas não tem mais viagem.

Dante nega o convite de novo. Ele se sentiria invadindo um espaço de outros: os amigos *da Scila*, a namorada de algum amigo *da Scila*. No entanto, não tinha muita vontade de sair. Scila o chama de velhote...

— ... vai ter Tequila. E uísque...

— Eu não quero — ele até aprecia o carinho da amiga.

— Eu já disse que tu ia.

Não disse, não. Scila insiste: vai ficar muito chato se ele não for. Ele recusa de novo, chamando-a de "Priscila". Ouve Scila sorrir mais ainda pelo telefone. Ela explica que mudaram todo o roteiro de carona por causa dele. Ele não quer ir: ia ficar separado de todo o resto das pessoas.

— Se tu ficar nervoso, só fala bastante. O pessoal é de boa, vão gostar de ti.

— Vou pensar.

— Tu é da Comunicação. Ficar trancado não é da tua natureza.

10.
Um grande sei lá pra isso tudo

Imbé, 18/02

Meu velho,

a nova namorada do Rafinha tem dezoito anos. É só. Tem um rosto meio índio (é racismo chamar alguém de meio índio?), meio sei lá. Mediana. Fora isso, tem dezoito anos: essa é a característica dela.

Viemos eu, o Rafinha, a Thaís e duas amigas de faculdade dela. O Pedro e a Scila trouxeram o melhor amigo gay dela. O Pedro lotou o seu carro com cerveja, refri e essas vodcas com gosto de refrigerante que comprou num atacado. Uma das colegas da Thaís mora perto da fronteira, daí trouxe de Aceguá tequila e uísque. Eu, o Rafinha, a Thaís e as gurias levamos no nosso (do pai da Thaís) carro o menu pras festividades: macarrão, molho pronto, salsicha, macarrão, tubinho de chocolate, queijo, presunto, milho, ervilha, batata palha, maionese, ketchup, mostarda, chocolate branco com cookie, macarrão, refrigerante, nugget, hambúrguer congelado, Nescau, leite, macarrão, café, tempero pronto pra arroz, Doritos, Ruffles, macarrão, Trakinas, macarrão, Ruffles, biscoito água e sal, carvão, requeijão, chocolate com recheio de doce de leite, paçoca, suco, carne moída, alho, manteiga, macarrão, maminha, picanha, vazio, coração, batata, vazio, sorvete de morango, sorvete de açaí que ninguém vai comer e macarrão.

A Thaís passou boa parte das férias da infância nessa casa. Ela destrancou a porta:

"Desde que meus pais se separaram ninguém sabia o que fazer com isso aqui."

"Daí não fizeram nada."

Uma das gurias (voz aguda e cabelo crespo crescendo para os lados) correu pra dentro, mandando o pessoal tirar as coisas do carro. A outra (baixinha que ria com vontade e tinha peitos com notável silicone) seguiu. Elas não se olharam, mas coreografaram. Sabiam quem ia fazer o quê, que janelas abrir, onde largar aqueles troços pra pegar baratas que tu deixa nos cantos. O Rafinha apoiou uma montoeira de sacolas plásticas no batente:

"Parecem sócias da casa", ele disse pra ninguém.

A Scila ao fundo perguntava onde tava o papel higiênico. Falou das toalhas. A Thaís apontava pros banheiros, falou da geladeira, pediu pra alguém ver o gás. O Rafinha ainda tirava as coisas dos carros e lembrou que a gente se esqueceu do sal grosso, e a Thaís começou a mandar comprar, porque mercado de praia é impossível.

"Broder, me ajuda a trazer a TV pra dentro", o Pedro já meio que trazia a TV pra dentro da casa sozinho.

Quando viu que trouxeram o video game, a Scila correu pra frente da casa. "Puta que pariu, né, Pedro?"

O Rafinha foi ajudar com qualquer coisa no carro:

"Começou a choradeira porque a TV veio."

Da porta, a Scila nos chamava de um bando de viciados, e ficar sem TV ia nos fazer bem, e a gente nunca mais via sol.

"Pelo menos, vai dar tempo de pegar o programa da…", começou uma das colegas da Thaís.

A Scila e o Pedro só se falam pra brigar. Quando tá tudo bem, ficam quietos, fazem as coisas deles. Tu te lembra de quando o pai deles nos levou pra pescar? Daí os dois vieram no carro falando mais alto que o rádio por causa de um anzol que o Pedro queria, mas a Scila (como boa irmã mais velha mandona) não queria que ele tivesse (porque ele não podia ter, logicamente). E ficaram se agitando enquanto pescavam, e o pai dos dois berrou com eles e com a gente na viagem de volta pra gente não se importar, que a coisa era assim mesmo.

Eu, o Rafinha e o Pedro ligamos a TV, arrumando os adaptadores, conectando o video game, separando os controles, os jogos, a fita crepe numa parte de uma guitarra do Rock Band que não segura as pilhas sozinha, e daí surge o amigo gay da Thaís.

"Tá, e as gurias, hein?", ele disse. "A Scila é uma figura, né?"

O Pedro perguntou qual era a voltagem da casa, o Rafinha respondeu que o video game era bivolt, mas dava pra perguntar pra Thaís.

"E esse Rock Band, hein?", disse o guri. "Eu sou bom no vocal."

O Rafinha gritou pra Thaís sobre a voltagem. Ela respondeu que a sala era 220 e os quartos, 110.

"Os controles", o guri continuou falando, "tão em bom estado. Há quanto tempo tu tem esse video game?"

"Tu já botou pra duzentos e vinte?", o Pedro perguntou. Eu fingia estar fazendo algo importante checando os poucos discos de jogos. O guri sentou do meu lado no chão. Comentou sobre como deveria custar caro manter um PlayStation 3, por causa do preço dos jogos e tal. Ninguém respondeu, ninguém apontou o HD externo cheio de jogos falsificados, ou explicou que os discos tinham sido presentes de uma tia que tinha ido pros Estados Unidos, ninguém comentou que era por isso que o Pedro morava com a mãe ainda, mesmo trabalhando na mesma multinacional fazia uns quatro anos.

Juro que não foi preconceito. Ele era chato pra caralho. Segundo o Pedro, o guri veio falando a viagem inteira. Tudo bem que é menos de uma hora de viagem, mas eram seis da manhã. O guri (no banco de trás) ficou conversando com a Scila (no banco da frente), e a Scila dormia. Uma hora, ele ainda mexeu na caixa de bebida do lado dele, quase que derrubou tudo no chão.

"Se derramasse uma gota ia pagar a lavagem do carro inteira", o Pedro contou enquanto largávamos as coisas. "Imagina voltar com o carro sujo e fedendo, o pai da Thaís não ia mais me emprestar nem vale-refeição."

Tu não ia gostar dele também. Pedimos pro guri conferir se o portão tava trancado. Depois de colocar a chave de volta no chaveiro, ele se sentou perto da gente:

"Não queria ficar na cozinha com as gurias, sabe? Cozinhar, essas coisas de mulher, eu não curto muito..."

O Pedro parou de mexer na extensão:

"Gay machista eu nunca tinha ouvido."

"O quê?"

"É. Gay machista eu nunca tinha ouvido." O Pedro ainda mexia na extensão: "Se eu fosse cozinhar agora, tu ia dizer que eu tô fazendo coisa de mulher?"

"Não, eu só tava fazendo uma piada, foi irônico..."

"Se tu não quer que eu fale que ser imbecil é coisa de puto é bom tu não falar que cozinhar é coisa de mulher."

"Mas qual o problema de—"

"Pega lá outra extensão no quarto das gurias."

Ele foi. E demorou, era uma casa de dois andares. Uma casa pensada pra um momento feliz, sabe? Na época em que construíram, a mãe da Thaís tava esperando gêmeos: três quartos, um com suíte. O pai da Thaís adorava cozinhar pra muita gente: a casa tinha uma cozinha onde cabiam tranquilamente seis pessoas. A sala de estar era separada da sala de jantar por um degrau. Não tinha muitas portas, em geral, só grandes aberturas na parede. Fotos cobriam a tinta descascada. Tinha umas estantes de livros infantis, quadrinhos do Mickey e da Minnie, Zé Carioca, revistas de arquitetura, tudo fedendo a traças, uns brinquedinhos perdidos. Do lado dos livrinhos, fotos. Quase como se a casa tivesse pegado fogo, e todo mundo tivesse saído às pressas sem pensar no que levar.

Cheira a mar. Disseram que, quando chove, o cheiro de mofo fica mais forte dentro da casa. Ainda não dá pra avaliar o jardim porque a grama tá alta, mas tem umas flores murchas na parte de trás. O terreno parece plano, então, deve dar pra jogar bola. Ou taco. Dois dos quartos têm camas de casal, o outro tem um sofá-cama e tem mais dois colchões de ar que dá pra usar.

"Eram quartos maiores, mas a gente só dividiu as paredes, pra poder alugar e cobrar mais. Era o que minha mãe queria", a Thaís explicou.

"Vocês chegaram a alugar?"

"Tu acha?"

Apesar de mal caberem as camas e umas estantes dessas de parede, com janelas grandes. São honestos. O sofá da sala também é sofá-cama (mas a Thaís disse que é ruim). Agora me arrependo de não ter trazido mais gente. O ar de abandono ficou na casa mesmo depois da faxina.

O que será que a mãe da Thaís faz? Quanto será que ela ganha? Essa casa toda deve ter custado mais caro que a minha e a tua. Sei lá, talvez a pensão seja boa.

A Thaís usa a casa às vezes com uns amigos. A mãe da Thaís não quer alugar (e não vem à praia também), e o pai da Thaís mora num apartamento de dois quartos com a segunda esposa e a segunda filha. A Thaís diz que a cozinha de lá é bem grande.

Deu pra ouvir o guri correr com a extensão pela escada. Entregou pro Pedro. Sorria muito. Não que seja preconceito, mas acho que aquele guri tava a fim de dar pro Pedro. O Rafinha se soltou um pouco:

"Tu tem namorada? Ah, desculpa, namorado."

O guri riu.

"It's complicated."

"Bah. Se ter namorada mulher já é um porre..."

Apesar de o guri ser pentelho, o Rafinha perguntou por que o nome dele era Dane. Era apelido, uma coisa de escola, o guri explicou. O nome-nome era Dante, a que o Rafinha completou: só a mãe dele usava o "Dante", né? Ele fez uma cara de tanto-faz, a gente riu. A gente foi rindo das piadas dele e, antes de ver, todo mundo já respondia ao que o guri dizia (menos o Pedro). Uma hora, o Pedro testava a entrada HDMI pela terceira vez na TV, o guri soltou:

"Nenhum de vocês quis trazer um Wii? Hein, o Play Três até que é legal, mas o Wii tem uns jogos de grupo..."

O Pedro olhou pra ele.

"Ninguém aqui é puto pra jogar com video game de mulher."

O guri foi ajudar na cozinha. O Pedro ficou um tempo falando meio sozinho meio com a gente:

"Mimimi, olha o Mario Kart, mimimi, posso jogar com a Peach, hein? Hein? Hein? Porra, para de falar 'hein'."

A gente riu, porque não tinha muito mais o que fazer. O Pedro fez uns dois semestres de Ciências Sociais, então ele gosta dessas conversas de minorias (às vezes). Mas ele esquece todo o espírito de sociólogo quando fica puto. Esse povo das Humanas e livros e palavras e minorias e cotas dá uma canseira só de falar.

Talvez o espírito do Pedro seja o espírito
de um sociólogo meio ruim,
Ike

p.s. eu gosto do Wii. Mas a discussão não era sobre video games.

p.s.2 talvez o Pedro tenha dito algo como "bicha heteronormativa", mas não sei. Heteronormativo não soa como uma palavra de verdade.

Imbé, 19/02

Meu velho,

a gente tava no meio da janta (macarrão ao molho pronto de quatro queijos e nuggets sabor queijo), e o Dane se levantou. Ninguém perguntou muito: o prato dele tava vazio, todo mundo tava podre da faxina (e que se foda também, né? Ninguém é vó do guri).

Assim que sentou de volta, o Dane afastou o prato da frente dele. Tinha uma caixinha esquisita numa mão e, na outra, um pacote de papel pra cigarro. Pelo cheiro da caixa, dava pra saber o que era. Um pouco da maconha (que ele começou a triturar no esmurrugador (tu te lembra de quando a gente fazia isso com um cartão de crédito? Os cartões de crédito dele devem ser muito importantes)) caiu na toalha da mesa. A Thaís ficou meio falando que o primeiro beque é sempre o da dona da casa. A gente riu.

O Rafinha catou os pratos vazios numa pilha:

"É, mas quem sabe a gente não fuma lá fora, cara? Daí não fica cheiro na casa..."

"Relaxa, Rafinha!" Uma das colegas da Thaís se espreguiçou na cadeira. "Já tinha cheiro de selma quando a gente chegou."

A gente riu. Rimos enquanto deixamos a mesa do jeito que estava e fomos pro jardim, sentamos numas cadeiras de praia enferrujadas (uma das gurias sentou no chão num casaco) em frente à grama ainda alta da casa. A Thaís de fato foi a primeira a acender o beque e, pra uma guria de dezoito anos, ela não era nada mediana.

O Dane ficou mais quieto quando chapado.

Menos chato, até.

A gente não foi pra varanda por causa da história de fumar fora de casa. A vista era do caralho. Em Imbé, dá pra ver umas estrelas que não chegam até Canoas.

Acordei agora no sofá da sala sem me lembrar
de ter ido dormir,
Ike

Imbé, 19/02/12

Meu velho,

as gurias foram pra praia hoje, logo depois do café. Não sei qual a grande graça de ir pra uma praia gaúcha. Dizem que é síndrome nossa de vira-lata, que fica se comparando com o litoral de Santa Catarina e que isso e que aquilo. Mas a água é marrom, a areia é dura e o mar se agita por qualquer ventinho. Porra.

"Ah o que tu acha das praias daqui e—"

"A água é marrom."

Fim.

Ou eu que sou um cuzão mesmo.

De qualquer forma, os guris ficaram por causa da promessa de cortar a grama. O Rafinha e o Pedro alternaram com o cortador. Me responsabilizei pela caixa de isopor com cerveja, por comprar gelo, além de me certificar que todas as cervejas estivessem geladas. A gente meio que colocou o Dane como responsável das vodcas-refrigerante das gurias, depois pediu pra ele achar a bola de futebol. Depois porque ele fez um comentário, a gente pediu pra ele ver com as gurias se elas tinham trazido as coisas pra jogar taco. Quando eu parei, ele só ficou sentado do meu lado, falando sobre cerveja, que marca era o que e por quê. As gurias entraram pelo portão da frente, cheias de areia nas pernas. Se bateram um pouco pra se limpar:

"Tá, e esse almoço já tá pronto?"

O Rafinha abraçou a Thaís quando ela passou por ele:

"A gente só terminou de cortar a grama agora."

"Adoro cheiro de grama cortada. Misturado com o teu cheiro, então."

"Tá pela casa toda."

A Scila começou a vaiar os dois pela sua fome de novo.

"Vocês podem buscar um frango ali na padaria, guris", ela disse. "A gente faz arroz..."

"Nem fudendo", o Rafinha apertou a Thaís. "Não vou dar nenhum passo..."

"A ideia é boa...", a Thaís olhou pro canto onde eu, o Pedro e o Dane estávamos tomando cerveja. "Faz essa pra gente, Pedro."

"É, Pedro!", disse a Scila.

"Ah, Scila, que saco. Sempre eu, que merda, sério. Bah."

O Dane se levantou:

"Deixa que eu vou."

Eu me voluntariei pra ir junto. Completamente desnecessário, porque eu tinha sido o Tenente Ceva, mas comecei a achar que ser o Tenente Ceva não se comparava a ser um dos Capitães Cortadores. Em teoria, não precisava fazer mais nada.

Mal chegamos na esquina quando ouvimos uma das colegas da Thaís. Toda a rua soube que a gente ia pedir uma porção extra de polenta frita. A padaria era a duas quadras da casa. O Dane assobiou por um tempo e, quando parou:

"Há quanto tempo tu conhece a Thaís, hein?"

"Não faz muito. Conheço mais o Rafinha, ele é meu amigo há uns muitos anos..."

"Louco."

"Pois é."

"Eu conheço a Scila e o Pedro só."

"Gente boa."

"O Pedro não gosta muito de mim. We didn't hit it off so well."

"O Pedro é esquisito, nem esquenta."

"Também achei."

"Ele leva umas coisas a sério."

O Dane caminhava mais devagar que eu:

“A Priscila e eu até tivemos um casinho. Hein, foi uma das primeiras pessoas que eu beijei.”

“Meu primeiro beijo também é ligado a eles dois.”

“Mesmo?”

“A primeira vez que eu beijei uma guria eu tava num cinema no shopping.”

“Ali de Canoas?”

“Isso. E daí acabou o filme. Eu fui correndo pra casa dos dois que era ali do lado, ali no Carrefour—”

“Eu sou de Esteio.”

“Ah, mas tu sabe onde fica ali o shopping e tal, né?”

“Um pouco antes da Mathias Velho, se tu vem do Mercado.”

“Isso, então. Meu velho, eu fui correndo, tipo triatleta. Pulei obstáculos, nadei em poças d’água, subi e desci ladeiras.”

“Mas nem é longe.”

“Na hora parecia muito tempo. Esperar até o filme acabar já foi uma parte do meu treino de atleta.”

Fiquei feliz de ver que ele quase sorriu pra minha piada. Continuei:

“Cheguei e fiquei desesperado chamando alguém no portão. Aí a mãe dela veio, daí, foi só alegria, né, meu velho? Contei pro Pedro primeiro, porque a Scila não tava em casa.”

“E a Priscila ficou puta que não soube.”

“Puta.”

Ele ouvia enquanto a gente ia andando. Fazia tempo que ninguém me deixava falar. Eu quis que a padaria fosse mais longe.

“Mas foi insano, meu velho, ninguém sabia o que fazer. Eu tinha sido o último do meu grupo de amigos a beijar. Que adulto.”

A gente quase riu de novo e fomos andando em silêncio (já dava pra sentir o cheiro de frango).

"Esses amigos de muito tempo", o Dane disse, "sempre acabam uma personalidade externa da gente, quase um alterego, sei lá, hein".

A padaria tinha colunas altas dentro, cheias de estantes com diversas opções de pão, pão integral, pão light, pão de farinha de rosca e tal. A fiação dos freezers era toda visível pela estrutura. Subiam, iam até o teto pra sumir num buraco, e sumiam não sei onde. Mal entramos na fila do frango e o Dane comentou comigo:

"Ah, as vigas parecem resistentes."

Concordei, mas sem medo. Por mais que não entendesse muito de padarias, acho que aquela não tinha muitos problemas. Sei lá.

Um grande "sei lá" pra isso tudo,
Ike

p.s. e se as vigas tivessem problemas, não era muita gente que ia saber, né? Afinal de contas, essas coisas de praia duram pouco, ou só funcionam em momentos específicos.

Imbé, 19/02/12

Meu velho,

"Preferi guardar a selma pra de noite", o Rafinha acendeu um Hollywood vermelho. Ele, eu e o Pedro sentamos numa roda quase mística, cervejas numa mão, cigarro na outra, muita merda pra falar. Nessa mesma roda, o Pedro disse que tinha trazido cogumelos. Um colega do trabalho, que vendeu o troço, garantiu que cogumelos eram tudo o que se espera de uma droga. Perguntamos das gurias que a gente não conhecia, se elas não iam encher o saco. Mas o Pedro disse que a gente precisava de "pessoas âncoras" de qualquer forma, pra cuidar se a gente não ia comer o próprio braço nem nada assim. Não tinha doses pra todo mundo, mas meia dose pra cada um tava de bom tamanho.

"Tu estuda?", tentei.

"Design."

"Ah... onde?"

"Na ESPM. É meio hipster assim, sabe?"

"Ah", o Pedro disse. "Conheço."

Não sabia, mas fingi:

"Mas tá curtindo o curso?"

"O curso é legal lá."

"Mas é longe pra caralho do centro, né?", disse o Pedro.

"Longe de qualquer coisa."

"Tu vai de van, daí?"

"Carro."

"Pra estudar na ESPM, só com carro", o Pedro elogiava com a própria genialidade.

O assunto não foi muito adiante. O Pedro ofereceu cigarro, e o Dane disse que não.

"Como assim, todos vocês não fumam? Não é uma coisa *obrigatória* pra entrar no time?", disse o Pedro enquanto o Dane levantava e ia pro quarto dormir, ler ou sei lá. Quis sugerir que ele pegasse alguma outra bebida e se juntasse de qualquer forma. Eu não fumava Hollywood e tava lá com eles, não tava? Mas sei lá.

Entramos logo num loop de conversar, beber, gargalhar, fumar, falar coisas perdidas, beber, gargalhar, rir de qualquer coisa, ir até o rádio e passar pra próxima música, cantar errado e/ou alto, ir até o rádio e repetir uma música e apagar sentados na cadeira. Aí alguém acordava e meio que acordava outra pessoa até o ponto em que todo mundo tava acordado de novo. Fiquei muito tempo pensando sobre como isso tudo se organizava em loops de dormir-e-acordar-e. Só parei de pensar nisso quando os guris me chamaram pra colocar minha cadeira pro lado, porque a sombra do muro e da árvore tinham mudado.

Pensei na Manu por um tempo, pensei em mandar um sms ou ligar, mas tinha deixado o celular no quarto. Me prometi que ia ligar quando desse. Ela vai ficar chateada que eu não liguei quando cheguei, quando comi, quando, quando. Detesto falar com ela via coisas tecnológicas, sempre tenho a sensação de que ela tá mexendo na internet ou lendo ou *se divertindo de verdade* enquanto fala.

Me espreguicei. Dava pra ver que o jardim tem uma figueira, um chuveiro ao ar livre, um tanque. Com a grama cortada, cabe um par de labradores amarelos gigantescos correndo por tudo e revirando os matos e as flores.

Puxei minha cadeira pra baixo da sombra e com os guris ao redor. A Scila tocava violão, as duas colegas da Thaís (sentadas no chão) jogavam canastra cantando junto uma música do Engenheiros do Hawaii. A Thaís, que lia *A guerra dos tronos*, levantou em direção à porta do quintal. Dava direto pra cozinha e, passando pela churrasqueira, fez uma pausa:

"A gente vai ter que conferir se não tem uns bichos mortos dentro daquela churrasqueira", avisou. "Faz uns bons anos que ninguém mexe nela."

Ainda falta comprar (mais) cerveja pro estoque,

Ike

11.
Não há fotos dessa noite

De tanto encherem os copos de shot, já tinham derramado tequila em boa parte da mesa de plástico. À tequila, juntam-se cerveja, restos de salgadinhos, farelos de pão, refrigerante e seus respectivos cheiros. Em torno da mesa, copos plásticos quebrados, poças de bebidas e as três garotas. Enchem copos de shot, arrumam o sal e o limão.

Vai duma vez.

Gisele senta no gramado ao lado de Priscila. Levanta os olhos para o céu e canta mais alto e mais desafinadamente que a música pop do rádio do vizinho. Thaís e Renata sentam junto dela, as quatro de frente para os guris. Assistem eles dançarem, eles falam e riem e riem e falam...

— Alguém devia fazer eles pararem — alguma delas diz. Afinal, eles podem passar mal da desidratação, mas todos estavam bêbados demais para qualquer coisa. Henrique se aproxima das garotas, chama-as. A música tá legal, muito legal. Dante protesta e se aproxima de Henrique:

— É só sentir a vibe!

Rafael se senta na grama, deita na grama molhada e, deitado na grama molhada com umidade entrando pela camisa, fala sobre as estrelas em portunhol. Fecha os olhos e sorri para seu horizonte obscuro. Dante e Henrique, ainda virados para as garotas, insistem, com vozes se enrolando e saltos entre palavras, que elas têm que dançar.

— Eu não sei dançar — Gisele responde, ajeitando os cabelos cacheados. Henrique gargalha noutro berro.

— Pede pra Sailor Moon — ele aponta para as estrelas — emprestar a tiara.

— Pra quem?

— Nunca viu a Sailor Moon?

— Não.

— O desenho.

— Não vi, não.

— Nem eu — ele coloca as mãos na testa —, mas ela tem uma tiara.

Imitando o gesto de Henrique, Dante fala:

— É daí que ele tira o poder de dança.

Começam a dançar como numa rave. Gisele corre para dentro da casa: a câmera, onde deixou a câmera? Analisa a cozinha mais bagunçada que o quintal. Ao longe, ouve Henrique:

— Sailor Moon, me empresta tua tiara!

Depois de uma procura bêbada pela cozinha, Gisele volta para o quintal, com a Olympus T3000 em mãos, ligada. Ia fazer um vídeo dos dois. Isso. Seria tão engraçado de manhã, em especial porque Rafinha já apagou, as garotas não estavam prestando atenção, e até porque o Dante e o Henrique tinham se abraçado enquanto dançavam.

12.
Meu, tu não sabe o que que

Imbé, 20/02/2012

Meu velho,

tem uma música do Charlie Brown Jr. que não tem clipe, mas sempre imagino que chega num ponto da música em que o Chorão começa a correr e a falar: MEU, TU NÃO SABE O QUE QUE ACONTECEU. Eu me sinto meio assim agora. Nessa mesma música do Charlie Brown, tem um trecho em que cantam *Acordou, todo mundo! Mulherada muito loca com doce na boca*. Na época em que essa música tocava no rádio, eu achava normal falar doce na boca e tal. Só uns anos depois que me dei conta de que doce não era doce tipo bala Sete Belo.

Vou explicar uma hora dessas,
Ike

p.s. é estranho quando tu pega uma memória antiga e vê que não é nada que achou que fosse.

p.s.2 daí eu fico pensando em todas as vezes em que eu cantava isso pela rua.

Imbé, 20/02/2012

Meu velho,

a gente tinha planejado encontrar um pessoal amigo das gurias na orla da praia, mas elas receberam uma mensagem falando que eles iam pra Tramandaí. Falavam que era pra gente pegar um ônibus e ir pra lá também. Tudo bem que é como se fossem bairros diferentes, mas (provavelmente porque todo mundo já estava meio bêbado) ninguém queria ir muito longe. Era uma cidade diferente e por algum motivo isso assustou os GPA, que sempre fazem tudo fora da GPA.

(Aprendi GPA com o Dane: Grande Porto Alegre. Esse jeito de falar tem a ver com o pessoal designer-comunicação-moderno-dinâmico-sem-tempo--a-perder-vira-a-noite-trabalhando-e-fazendo-festa-ao--mesmo-tempo-vive-num-comercial-e-é-Multitasker. "Multitasker", aliás, me faz pensar em impressoras que também são máquinas de fotocópia e escâner. (Isso. Um pessoal meio impressora-escâner.))

Não fomos. Passeamos um pouco no centro da cidade, comemos crepe numa das banquinhas do centro, a Crepe Diem. A gente tinha trazido uma garrafa de vodca, que ficamos bebendo na fila.

Um palito de crepe em cada mão, o calor saindo da massa, sentamos num banco mais ou menos perto. Dois metros pro lado, tinha outra banca de crepe com outra banca de crepe dois metros depois e então outra banca de crepe dois metros depois e outra e outras. Não sei por que escolhemos a Crepe Diem (ela não era uma das primeiras (e não dá pra ter provado todos os crepes de todas as bancas, elas (e os donos) mudam a cada verão (não fica aberto o ano todo))).

Mesmo assim, a Thaís tinha insistido que eles tinham um crepe de frango com catupiry que era "espetacular". O Pedro pediu o crepe de frango com catupiry, o que fez com que ele fosse obrigado a deixar todo mundo provar pra ver se era realmente bom.

(Era bom, mas eu não tenho memórias do melhor crepe do mundo ou do pior crepe do mundo. Não é rotineiro que nem arroz, então, são sempre bons. Acho.)

"Vamos caminhar até a orla", a Scila disse. "Pra ver gente."

"Queimar umas calorias", a Thaís riu. Todo mundo meio que riu, meio que consciente de estar comendo errado ou algo assim.

Já tinha gente suficiente a caminho da orla e, ainda mais no centro, que são só umas duas quadras de bares, banquinhas e muitas pessoas em torno. Alguns playboys levam o carro também e ficam ouvindo música alta, o que causa uma mistura de *Ai, se eu te pego* com *Agora eu quero só você* e alguma música pop em inglês. Uns carros com o porta-malas aberto tinham as caixas de som em combustão. Ao lado dos carros, os donos dos carros, com braços maiores que minhas coxas e umas gurias que gostam de caras com braços maiores que minhas coxas.

Encontrei uns veteranos teus do Direito, uns altos, que organizam as festas e sabem o nome de todo mundo de todos os cursos. Eles tavam num bar desses com cadeiras e mesas de plástico no meio da calçada. Isso faz as pessoas terem que driblar pela rua (já paradas por causa dos carros) e pela calçada. Os veteranos me enxergaram e começaram a gritar:

"Ô, bixo! Ô, bixo!"

Mesmo eu estando no terceiro semestre, mesmo já tendo saído da Química Industrial (acho que era a época em que eu ia nas festas de faculdade), mesmo eu nunca tendo estudado na PUC. Fui falar com eles, que já estavam na quinta cerveja. Perguntaram de ti. Na verdade, perguntaram do…

"… outro bixo que tava sempre contigo, mas que tinha passado em primeiro lugar. O Francisco, algo assim, era nosso bixo."

"O Gabriel?", eu disse. Daí te descrevi, tipo perfil e tal e tal e com que turma a gente circulava, aí eles concordaram, era tu, *o Gabriel*. Daí eu quis rir:

"Ele tá em coma tem quase seis meses."

"Porra."

"Pois é."

"Que merda."

"É a vida."

"Foi um acidente de carro?"

"É."

Me lembrei da competição O Coma Mais Ridículo.

"Tive um amigo que ficou um tempão apagado por causa disso."

"Bah."

"Bah."

Nós nos despedimos um pouco depois.

Eu mal tinha tirado o primeiro chinelo, e o Pedro com o Rafinha e as gurias já batiam palma pra apressar eu e o Dane. Eles tinham achado uma pedra onde se sentar e tomar o resto de vodca. O Dane sorriu pra mim:

"Mas que puta que pariu essa gente que caminha."

A gente enterrou os pés na areia, a areia esquentou os pés, eu pensei em ti por um tempo. O Rafinha e as gurias tinham meio que virado um núcleo de conversa próprio desde que chegaram adiantados na pedra. O Pedro meio que resmungava do meu lado. Mexia no celular. O Dane me perguntou dos veteranos que tinham falado com a gente. Falamos de ti por um tempo.

Eu nunca tinha apagado, na minha vida. Nunca tinha me esquecido de algo que aconteceu. Apagar é algo curioso. Tu saber como fez tal coisa e, depois, acordar sem se lembrar da ordem dos eventos que te levaram a ir dormir pra começo de conversa. Em geral, sou a pessoa que se lembra das histórias vergonhosas (tu sabe disso, tu sabe disso).

Minha calça tinha se molhado demais com o sereno da grama. Gelado-gelado. Eu, o Dane e o Rafinha ficamos um tempão conversando. De onde vinha a música? O Rafinha cantava junto. O Dane falava muito, mas sorria muito também.

O Pedro era o único que já tinha tomado cogumelos. Disse que tu ficava consciente, mas numa leveza. Disse que tava jogando troços de tabuleiro e sentiu um cheiro de queimado do bolo da mãe dele (que era sempre queimado), só que era a vez dele jogar e ele tinha uma estratégia e. Ele falou do cheiro do bolo que o pai dele comprava nos aniversários dele. Isso tinha sido antes do vô dele se matar. Ele disse que foi chapado que se lembrou do dia em que o vô dele se matou.

Perguntei se eu estaria limpo dos cogumelos até o final do carnaval.

O Pedro e a Scila chamaram todo mundo pra cozinha. Tinham enchido copos plásticos com o chá, água marrom com cogumelos dentro. O Pedro disse que era pra mastigar que ia fazer mais efeito, que tinha gosto de champignon e que era só uma textura esquisita. Mas era tenso. Os cogumelos tinham uma cor azulada às vezes, cara de podre e de mofado (tu já usou? Não, né? (Meio óbvio, mas ok.)). Preferi engolir direto. O chá tinha gosto e cheiro de água quente, mas dava um pouco de náusea saber que aqueles cogumelos tinham sido plantados do jeito menos cuidadoso possível (ao mesmo tempo, fiquei me perguntando se a comida industrializada era tão mais limpa). O Rafinha tomava um pouco de refri e um pouco de chá, a Scila pegou uma colher pra catar os fiapos do fundo do copo. O Dane deixou o troço pela metade e deixou os pedacinhos do fundo, que o Pedro pegou pra si. As amigas da Thaís assistiram.

O Rafinha avisou que demorava uma meia hora pra começar qualquer coisa.

"Que merda", o Pedro mexeu no celular. Ele mal grudou o celular no rosto e já se levantava. Me perguntei como ele conseguia se mexer tão bem. Se eu levantasse, ia vomitar.

"Que merda, que merda." Ele atravessou o jardim e a cozinha, de novo futricando no celular.

As gurias se reuniram em torno de umas mesas bebendo algumas das bebidas que tinham trazido da fronteira. A Thaís gritava muito com a gente. Ela chamava o Rafinha, e uns minutos depois o Rafinha chamava a guria de volta.

"Nunca viu o desenho da Sailor Moon?"

A Thaís riu.

Sabe quando um desses artistas fala que a parede não é branca, é creme? Que o casaco não é vermelho, é salmão? Eu nem sabia que cor era coral, mas sabia que não era salmão. Eu tinha um óculos 3D.

"É só sentir a vibe, porra!"

"A minha cabeça tá tão pesada que eu não consigo deixar ela em cima dos ombros", eu me deixei cair na grama.

Eu tava falando com o Dane. Eu tava chorando. Ele perguntou por quê. Eu disse que não sabia. Não me lembro do que a gente falava. O Pedro me chamou. Apontou pra uma das gurias, que chorava. Disse que fez ela chorar com a história do avô. Mas ela parecia chorar por qualquer motivo. Disse que eu era um dos poucos que ainda entendia do que ele tava falando. Comecei a me perguntar se não tinha ouvido a história do Pedro enquanto falava e por isso eu chorava.

Umas gotas de água iam escorrendo lentamente pelo meu pescoço.

"Onde tá o Rafinha?", a Scila perguntou.

"Junto da Thaís", uma das gurias respondeu.

"Acho que na cozinha", outra das gurias respondeu. "Os dois foram pra lá."

"Mas eu preciso de uma cerveja", a Scila se levantava.

A Scila correu do jardim até a porta da cozinha. Ao abrir a porta, ela fechou a porta. Correu de volta pro grupo às gargalhadas. Ela se sentou comigo, o Dane e as colegas da Thaís. Uma das colegas tinha uma garrafa de tequila na mão, que a Scila pegou e tomou um gole. Ela empurrou uma garrafa vazia de cerveja num monte de restos, com farelos de salgadinho, rolhas, tampas e tal. A gente tinha usado (ou ia usar, ou estava usando naquele momento) essas coisas pra algum jogo. Era tipo verdade ou consequência, mas tinha uma moeda e algo com tirar a roupa. Não sei se eu jogava, se o Dane jogava, se elas jogavam, ou se só eram uns troços perdidos mesmo.

"É literalmente o I am he as you are he and you are me and we are all together, hein? Todo mundo começa a falar das coisas que tão dentro das coisas..."

"Tá", apontei pra guria peituda que era colega da Thaís. "Tu é a Gi. E tu trancou a faculdade."

"Isso", a Gi enrolava o cabelo na mão. "Eu quero ser au pair."

"Au pair?"

"Tipo babá, só que no exterior. Daí esse ano tô me dedicando ao processo de seleção, e só."

"E tu", eu disse, "é Helena".

A guria do cabelo grande me estendeu a garrafa plástica de vodca.

"Rê."

Eu queria acompanhar a conversa, mas era como um afogado tentando subir à margem. Quis beijar ela em agradecimento, a gente ia se beijar, aí a Gi ia me beijar, e a gente ia ficar junto e abraçado por muito tempo. Tu sobe um pouco pra cima, respira, mas não consegue ficar mais tempo lá. Tu fala uma frase, solta um pensamento, mas começa a pensar em como tu devia beijar o Rafinha e a Scila e todo mundo era tão lindo. Tu cai de novo num mar, onde toda a tua cabeça pensa tudo ao mesmo tempo. As cores da grama eram molhadas e eram tão bem-definidas que eram borradas, como quando tu passa rápido de carro e entende direito o que fica pra fora da janela. Eu mexia minha boca esquisito, com os restos de crepe na língua, sentia os farelos na minha cara, sentia que eu falava e crepe voava. E eu tentava entender. E era assim que eu concluía nada.

"Mas a tua namorada não dança?"

"Cara, minha namorada, se pudesse, não teria pernas", eu disse.

"Ela ia detonar no kama sutra", alguém disse.

"É...", eu disse. "Acho que só isso salva."

Alguém riu e deu aquela roncada de porco de quem erra na hora de respirar na risada.

"... mas não é uma coisa assim, whatever. É tu falando de como tuas cartas e o Gabriel tá dentro das cartas pro Gabriel que tá dentro das cartas que tão dentro das cartas e eu falando que todo mundo tá em loops já é uma coisa dentro de outra coisa, já é um loop em si mesmo, todo mundo abrindo portas que dão em portas que dão em portas que só querem a saída..."

Os sons graves ecoavam numa música cremosa. Alguém me abraçou no começo de uma música lenta e reclamou da minha camiseta molhada. Eu ri.

"... Tem um desenho do Pernalonga em que ele tá num carro com o Patolino e sei lá, eles tão num túnel que acaba num túnel, que todo mundo diz que é uma metáfora pra estar chapado..."

A gente precisava arrumar tudo logo, trancar a porta, todo mundo já se recolheu, tá tarde e o cachorro do vizinho, será que o vizinho sabia que era tão tarde e o cachorro dele tava na rua, a gente precisa deixar tudo pronto pra ir dormir porque todo mundo vai apagar daqui a pouco, vocês sabiam? O Dane nos xingava, dizia que tava cedo demais, que a gente devia se ligar, a gente não ia dormir logo, mas a gente explicava que Dane, já tava tarde pra caralho, tava todo mundo cansado, todo mundo ia se recolher logo, a Thaís e o Rafinha já tinham, inclusive.

"... só que tu te pergunta se tu não é só uma parte disso, afinal de contas. Se tu não tomou chá de boldo e tá bem louco como tu devia estar ou como teus amigos estão e tu tá num clichê gigantesco dentro de um clichê gigantesco..."

O Rafinha falava para o celular fazia tempo. Eu ouvia palavras soltas. Ele engolia letras, falando de um mistério, o mistério, e que se ele continuasse tropeçando no alçapão, ele nunca ia saber o mistério. Todo mundo falava e ninguém ouvia. Ou pensava. A sensação que dava era que, pra todo mundo, compartilhar as ideias era necessário porque era o momento mais importante, eram as ideias mais geniais, eram coisas que essas pessoas (eu, inclusive, um dos deslumbrados) jamais tinham pensado.

E isso importava.

Importava pra caralho.

E todo mundo queria controlar de novo suas habilidades motoras, e todo mundo queria poder pensar daquele jeito não-chato pra sempre.

Era recém meia-noite, eu tinha certeza que eram cinco da manhã. Quando fui no banheiro, a Thaís e o Rafinha já tinham saído da cozinha. A Gi tinha caído ao lado da pia. Roncava baixinho. Tentei falar com ela, já baixando as calças pra mijar. Pensei em chamar a Rê. E se ela acordasse com o barulho da água?

O meu suor se misturava com os restos de umidade das minhas costas e eu sentia que tudo me escapava, eu tinha me mijado e me cagado. Todo mundo falava disso. Fui ao banheiro conferir minha cueca limpa, com a certeza de que as gurias tavam esperando do lado de fora, falando que eu tinha me mijado e me cagado. Quando saí do banheiro, uma das gurias passou pela frente da porta, segui ela porque sabia que ela ia me chamar e me avisar que eu tinha me mijado e me cagado e que eu devia ir deitar pra dormir, trocar de calça, talvez voltar pra Canoas mesmo. Ela foi pro jardim se sentar com as gurias. Eu não vi o Rafinha ou o Pedro.

Chamei o Dane pra cozinha. Tranquei a porta. Eu tava úmido de mijo e de grama. A merda escorria pela minha perna e fedia. Sentia o molhado no meio das pernas. Falei que tinha certeza que tinha me mijado. Mas eu tinha ido no banheiro. E era disso que todo mundo tava falando. Inclusive, tava todo mundo do lado de fora da porta, esperando a conversa, ouvindo o que eu falava e rindo da brincadeirinha que tinham feito e da merda (literal) que eu tinha feito.

“Cara”, o Dane olhou pra mim. “Não tem ninguém ali.”

Escuro. Cheiro de amaciante de roupa e calor e jeito de chuva. Tudo muito calor e jeito de chuva. Algo suave, de carinho. Acho.

"Onde a Renata se enfiou?"

O Dane também tava na brincadeira que eu tava me cagando, de rir de mim, pelo menos eu acho que tava, pelo menos eu acho que existia essa brincadeira.

"Não acredito que tu tá fazendo isso comigo."

Ele tava gravando um vídeo sobre aquilo no celular. Eles iam colocar no Youtube. Ele tava segurando o riso.

"Mas eu tô fedendo", apontei o lógico.

"Tu não tá fedendo", ele estava prestes a gargalhar.

"Tem merda na minha canela."

Tinha um cara numa novela famosa. Usava drogas e era paranoico. Era paranoico, não me lembro da cena. Tinha uma cena em que todo mundo queria levar ele pra uma clínica e ele não queria. Aí ele disse que tinha alguém atrás da cortina, escutando. Aí puxaram a cortina.

Foi aí que eu soube que todo mundo que ouvia antes, mais minha mãe, mais meu pai (que já tinham sido contatados por telefone (vi o Pedro no telefone, ligando pra minha mãe)), mais a tua mãe, mais a minha professora que me adicionou no Facebook, iam me levar pra uma clínica de tratamento. E eu ia me cagar por horas na ambulância.

A Rê sussurrou pra alguém perto da porta:

"Precisa ouvir o papo chapado que tá rolando aqui dentro."

Eles todos sabiam que eu tava chapado. Quis pedir que o Dane abrisse a porta da cozinha então. O Rafinha, a Thaís, a Scila, a Gi, a Renata, o Pedro, todo mundo tava do outro lado da porta, rindo da minha diarreia. A Scila falou que ia ligar pra Manu, que ia te ligar, alguém precisava cuidar daquilo tudo, vocês iam chegar logo. Mexi na minha bermuda, seca. Mas a merda rolava pela minha canela, chegava ao chão, ao meu calcanhar escorrendo pelos dedos e pelas tiras do chinelo.

"Hein", o Dane se abaixou e mexeu na minha canela e nos meus pés. "Olha aqui."

Não vi merda nenhuma.

Só estávamos eu e o Dane no jardim. O efeito tava acabando, acho. Eu sabia que tava acabando porque as cores pareciam voltar ao preto e branco de sempre. Perguntei se ele não queria dormir. Ele disse que não. Perguntei onde tava todo mundo. Ele disse que cada um tomou um rumo diferente. Perguntei:

"E por que tu não tomou o teu rumo?"

"Tu pediu pra eu cuidar de ti."

Ele não sorriu, e foi aí que eu soube que a merda escorria pela minha perna até a cadeira até o jardim. E tudo bem.

"Você não deve cair!"

Não era uma voz que eu conhecia, era a voz de algum personagem de desenho. Eu ficava tentando entender. Na minha cabeça, uma voz na minha cabeça não poderia falar na minha cabeça usando palavras que a minha cabeça normalmente não usaria. Mas a voz não queria que eu caísse, porque era escuro, eu ia me machucar e eu não sabia o que estava fazendo. Eu argumentava que uma voz na minha cabeça não tinha muito direito de cagar regra na minha vida. E, eu sabia, essa discussão não fazia.

Além disso, o abismo fofo, pra se jogar. E eu inundava a cama de merda, ia precisar trocar o lençol e o colchão e a cama de manhã, que merda.

"É boa a sensação de não ser nada, mas nada mesmo."

Alguém riu.

Ondas batiam com força em rochedos. Cada vez que as ondas se chocavam com o rochedo, faziam tremer. Eu me senti embrulhado a vácuo e então não. Daí veio a água em tudo, saía de mim pra se misturar com o mar que batia nas ondas que já paravam.

Eu deitava na maciez de um floco de neve que era areia mas tudo era bom, era calor, mas era o melhor calor possível. Acho que era Cingapura. Um hotel. Isso. A voz na minha cabeça me mandava ficar longe. Eu não tinha controle e/porque/mas sabia exatamente o que estava fazendo. Sim, eu tinha certeza. Sim, eu tinha certeza. Eu deitava de braços abertos no meu oásis-hotel, aliás, um oásis-hotel-cassino. Desses cassinos-hotéis que tu pode sair do quarto e apostar muito dinheiro. E eu deitava de braços abertos no calor macio do meu hotel que cheirava a desodorante e amaciante e eu sabia. Eu sabia que eu era um magnata do petróleo que lucrou com muitas apostas. A voz na minha cabeça era de mulher, mas um pouco grave. Ela me chamava de abobado...

"... vai logo, vai logo".

Era o que a voz de mulher e um pouco grave dizia. Era a voz da Thaís. Thaís? Agora ela chamava.

"Mais", a voz dizia. "Pode trazer mais."

"Doze tá bom?", era a voz do Rafinha.

Acordei com a Thaís explicando pro Rafinha que ele podia trazer uns quinze pães, porque, na pior das hipóteses, dava pra fazer cachorro-quente de almoço.

Eu tava deitado na cama de barriga pra cima,
o lençol cobrindo a minha cabeça,
Ike

p.s. barulho de passos e de vômito me acordaram duas vezes. Quis ir ver e ajudar (mas só queria ver se era o Dane e se ele tava bem).

p.s.2 talvez eu ainda esteja chapado, mas ele cuidou de mim, meu velho. Passei a noite toda segurando o mijo, sem beber nada (mas o Dane insistiu, porque ia fazer eu me acalmar).

p.s.3 ao mesmo tempo em que tava todo cagado o tempo todo, eu podia confiar no Dane. E isso era tão ruim quanto bom.

Canoas, 20/02/12

Meu velho,

a gente tinha uns oito ou nove anos. Era o churrasco (galeto?) de aniversário da tia Maria Antônia, em um galpão pra funcionários da EPTC, onde sempre aconteciam essas minhas coisas familiares. Tu tinha ido porque minha mãe achou que eu ia ficar enchendo o saco se ficasse sozinho. Eu odiava a mesa das crianças, odiava os adultos. Eu ficava de fato enchendo o saco.

(Espero não estar repetindo uma história de que tu te lembre.)

A gente corria feito uns desgraçados. A varanda do galpão fedia a fumaça do churrasco-galeto. O tio Manfra, o tio Nardo e a tia Judite cuidavam das carnes. Pra nos fazer parar de correr, o tio Pascoal nos deu uns balões e nos mandou encher. Eram vermelhos e fedorentos. Falou que no final da festa a gente poderia estourar todos.

(Desculpa por ficar me repetindo.)

A gente nunca quis que uma festa acabasse tão rápido.

Mal o primeiro sobrinho se levantou pra ir, a gente correu, correu, correu. Os balões, os balões! Segurando forte, a gente correu, correu, correu. Embaixo de uma árvore, abrimos os trabalhos. Uma caneta forçou um, eu pisei em outro, tu apertava mais outro. Umas crianças (mais novas) da festa chegaram perto:

"Tem uns sobrando?"

Elas eram gritos ambulantes. Atrapalhavam. Um estouro, um berro, uma delas disparou chorando. Quis bater nelas. Quis me meter numa briga contra elas contigo. Mas acho que o tio Pascoal ia nos tirar os balões se isso acontecesse.

(E se eu tivesse brigado com esse pessoal? Tu teria ajudado?)

Eu e tu começamos a encher novos balões e pôr bilhetes dentro.

"Quem estourar o balão com um bilhete tem que fazer o que o bilhete diz!", tu jogava os balões pra cima. "Tem que fazer o que o bilhete diz, olha só!"

(Desculpa (mesmo) por ficar me repetindo.)

Um mandava dar três estrelinhas, outro, imitar uma girafa, outro mandava ficar bem quieto sentado, outro trazer um copo de refrigerante pra alguém com nome que começasse com G ou L ou H. Eu rabiscava qualquer coisa num papel.

"Quem não conseguir fazer, tem que ir embora!" E eu e tu fazíamos questão de pegar balões vazios pra estourar.

Até que catamos um bilhete que nem eu nem tu tínhamos escrito. Quem pegasse aquele papel tinha que abraçar e beijar alguma pessoa. Em outro, tinha que falar o nome da pessoa que você queria namorar.

Era um motim. E, se algum dia eu soube quem escreveu, já me esqueci.

"Tem que escrever um montão de cartas pro seu melhor amigo", num balão que eu tinha certeza que tava vazio.

(E é disso que (acho) tu não te lembra.)

Eu não tô mentindo, nem tu sabia. Às vezes as coisas mais importantes vão embora (e não garanto que isso tudo foi importante). Às vezes, as memórias vão embora com tanta força que é como se elas nunca tivessem estado lá. É como se alguma memória falsa substituísse tudo. Algum momento de outro momento, sei lá.

Na hora, a gente dispersou esse monte de criança e foi correr.

"Tá chato", tu já tava um pouco longe.

Não sei se a gente inventou um pega-pega ou se só foi correr pra evitar as crianças. Eu não ia escrever carta, tu não ia abraçar ninguém. Tava chato mesmo. Eu e tu corremos por um bom tempo, até o estacionamento, até as varandas, até as árvores de volta, até começar a suar, até respirar pela boca e a cara vermelha e mais suor até o carro do tio Nardo, até a minha mãe nos chamar pra ir.

(E agora, pensando bem, tu foi mesmo? Tu chegou a conhecer o tio Manfra?)

E a gente nunca mais falou disso. E pra quê? A gente detestava escrever. Até hoje sou um desastre na faculdade. É. Talvez isso tudo seja uma coisa da minha cabeça, e esse papelete nunca tenha existido.

Tu merece poder correr por aí,
Ike

p.s. mas eu me lembrei disso. Me lembrei de ti, do café, pensei no teu cabelo mofando. É. Talvez seja da minha cabeça mesmo. A Manu pode ter razão: eu preciso de um psicólogo, alguém com quem falar dessas coisas.

p.s.2 mas talvez não tenha acontecido. Parece estranho, parece difícil demais pra uma criança.

p.s.3 tu não era bundão a ponto de dizer que tal coisa era chata e ir embora.

p.s.4 só que eu tenho tanta certeza.

13.
Quem já acordou

— Foi tudo tranquilo?

Thaís termina de filtrar o café na cozinha. Renata ainda passa a toalha entre os dedos dos pés:

— A gente catou umas conchinhas.

Explica que Gisele tinha ficado na lan house para conferir uns documentos que precisava mandar e pergunta se todos os outros ainda dormem. Sim: mas foram dormir antes da meia-noite. Rafael já tinha acordado e foi buscar pão para o café da manhã. Pedro, Dante e Henrique ainda dormem...

— ... não juntos, claro — ela ri. — Mas dormem.

— Mas quase — Priscila dá um quase sorriso. — Vocês não viram o climinha que tinha entre o Dane e o Ike ontem?

— Scila, homem bêbado é tudo assim — Renata se senta à mesa da cozinha com uma xícara de café. — Se vestem de mulher e a coisa toda.

Priscila toma o café preto:

— Aquilo ali não era homem vestido de mulher não, viu?

Renata descansa os pés em cima do chinelo:

— Acho que era, sim.

— Não mesmo. — Priscila ainda segura a xícara: — Eles eram dois homens, um a fim do outro. Ninguém queria *ser mulher*.

— Eles queriam o quê, então?

— Se pegar.

Renata gosta daquela amiga do namorado de Thaís, fazia piadinhas e ajudava com a louça. Mas ela podia fazer mais sentido, né? Aliás, ela talvez seja lésbica, não? Por isso que na cabeça dela todo mundo queria se pegar.

— Bom... — Thaís puxa uma cadeira e se senta junto das amigas à mesa. — Ela não tá mentindo.

— Mas ele não tem namorada? O...

— Ike — Priscila diz. — Tem.

— Vai ver é, sei lá — Renata olha para baixo —, uma coisa aberta.

— Olha, pelo jeito que ele fala dela, é aberto que nem uma cadeia.

Elas riem. Renata sorri enquanto olha as unhas de Priscila. Lésbica. Pelo cabelo nos ombros e sobrancelha malfeita, tem que ser lésbica. Tem aquele cheiro de cigarro de menta, que Renata sabe ser de garotas machorras. Lésbica, mas muito simpática, ajuda a lavar a louça, faz piadinhas, não incomoda, não. É uma dessas boas lésbicas desbocadas, então, não é? Priscila mexe no celular:

— Acho que só rolou clima entre eles.

— O Dante é gay?

— Um arco-íris.

É gay? Mas tão bonito, tão querido... ela pode jurar que ele falava olhando para os peitos dela. Ah, é só porque ele não conheceu uma garota para consertá-lo. E não que Renata queira saber, nem nada, mas:

— Alguém viu alguma coisa? — diz. É só pra mover a conversa para a frente, tipo isso.

Priscila larga o celular:

— Eu não vi.

— Também não — Thaís diz.

— Pergunto pro Dane depois — Priscila pisca para Renata.

É. Lésbica.

— Mas ele vai te dizer uma coisa dessas? — Renata diz.

— Pra mim, vai. Nada garante que vai falar pra vocês, né?

Elas riem. Renata se parabeniza pelo carnaval. Fumou maconha; fez uma amiga lésbica e um amigo gay, mas não amigo ainda. Ela devia tirar uma foto. Até agora, é um excelente carnaval.

— Tá, mas e a namorada do Henrique — Renata só quer manter o assunto —, por que não tá aqui?

Thaís se levanta para se servir de mais café:

— Ela teve que tirar o siso, estudar pra concurso, coisa e tal.

— Ao mesmo tempo?

— Algo assim.

— Não me estranha que o Henrique se interesse por guris — Priscila diz.

Elas riem. Priscila começa a perguntar quem seria o ativo e quem seria o passivo. Enquanto isso, Renata se agradece por não conhecer a namorada de Henrique. Seria obrigada a contar a ela desse monte de suspeitas.

— Tá, mas o Pedro, hein, Scila — Renata tenta —, o que ele tinha ontem?

— Acho que o pau assado — Priscila dá um sorriso. — Puberdade, qualquer coisa assim. Sei lá o que passa naquela cabeça.

Falam de Pedro, de Henrique, de Rafael e de Gabriel. Gabriel, segundo Priscila, está em coma há uns bons meses. Não fez bem à família e a ninguém.

— Deixou o Ike esquisito — Priscila olha para as garotas. — Um cansaço quieto. Uma quietude cansada, sei lá.

Thaís olha seu café esfriar:

— Mas o Rafinha sempre disse que ele era quietão.

— Ele falava mais que isso — Priscila diz.

— Aquele caderninho é meio esquisito. — Thaís se levanta e serve mais café.

— Pra mim é um medo de perder — Priscila ergue a xícara.

Thaís se senta de novo, trazendo o bule cheiroso.

— Perder o quê?

— Quando alguém tão próximo de ti vai embora do nada, tu percebe que tem fotos demais e lembranças de menos. Tem uma coisa meio... Bom — Priscila sorri. — O que a gente vai fazer hoje de tarde?

Como assim?

— Sei lá — Priscila diz —, eu queria dormir mais um pouco, mas se tiver algo legal...

Pergunta o que pretendem fazer, se precisam ir ao mercado. Brincam sobre como nenhuma delas vai fazer o almoço. Pelo menos, nenhum que demore mais que juntar pão a algo frito. Aliás, os homens que limpem o jardim onde fizeram aquela lambança toda. Alguém vai ter que lavar a louça.

O portão range, o cachorro do vizinho late. Rafael soa mais alto que todos os carros de som da noite passada, perguntando quem já acordou. Enquanto conta todos os detalhes da padaria e da fila e do preço do queijo, um sorriso cresce no seu rosto. Ele abraça os ombros da namorada.

— Tavam de fofoca, é? — Ele lhe dá um beijo na testa.

As garotas sorriem, explicam que pensavam no almoço e expressam sua perfeição de Amélias que nunca querem (ou vão) ser.

14.
Separar um sonho do outro

Imbé, 20/02/2012

Meu velho,

tentei separar um sonho de outro, até onde um era uma lembrança de ontem e até onde era um sonho. Tentei juntar. Fiquei na cama. Pensei na noite, pensei nos cogumelos, no mofo que acho que vi em um. Ouvi todo mundo acordar de novo e mais um acordar e mais outro e outro. Acho que dormi de novo. Depois fiquei na cama deitado, contando os tons de branco sujo no teto, voltando à junção-separação dos sonhos. A Scila bateu na porta e me chamou pra tomar café-almoço, mas fiquei.

"Ressaca do caralho", disse.

Procurei meu celular e demorei pra achar as calças, embaixo da cama com minha camiseta. Fui ligar o celular pra ver a hora: não tinha bateria. Deixei no chão. Voltei pra cama. A Manu tava bem? Ela estava melhor? E os estudos? E ela já sentia minha falta? Ela ia dizer que sim, e isso é uma ideia que me agrada.

Deixei a vontade fermentar no cérebro lento e grudento de ressaca. Cresceram hipóteses e diálogos imaginários sobre coisas que não iam acontecer, temas sobre os quais a gente nunca falaria. Caso viesse um tema que eu já tinha criado, eu tinha vinte gerações de respostas. A Manu devia estar preocupada com algo, preocupada que eu estivesse participando de orgias e ficando louco de bêbado.

Se bem que ela sabe que o Rafinha não ia deixar. Ela sempre fala que o Rafinha é o mais certo de nós. "Centrado", ela fica séria ao dar essa informação. Tá bom. Ela vai ter algo a dizer sobre essa namorada de dezoito anos. A Manu teria algo a dizer sobre o fato de eu não me lembrar do que aconteceu na noite passada. Ela não vai saber, não por agora. Tu teria algo pra dizer? Tu diria uma dessas frases que as pessoas falam, tipo:

"Nem te preocupa. Se tem algo te incomodando, só seja tu mesmo."

Ser parecido comigo é uma ideia parada. É como se eu devesse ser um ferro de passar roupa ou qualquer coisa que vem com manual de instruções, começo, meio, fim, formato adequado, fôrma. E tudo muito fora (ou dentro) disso poderia ser muito errado.

Passei pela cozinha já vazia e entrei na sala com uma cerveja e um sanduíche. As gurias tavam sentadas no chão da sala, jogando Imagem e Ação, enquanto o Dane jogava no celular e a Scila e o Rafinha jogavam Gran Turismo 5 com o Pedro assistindo.

Dei um "oi" geral e fui pra frente da casa com uma cadeira de praia, um maço de Marlboro e um isqueiro. Me sentei, colocando a cerveja e os cigarros no chão. Mordi o sanduíche, contei as mastigadas. Por quê? Na quadragésima primeira mastigada, ouvi a voz do Dane:

"Opa."

Trazia uma cadeira e uma cerveja. Cheirava a xampu de frutas amazônicas desses que não fazem mal ao pH natural de alguma coisa. Ele abriu a cerveja e ergueu num brinde.

"Saúde", eu disse.

"... e tudo o mais", ele disse.

Eu tinha voltado ao meu sanduíche quando ele começou a falar:

"Tudo bem?"

"Ué", respondi de boca cheia. "Acho que sim."

"Que bom, que bom."

Terminei o sanduíche e esperei um pouco pra tomar a cerveja. Duas crianças corriam na rua. Elas se chamavam de palavrões que eu só fui aprender aos dezesseis, sei lá. Eu suava. Bebi cerveja, mais pelo arrepio do frio do que pela vontade. O Dane olhou pra minha garrafa quando eu terminei.

Voltou da cozinha com duas garrafas geladas. Depois de entregar a minha, ergueu a dele para outro brinde.

"Saúde", suspirei.

"... e todo o resto", ele sorriu.

Ficamos um tempo trocando uns silêncios que me deram vontade de levantar e ir embora. O cachorro do vizinho latia de novo (e tinha umas crianças provavelmente brincando de quem faz mais barulho). Mas estávamos num saara do silêncio. Não sei quando notei que o Dane me olhava:

"Tu tá bem mesmo?"

"Eu deveria estar mal?" Forcei um sorriso.

Ele parou e tomou um gole demorado de cerveja.

"Tu não te lembra de ontem, né?"

"Acho que lembro. Ah não." Parei. "Então. Lembro mais ou menos."

Ele mexeu a garrafa e deixou o resto de cerveja se acumular no fundo. Perguntou se eu precisava de outra (não) e voltou da cozinha com duas cervejas geladas. Deixou as duas garrafas ao lado da cadeira. Olhando para o portão fechado, cruzei os braços, deixei o peso ficar na cadeira.

"Olha só, Henrique", ele disse. "Eu não sei se eu devia te dizer isso, tá? Então me desculpa se eu tiver... invadindo teu espaço, ou sei lá."

"Aham."

"Mas a gente ficou ontem."

"Aham."

"A gente se beijou...", ele esperou minha cara de surpresa pra começar a rir.

"Aham."

"E tu tá calmo com isso."

"Não vejo por que estar de outro jeito."

"Isso não significa nada?"

"Sei lá", eu disse. "A gente vai deixar isso pra lá."

"Tu não quer nem saber o que aconteceu?"

Fiz que não com a cabeça. Eu me levantei, peguei os cigarros de perto da cadeira. O Dante se espreguiçou ao lado de duas garrafas fechadas de cerveja. Fui pra cozinha e peguei um copo de refrigerante.

Gran Turismo 5 é um jogo bem afudê,
Ike

Imbé, 20/02/2012

Meu velho,

porque eu tenho namorada. Porque eu sei do que eu gosto. E, acima de tudo, porque não vou dar o cu.

Não vou dar o cu,
Ike

p.s. tudo bem ser gay, só não seja gay perto de mim.

p.s.2 o que ele esperava que eu fizesse? O que ele queria? Sei lá, queria que eu contasse que ia virar gay e que queria dar por aí e fazer luzes no cabelo e sei lá, falar inglês e o caralho?

Imbé, 20/02/2012

Meu velho,

sei lá, se eu visse o guri na rua, até cogitaria que fosse modelo. Daqueles modelos de meio turno, sabe? Que fazem bico de modelo pra anúncio de alguma loja do centro, algo assim. É alto o suficiente, não é magro demais, não é gordo demais, sei lá. Não fala de um jeito afeminado, não enche o saco com maquiagem, creminho. Ele se veste de um jeito quase descolado, mas eu diria que é só culpa de ser moderninho e designer.

Até diria que é hétero, se né,
Ike

p.s. ele não fica enchendo o saco com o que come, mas (não sei quando) ele me disse que gosta de correr.

p.s.2 toma cerveja.

p.s.3 até diria que é hétero.

Imbé, 20/02/2012

Meu velho,

tinha uns quinze sms da Manu e umas cinco ligações perdidas. Amanhã a gente faz dois anos de namoro. Liguei pra ela. Ela atendeu com um:

"Que é, porra?"

"Tua voz tá enrolada."

"É o remédio."

"Mas tu já não tinha parado?"

"Porra, Henrique."

Fui visitar ela nos dois dias seguintes do siso, um pouco antes do final de semana de carnaval. E, mesmo assim, ela dizia que tudo doía? Será que isso nunca passava?

"Tudo bem contigo?", eu disse.

"Falar dói."

"Tu prefere que eu mande mensagem?"

"Pra tu não responder?"

"Desculpa, Mumu. Meu celular descarregou, eu não vi, eu—"

"Tu pouco te importa."

A conversa seguiu assim. Eu falei, ela me xingou. Eu fiquei na defensiva, ela me xingou. Ela me xingou, eu pedi desculpas. Perguntei se ela já tava conseguindo comer, ela tinha passado do purê, sorvete, coisa e tal. Comemorou que comeu uns pedacinhos de guisado. Ouvi uma risada nessa hora. Era linda.

"Queria poder te abraçar agora", eu disse.

"Com o celular desligado."

"Desculpa, Mumu."

Ela não me xingou. Eu realmente queria poder abraçar a Manu naquele momento. Não por causa das brigas.

Falei do Rafinha, da namorada de dezoito anos engraçada e experiente com maconha, o que chocou a Manu.

"Mas o Rafinha sabe o que é melhor pra ele, né?"

"A Thaís é bem madura", eu disse.

"Acho que quando um baque desses atinge a pessoa... eu e tu temos que aceitar certas coisas, né?"

"Baque? Namorar uma guria de dezoito anos?"

"Não. O Gabriel", ela disse. "Acho que ele quis colo e ela apareceu."

"Tu acha que as pessoas mudam tanto com essas coisas?"

"Elas se perdem um pouco."

"E a gente já tá naturalmente perdido."

De novo, a risada linda.

Nos dois minutos seguintes da ligação, nos amamos. Desliguei o telefone me rindo.

Eu queria muito abraçar a Manu naquele
momento,
Ike

p.s. quis perguntar mais dos remédios.

p.s.2 não falamos do aniversário de namoro.

p.s.3 não falamos do concurso (ela ia preferir assim).

Imbé, 20/02/2012

Meu velho,

quero fazer entrevistas de emprego. Quero viajar com a Manu. Quero uma nova cerveja favorita. Quero conhecer algum lugar. Qualquer lugar. Quero pegar um avião, sabe, nunca peguei um avião.

Nunca fiz tanta coisa,
Ike

p.s. o pessoal hoje à noite vai encontrar o pessoal de ontem, mas eu só quero tomar refrigerante. Vou ver uns filmes, tem uns DVDs soltos em algum lugar.

p.s.2 tem tantos filmes que nunca vi.

p.s.3 tem muita coisa pra fazer.

Imbé, 20/02/2012

Meu velho,

jantei no centro com o pessoal (Crepe Diem de novo), voltei pra casa enquanto eles pegavam um ônibus pra Tramandaí ou Mariluz ou algo assim. Tenho certeza que tu me chamaria de bundão/velho/idiota por não querer continuar a noite, até porque me chamaram de tudo isso.

Eu só queria ficar longe.

Pensei nos cogumelos.

Disse que me sentia meio lerdo e pesado por causa deles ainda.

A Thaís tinha baixado uns DVDs de filmes. Assisti Anoitecer Violento, mas dormi antes de qualquer violência. Acordei com o Dante mexendo no meu ombro.

"Tu não tinha saído?", eu me encolhi no sofá (vai que...).

"Escuta", ele balançou a cabeça me achando um retardado. "Tu vai dormir aí mesmo? Eu queria ver um filme." Ele me mostra um disco branco com uns rabiscos de canetinha.

"Mas", eu me sentei direito no sofá (mas longe o suficiente). "Tu não tinha saído?"

"Tava chato."

Uma música vinha do centro, da calçada, da rua, do chão. Michel Teló cortando Rihanna cortando algo que eu não entendi que deve ser o Latino e todos os ritmos muito elétricos davam vontade de dançar e, na rua, as pessoas provavelmente dançavam. Se eu prestasse atenção, Dante fedia a cigarro.

"Henrique?", o Dante disse.

"Ah, oi."

"Posso ver o filme?", ele mostrou o DVD de novo.

Podia sim, avisei, me espreguiçando pra levantar. Olhei ele tirar o meu disco do PlayStation 3 e colocar o dele. (Esses DVDs caseiros não fazem mal pro leitor ou algo assim?) O filme era uma animação sobre araras no Rio de Janeiro, ele explicou. Tinha traficantes de bichos e coisa e tal. Ele queria ver porque tinha tido um Box Office (?) gigantesco ano passado. Bichos animados no Rio de Janeiro em 2011? Ele confirmou, já sentado no sofá, ajeitando o menu do filme. Colocou o áudio em inglês, com legendas em português. Falei que era engraçado, inglês no áudio, um filme que se passa no Brasil. Sorri amarelo. Ele queria ver o original, tinha atores importantes, queria assistir pra formar uma opinião, uma professora da faculdade já tinha visto e achado uma merda...

Não respondi, prestei atenção na música de abertura. Aqui todo mundo adora samba, cantavam os bichos todos no meio do Corcovado e das palmeiras e coisa e tal. O Henrique fazia comentários, falava de estereótipos. Ao falar, ele usava muito os braços, como um polvo num ataque epilético. Peguei no sono quando ele começou a falar da terceira falha de direção. Acordei com a voz dele:

"Vou dormir agora", ele me chamou. "Se tu quiser ficar por aí, beleza."

"Valeu, meu velho", coloquei os dois pés no chão. "Acho que vou dormir mesmo dessa vez."

Ele riu já se levantando, mas ficou parado na sala em silêncio. Ficamos os dois em pé, meio que esperando que o primeiro passasse pelo corredor. Ficamos uns quatro segundos próximos do corredor, meio parados, como se um tema de conversa estivesse prestes a surgir. Ao me mexer pra sair, eu disse:

"A gente tá de boa, né?"

"De boa."

Voltamos ao status de os dois parados prestes a falar de uma partida de futebol que ninguém tinha visto. Ainda dava pra ouvir a música que vinha do lado de fora. Perguntei as horas: onze e quinze. A casa fedia um pouco a maconha. Nenhum dos dois atravessou pro corredor. Outra música começava, e o Dante levantou os olhos (não pra mim (mas pra parede)):

"Eu só...", ele parou. "Eu só não quero que tu ache que eu sou a bichinha que sai chupando todo mundo por aí porque é apaixonada por pau."

Me engasguei com nada na garganta. "Oi?"

"Não foi estupro, é isso que eu quero dizer."

"Eu tava bêbado."

"Tu curtiu."

"Eu não quero saber."

"Mas continua na sala."

"Eu não tô te cobrando nada", ele disse. "Só quero que fique claro. Tu curtiu, eu curti, eu sei que tu tem namorada, mas eu não fiz nada sem que tu quisesse."

"Ah, para com isso, Dante. Eu nem devia saber o que tava acontecendo."

"Tu não quer saber o que tava acontecendo. Então tu fica com essa imagem do Vilão Gay Estuprador. Que clichê."

"Eu sei que foi assim."

"Não, tu não sabe."

"Que diferença faz?"

"A diferença é que foi tu quem me beijou."

Saí da sala,
Ike

p.s. quis uma resposta. Quis a melhor resposta possível.

p.s.2 eu tinha que ter algo a dizer, algo engraçadinho, tipo falando que foi ele que começou a falar e trazer o assunto à tona, mas.

Imbé, 20/02/12

Meu velho,

me pergunto como alguém pode ser tão burro a ponto de achar que porque eu beijei a pessoa quando bêbado, isso quer dizer que eu que comecei as coisas. Eu tava bêbado, não fui eu quem beijou o Dante. Não é porque eu não disse não que eu disse sim. Ele tirou vantagem.

Tirou vantagem sim,
Ike

Imbé, 21/02/12

Meu velho,

tentei dormir, mas ficava sentindo o cheiro do Dante na minha cama. Levantei. Não sabia onde achar lençóis. Fumei uns dois cigarros no jardim (o Hollywood que eu não fumava, mas o único que tinha sobrado). As músicas tinham parado um pouco. Ainda tocava Ai, se eu te pego, em algum lugar. Fumo o último cigarro do maço e deixo o pacote caído do meu lado.

Só noto o Dante chegar quando ouço a porta da cozinha fechar. Ele se senta a uns cinco passos de distância. Bebia uma Brahma. Perguntou se eu sabia que horas o pessoal voltava. Não. Perguntou se eu não queria ligar pra eles. Não. Eu não tava preocupado? Não o suficiente, tava cedo. Perguntou se eu queria uma cerveja, ele ia pegar outra na geladeira.

"Tô tentando ficar no refri."

Ele voltou com duas cervejas.

"Tu tá querendo me embebedar?", eu disse, "de novo?".

"Vai te fuder."

Eu me levantei. Ele ficou sentado.

Fiquei de pé do lado dele. Ele continuou sentado.

Perguntei se ele queria brigar. Ele ficou sentado.

Perguntei se era esse o problema.

Perguntei se—

"Ah, mas vai te fuder *mesmo*", ele disse. Ele continuou sentado.

Dei uns passos na direção dele.

Eu queria falar umas nove coisas.

Ele continuou sentado. Olhava pro muro dos fundos da casa.

Eu me sentei de novo.
Tomei meu refri.
Ficamos quietos por bastante tempo.

Pelo menos eu não me aproveito dos outros,
Ike

p.s. antes de dormir, pensei nos cogumelos.
p.s.2 cheguei à conclusão de que o chá tinha gosto de ferrugem.

Imbé, 21/02/12

Meu velho,
eu não lembro quem disse isso. Foi tu? Foi um filme? Eu não sei. Eu sei que é uma frase. Alguém falou: você tem que acreditar que a vida é mais do que a soma das suas partes, garotão. Eu consigo ouvir o "garotão" na minha cabeça com tanta clareza, sabe?

Mas, quando eu penso nessa frase (e quando eu supero o momento de me perguntar quem disse isso), a mesma pergunta me ocorre de novo e de novo. E se não der pra encaixar todas as partes, pra começo de conversa?

Tu deve saber quem disse isso,
Ike

p.s. pode ter sido num livro da escola também.
p.s.2 mas acho difícil que eu fosse lembrar.

Imbé, 21/02/12

Meu velho,

a gente continuou lá. O Dante mexia no celular. Um cara no meio da rua começou a gritar.

"Caralho, mermão! Caralho, mermão!"

A voz dele ia ficando mais distante.

"Comprei um pó de cinquenta aqui que puta que pariu..."

Não dava pra não rir.

A cama ainda tinha o cheiro dele,

Ike

15.
Vigília

Diego se aproxima do portão. Bate palmas duas vezes. Apoia a pilha de caixotes de doces na perna menos cansada, bate palmas de novo. Berra:

— Doce de Pelotas!

Um rapaz sentado na rede em frente à casa parece ler algo. Ele se inclina para dentro do embrulho de pano. Diego coloca as caixas debaixo do braço.

— Doce de Pelotas? — repete. Vai embora.

Diego não vê o rapaz se levantar e olhar o celular. Não pensa que puta que pariu já são oito da manhã, mas o rapaz, sim. Oferece doces de Pelotas em outra casa quando o rapaz volta para o jardim atrás da casa, para a cadeira onde passara boa parte da noite anterior.

— Tu tá querendo me embebedar. — Diego não ouve o rapaz resmungar. O rapaz continua: — Mas era só o que me faltava…

16.
Quebrar o silêncio só por quebrar

Imbé, 21/02/12

Meu velho,

liguei pra Manu, êê feliz aniversário de namoro. Menti que o presente dela era só em Gramado (ela disse que o meu também). Ela disse que me amava, eu disse que:

"Também."

Ela disse que tava muito feliz comigo, e que tinham sido dois anos maravilhosos. Não falei dos remédios pra deixar ela feliz (o clima e coisa e tal). Ela também me fazia feliz, e eu sei que só reclamo dela, mas ela é uma baita namorada. Não sei se é nostalgia de namoro ou algo assim.

Imagina que eu ia pensar nela agora tanto quanto pensava no começo do namoro. As coisas mudam, sabe? O ritmo muda. Claro que não dá pra saber quando se desapaixona por alguém. Amar por rotina (por já ter começado, por já estar ali mesmo) deve ser a forma mais comum de amor (acho). Ela me faz rir e me aguenta e talvez seja isso que importe. Quando eu vejo a Manuela, eu ainda me sinto um cego ao ver o sol pela primeira vez e acho que isso é que importa. Eu nunca traí a Manu, eu nunca menti pra ela.

E acho que é isso que importa,
Ike

p.s. essa frase do cego e do sol soou bem. Como essas que as pessoas colocam na internet. Essas da Clarice Lispector, sei lá.

p.s.2 talvez eu inclua na cartinha de aniversário de namoro.

Imbé, 21/02/12

Meu velho,

a casa acordou às duas da tarde. A Thaís tinha conquistado toda a Ásia no War quando o Dante acordou. Fomos todos pra praia.

Entrei no mar, o mar verde, de mijo de criança, grudento. Eu mal sei boiar. Na volta da água, vi uma partida de futebol dos que ainda estavam na areia.

"Tu não joga?", um estranho ameaçou me passar a bola.

"Deixa ele", o Rafinha tava sentado na areia, mas meio perto do jogo. "Ele é esquisito pra umas coisas."

Troquei umas ideias com o Pedro.

Quando cheguei tomei banho com a certeza de que não tinha falado o que queria. Às vezes eu queria que minha vida tivesse fundo musical. Daí eu ia saber que porra que tá acontecendo, tipo no desenho das araras. Mas o que eu queria falar?

Não foi o que eu disse,
Ike

Imbé, 22/02/12

Meu velho,

a Thaís avisou que ia ter uma festa na casa de um amigo do ficante de alguém do pessoal de ontem em Tramandaí. Quando disse que não queria ir de novo, ela me olhou como um gato persa e disse:

"Cara, a gente é jovem, a gente tá de carro. Vamos dar uma banda."

Eu não tinha um contra-argumento.

Odeio gente assim. Mas, sem elas, nunca sairia.

(Por outro lado, adoro quem cancela. Nem precisa explicar por quê, só cancela. (Adoro cancelamentos, vontade de dizer "Obrigado, vou ficar em casa vendo televisão, muito obrigado!"))

Mesmo estando de banda com carro, ganhamos caronas do pessoal de ontem de noite. Mais fácil pra ir, voltar, indicar coisas, e os carros iam ter poucas pessoas.

Isso até a gente lotar os dois carros. Quatro pessoas se amontoaram no banco de trás, as gurias e os mais magros no colo e, como o outro carro era um Peugeot 207 SW, o Rafinha coube no porta-malas. O motorista bebia enquanto dirigia enquanto cantava Raimundos enquanto circulavam na minha cabeça as estatísticas de jovens mortos durante o período do carnaval por causa de álcool e/ou Raimundos. Algo tipo 97,31%.

Foi meia hora de engarrafamento.

A casa não era maior que a da família da Thaís e eu não soube muito mais quem dava a festa. Atravessamos um jardim com umas dez pessoas tomando cerveja sentadas em torno de uma mesa de plástico. Sobre a mesa, um rádio que tocava Raimundos.

Meu cabelo é ruim, mas meu terno é de lin

Vou ser seu salgadin, cê vai gostar de mim
Se eu tocar no seu radin

Quando essa banda acabou, hein?

Os anos noventa já passaram faz vinte anos, e isso me fez fumar um beque que uma desconhecida ofereceu.

Dentro da casa, uma televisão exibe clipes com músicas pop em inglês, que colide com Raimundos como as outras pessoas colidem entre si ou algo assim. Uma pequena plateia se juntou perto dessas pessoas que colidem e dançam e tal. Riam, aplaudiam, vaiavam, fotografavam os movimentos tortos de todo mundo.

Perguntei pro Rafael e pro Pedro de quem era a casa.

"Aliás, pra onde foi todo mundo?"

O Pedro só riu.

"Já se perderam."

O Dante se juntou ao grupo, com um cigarro careta na mão. Falamos qualquer coisa até que o Pedro foi grosseiro o suficiente pra fazer o Dane chispar.

Ouvi garrafas quebrarem, vi as gurias cheirarem um pano enfiado na cara (elas até vieram me oferecer, mas a cerveja bastava), vi o Dante se pegar com um estranho, senti muito cheiro de maconha misturado com cigarro com mais alguma coisa doce mas parecida com limão, senti alguém derrubar uma bebida grudenta e gelada em mim (e murmurar um foimalaí), vi a Scila deitar na grama e só estar lá, (...) até que alguém me puxou pelo braço e começou a falar da Renata, que tinha sumido e que—

O quê?

"Eu tô ligando pra ela", a Thaís futricou no celular. "Ela não atende."

A teoria da Thaís era de que a Renata queria voltar pra casa sozinha. E, não, ela não tinha ido embora com ninguém. A Renata tinha "chapado mais do que todo mundo", foi dar em cima de um cara, e ele chamou ela de gorda…

"… daí ela me chamou, disse que queria ir embora, queria ir embora, que queria pegar um táxi, que queria ir pegar o trem e que…"

Ela para pra mexer no celular.

"Eu disse que não tinha como, sabe? Porque não tinha", ela parou pra rir. "E ela disse que ia embora a pé! Eu ri! Vocês acreditam? Eu ri!" Depois de rir, ela começou a ligar de novo.

"Alô! Alô? Onde tu tá?", ela coçou um olho. "Não, fala onde tu tá, a gente te busca. Porra, Renata! Onde é que—"

A Thaís ergueu o queixo (como se fosse brigar) e enfiou o celular no bolso.

"Ela falou que tava no cais."

Que cais?

"Boa pergunta."

Conseguimos catar Dante (agora sozinho), Rafinha e Thaís numa espécie de equipe de resgate bêbado. Fomos pra calçada. Escolhemos as ruas mais rápidas, afinal a Renata tinha chegado na praia bem rápido. Atravessamos as ruas, desviamos dos carros e de bêbados em vai e vem. Mesmo com o barulho, a Thaís ligava pra ela. A Renata atendeu o telefone de novo: estava perto do mar, sentada no concreto, tinha tipo uma ponte.

"Uma ponte", o Rafinha repetiu. "Só que tipo."

A única ponte que nos ocorreu foi a ponte que usamos pra chegar na cidade, que continuava engarrafada. Havia uma boa caminhada de margem onde ela poderia estar. Escolhemos as esquinas mais vazias pelo silêncio ao fundo da ligação. O Dante fez uma piada, tipo:

quando em dúvida, siga seu nariz... só que seu ouvido (?). Só o Rafinha riu.

"Ela não poderia estar do outro lado da ponte?", a Thaís perguntou.

Ninguém respondeu.

As casas ficavam cada vez mais vandalizadas desproporcionais a cada quadra. O vazio de pessoas e o escuro eram mais sinal de assalto do que de que acharíamos a Renata. Devia ser cinco ou seis da manhã, muitos dos bares e botecos já tinham fechado (ou tinham fechado (ou sido abandonados)).

Seguindo pela margem, conferimos ruas que não davam em nada, calçadas que terminava na água. Ainda se ouvia Michel Teló em algum lugar, mas já se ouviam as ondas. Ao mesmo tempo em que um vento gelado saía do mar, o sol já nascia.

Criamos teorias sobre ela estar acompanhada e nem querer ninguém, sobre ela saber se virar, sobre ela não ter o perfil que tu esperaria que fosse ficar louca chapada e surtar por causa que achou que ouviu um cara falar do peso, sobre ela ter se perdido, sobre—

"Ali ó!", a Thaís disparou.

Mais perto da água, as calçadas não tinham muita proteção e pareciam acabar do nada. Tinham sido fatiadas por um braço de água: iam continuar, mas só ficaram ali. Não tinha cerca, nem nada, uma rota para o eventual suicida. Talvez, se uma pessoa atravessasse a água em linha reta, daria numa calçada no outro lado. Perto de uma dessas rotas, a Renata tava sentada. Era uma criança na beira da piscina. Tinha uma pracinha por perto, já quebrada e enferrujada. A Thaís abraçou a amiga e se sentou do lado dela, as duas menininhas na piscina.

Logo depois de eu me atirar num dos bancos da pracinha, o Rafinha e o Dante se juntaram.

"Caralho, a minha cabeça, cara", o Rafinha disse.

"Tá bem?", perguntei.

"Aham, aham", ele colocou a cabeça entre os joelhos. "Devo sobreviver." Ele forçou um sorriso. "Que horas são?"

"Acho que seis, por aí", o Dante olhava pras gurias conversando. "O ônibus já passa nesse horário, né?"

Sim, era isso. Rafinha resmungou que era uma merda ter que trabalhar amanhã (quinta-feira). O Dante riu, falou que trabalhava hoje mesmo (quarta), mas...

"... pelo menos todo mundo vai estar high as fuck junto."

Ficamos quietos por um tempo. Com calma, Rafinha se levantou, avisou que ia vomitar e já voltava. Do nosso banco, a gente ouvia o choro da Renata, a Thaís ainda abraçava ela. O Sol ia nascendo devagar em tons enviesados de laranja.

"E tu?", eu disse. O Dante sorriu: all good. Se eu tinha curtido?

"Vi bastante coisa", eu ri um pouco. "É bom ser uma das pessoas que se lembra."

"Hein, mas é meio chato não ser o protagonista de nada."

Olhei pro chão.

Eu queria uma piada. Outra, que nem da outra vez. Pensei nos cogumelos. O que podia ser engraçado sobre aquilo tudo?

"Isso de ver bastante coisa. Até vi tu e um cara se pegando uma hora."

O silêncio do franzir de testa do Dante que não ria.

"A gente tava dançando."

"Não parecia."

"Então tu deve ser uma merda na cama."

"Depende", eu disse, "eu tô sendo estuprado?".

Ele sustentou aquela testa franzida. Achei que fosse rir. Eu sabia que estava me repetindo (e sei que estou me repetindo agora).

"Hein", ele disse. "Desculpa se tu acha que foi estuprado. Eu sinto muito e fico feliz que tu não me denuncie na Delegacia da Mulher."

(Onde tava o Pedro nessas horas pra chamar o Dante de, sei lá, homo-hetero-filho-da-puta?)

"Não é engraçado", foi o melhor que eu podia fazer.

"Tá, mas sério: desculpa, tá? Pelo que quer que tu tenha entendido", foi o melhor que ele pôde fazer.

"A gente não precisa criar um drama disso", eu disse. "Acho." Ri, mas sozinho.

"Eu só achei que—", ele parou um pouco. "Eu achei que tu já tinha te resolvido."

"Sei. Na tua cabeça, fazia sentido", parei. "Acho que foram os cogumelos."

"Isso é um bom sinal?", ele olhou pras gurias e depois pro Rafinha que vomitava. Ficou com a cabeça virada pro parque enquanto eu dizia:

"Tu já usou algo mais forte que cogumelos?"

"LSD tem uma vibe melhor", ele sorriu pro chão, enquanto olhava pro mar sujo, o sol nascer torto na rua aleatória que fedia.

Eu era o caipira. Eu era o caipira canoense com os olhos que brilham com cogumelo. Eu que perdia a consciência, ficava paranoico e chorão com essas coisas e não sabia curtir. Eu que não era o protagonista de porra nenhuma. Ele era de Esteio, quem era ele pra julgar o meu status caipira? Mas igual, ele estudava em Porto Alegre.

Quebrei o silêncio só por quebrar: ia chover amanhã, né?

Ele não sabia. Eu mal concordei com ele, e ele já estava olhando o celular. Passou o dedo pela tela e me mostrou: nuvenzinhas. Havia a probabilidade de chuva.

"Tem probabilidade", ele recolheu o celular. "Hein, a gente consegue prever o movimento do Sol pelos próximos bilhões de anos e não consegue prever o clima."

"Ahn?"

"Tipo, a gente sabe da onde a galáxia veio, há quanto tempo ela existe, calcular a que velocidade um asteroide vai fazer tal e tal movimento—"

"Ah. Mas a gente não tem uma resposta cem por cento pra chuva de amanhã."

"É, hein", ele ainda ria sozinho. "Me disseram que é porque tem variáveis incontroláveis no meio. A velocidade *constante* de um asteroide na gravidade tal com o peso tal. Isso dá pra saber. Mas tu não tem certeza e controle de todas as variáveis envolvidas no clima."

"Bah."

"Tipo Efeito Borboleta."

"Ah..."

"Tu sabe qual é, hein? Aquele da borboleta no Brasil e o furacão no Japão e tal?"

"Louco."

"Muito louco."

"Então, tentar prever as coisas é só um exercício pra encher o saco."

"Tem coisas que ninguém prevê, acho."

Quis dizer que we were good, que nem ele tinha feito. O Rafinha se sentou do nosso lado. Se espreguiçou.

Tinha falado com as gurias e concordavam que a gente devia voltar, encontrar o pessoal e ir embora.

"Os nossos caronas sabem disso?", o Dante disse.

"Acho que não."

"E vamos de que jeito?"

"Velho, a gente é jovem, a gente tá de carro..." o Rafinha já tinha mais cor no rosto. "Sei lá."

Achamos o Pedro e a Scila deitados de
conchinha na grama,
Ike

p.s. minha cama ainda cheirava ao Dante.

Canoas, 24/02/12

Meu velho,

todo mundo me adicionou no Facebook. O Dante também.

Aceitei,
Ike

p.s. segundo a Wikipédia, o Efeito Borboleta é "um termo que se refere à dependência sensível às condições iniciais dentro da teoria do caos. Segundo a cultura popular, a teoria apresentada, o bater de asas de uma simples borboleta poderia influenciar o curso natural das coisas e, assim, talvez provocar um tufão do outro lado do mundo".

p.s.2 só pra caso tu tivesse a curiosidade e tal.

p.s.3 pensei em procurar os cogumelos na Wikipédia também, mas não sabia exatamente quais cogumelos. Eram uns compridinhos, sei lá.

Canoas, 25/02/12

Meu velho,

abracei minha namorada como eu queria.

Ela teve que ficar com a medicação por "um período estendido de tempo". Perguntei se tinha algo que eu podia fazer. Ela perguntou se transar com uma guria meio drogada ia ser uma visão patética.

Com ela, nunca seria patético,
Ike

p.s. comemoramos os dois anos meio que pra compensar a praia. O presente dela foi uma echarpe escolhida pela vendedora de uma loja que a Scila indicou e um cartão desses de 40 x 40.

p.s.2 ela quase chorou, ficou achando que tinha sido tudo muito caro. Falou que meu presente vinha em Gramado mesmo. Injusto, ela dizia.

p.s.3 na próxima, ela disse que vamos combinar valores.

Canoas, 06/03

Meu velho,

peguei três cadeiras: Administração de Vendas e Negociação, Gestão de Pequenos Negócios e Filosofia e

Ética Geral. O semestre promete a mesma rotina, essa rotina de um presidiário na Penitenciária Estadual de São José da Normalidade.

Hoje tenho Administração de Vendas e Negociação. Trem, faculdade, apresentação da matéria, plano de ensino, sair mais cedo, ônibus, casa, talvez sair em algum final de semana com a Scila, ou com o Pedro, ou com o Rafinha ou todo mundo junto.

Eu cada vez mais me pergunto onde eu deveria estar e se eu ainda consigo pensar coisas novas. Conhece aquela história de que dez mil horas de prática te fazem um especialista em qualquer coisa? Tipo essas crianças prodígio idiotas, sei lá. É isso. Se eu fosse bom em alguma coisa, eu já devia ser. Se alguma coisa fosse diferente pra mim, eu já saberia. Eu sei que eu sou igual a todo mundo, penso igual, ajo igual, tenho os mesmos problemas. E se alguém me perguntasse por que eu tenho que viver ao invés de outra pessoa, eu não saberia o que dizer.

Quando eu era pequeno, tinha certeza que ia ter uma vida igual à do Homem-Aranha. Eu ia trabalhar num jornal e ser fotógrafo e ia salvar a cidade e não ia só ser muito talentoso e famoso no trabalho, eu ia ter uma namorada feliz (mais do que gostosa, mais do que inteligente). É, ser adulto ia ser bom pra caralho.

Só isso,
Ike

p.s. e não é que ser adulto não seja bom pra caralho.

p.s.2 gosto mais de ser adulto do que ser criança.

p.s.3 só que no Banco Imobiliário da vida eu só caio na casa da Sorte ou Revés, só que sem as cartinhas da Sorte.

Canoas, 10/03

Meu velho,

o toque automático idiota do celular me acordou. 4h37. Eu não sabia que o Dante tinha meu telefone. Não atendi.

De manhã, já atrás do caixa, já junto das pessoas que se juntam a mim pra comer seus pães de queijo e café industrializados, li as mensagens. Eram dez. A primeira:

YA KNPW EY NAOSEI PQ PESSOAS NAO GOSTAMDE SMS DE GENTE BWBAFA YA KNPW

Segunda:

nnaosei querua dizer que to penmsando em ti bebadi e tudo

Terceira:

tu naiote lembra mas cara a gebte tinha quimica

Quarta:

porra eu naoachei que te forcei a nada hein

Quinta:

dsclp.

Sexta:

queria te ver fe novo.

Sétima:

HEIN TU E A PESSOiA EM EY PENS QND MEU CEREBRO NÃO FUNCIONA CERTO

Oitava:

ISSO NAO E UM ELOGIO HEIN TUNAO ACHA

Nona:

???

A última:

HEINnnnNNnN heinbm

Cogitei responder, mas uma menina queria saber por que o preço de um dos salgadinhos da marca do posto era mais barato que o Ruffles. E ficou insistindo que o produto era o mesmo, que não tinha diferença de sabor, que o refri não tava gelado e ela foi embora dizendo que odiava esse lugar.

Quase concordei,
Ike

p.s. quando a menina foi embora, o Pablo imitou os trejeitos dela por uns cinco minutos, até que os clientes começaram a notar. Esse guri devia ser ator.

p.s.2 liguei pro Dane. Eu tava no trem (lotado de pessoas que suavam e falavam e liberavam calor) voltando do posto e, sei lá, reli a mensagem. Foi o melhor que eu pude fazer. Já eram umas cinco da tarde. Liguei, mas desliguei no terceiro toque. Parei, liguei de novo. Um cara atendeu e falou que o Dante não tava. O cara perguntou se queria que eu avisasse que ligou.

"Não, valeu."

Canoas, 12/03

Meu velho,

fui te ver no hospital. Tua mãe tava lá. Para o comentário dela de que a minha visita te fazia tão bem, eu ri um pouco. Não falamos de ti, que continuava murcho e cheio de tubos. Ela sugeriu que eu segurasse a tua mão, porque tu apertava a mão de volta. Acho que já não tinha mais tópicos.

Dona Fátima perguntou como iam os textos, fingi que não sabia do que ela tava falando (até porque não tinha certeza). Acenou com a cabeça e falou do GAP, das últimas pessoas que estiveram lá. Teve uma palestra bem "motivacional" na semana passada.

"Tu não quer ir de novo? A Manuela foi mais algumas vezes e gostou muito."

"A Manu foi mais uma vez?"

"Foi sim. Ela não disse?"

"Deve ter deixado passar."

"Ela sabe que tu tá ocupado com a tua cabeça."

(Ela sorriu porque o comentário era um elogio.)

Tua mãe tinha engordado um pouco
(num bom sentido),
Ike

p.s. o Doutor Arquétipo do Max Steel negro disse que quanto mais tempo tu ficasse em coma, maiores as possibilidades de sequelas.

p.s.2 quanto antes, melhor, ele disse.

p.s.3 agora só consigo pensar que quanto mais tarde, pior.

p.s.4 pensei nos cogumelos. Me perguntei o que tu faria se eu tivesse cagado. Tu talvez risse (se eu risse).

Canoas, 19/03

Meu velho,

o ruim de esquecer algo que tu fez bêbado (ou chapado, ou sei lá) é que não tá ali. Essas coisas que os outros te falam que tu fez, não aconteceram. Sei que não aconteceram porque, se tivessem:

1) as memórias estariam no lugar onde eu deixei

e

2) eu ia me lembrar.

etc,
Ike

p.s. daí tu me diz que eu fiz tal coisa que eu não me lembro de ter feito.

p.s.2 que nem quando teus pais contam daquela vez que tu tomou uma mordida de cachorro e tu não te lembra, mas começa a acreditar e criar uma historinha na tua cabeça que coincide muito com o que teus pais contam.

p.s.3 daí os pais dizem que estão de brincadeira.

p.s.4 aguardo ansiosamente alguém avisar que tá de brincadeira.

17.
Coisas

Priscila termina de selecionar as fotos — sorridentes, bem iluminadas, bem-humoradas — dos amigos no Facebook e envia o convite. Convida alguns amigos de fora do estado pela piada ou para, caso vissem, ganhar presentes pelo correio.

Antes de convidar todo mundo, perguntou via mensagens a Henrique se ele viria. Não disse que a dúvida era por causa do Dante, mas era por causa do Dante. Já confirmou com Dante, não dizendo que a dúvida era por causa de Henrique, mas era por causa de Henrique.

Todas as amigas idiotinhas da Thaís disseram que os dois tiveram uma *coisa*. Talvez tivessem. Talvez Priscila não vá perguntar, nem para Henrique, nem para Dante, nem para Pedro, que a fez passar tanta vergonha no carnaval. Isso. Se a informação vier, virá.

O importante é que Dante e Henrique vão ao aniversário dela. Há algum tempo ela não fazia uma festa com todos os amigos e será a primeira vez no apartamento dela, morando só com a gata. Vai ser uma puta festa, ela sabe.

E não é um par de desentendidos que vai mudar isso.

Mas ela gosta de Henrique. Gosta de Dante. Gosta da ideia dos dois juntos. Gosta de como as experiências de vida tão distintas não se renunciam. Gosta de como os dois tinham um assombro — um medo, uma algazarra, uma premonição — de estarem desperdiçando suas vidas. Por isso é amiga dos dois, e talvez por isso goste tanto da ideia dos dois juntos. Com sorte, fariam um bom casal. Se algum dia fossem um casal.

Ela se levanta da cadeira e se espreguiça dentro do quarto. Já tem coisas para entregar. Tem que pensar no relatório sobre o tema que lhe dá preguiça. Ela cogita fazer algumas posições de ioga antes.

Tem muitas coisas no mundo para Priscila ter que se importar com relacionamentos adúlteros homoafetivos. Manuela tinha ciúmes das amigas do namorado: é no mínimo engraçado se acharam que ele a está traindo com um cara.

Ela se senta de novo e reabre o Word. Ela se espreguiça, desafia o risquinho que pisca, que exige palavras, que se move e exige movimento. Tantas coisas para dizer.

18.
Luzes de emergência se acenderão automaticamente

Canoas, 15/03

Meu velho,

o aniversário da Scila vai ser dia vinte e três desse mês. Ela me mandou umas mensagens toda cheia de mas-tu-vai-mesmo-né-eu-já-te-confirmei. Aceitei, mas disse que ainda tinha que falar com a Manu.

A Scila tava muito empolgada com toda a festa, com toda a função de ser no apartamento dela e envelhecer e dar uma festa, uma espécie de redundância de ser adulto e maduro. Pode ser legal.

A festa será isso,
Ike

p.s. o Dante já confirmou "sim" no evento. Eu me perguntei se isso deveria afetar a minha presença, mas me respondi que não.

p.s.2 vou insistir pra Manu, pro Rafinha e pra Thaís irem.

p.s.3 o Pedro já confirmou que vai e já começou a encher o tópico de esquemas de caronas (ou quem poderia ir de trem com quem), piadinhas e vídeos de cachorrinhos e clipes musicais.

Canoas, 24/03

Meu velho,

logo depois de abrir a porta, a Scila soltava uns uivos agudos (pra avisar os outros convidados de que tinha chegado mais gente?). Ela dava um abraço e três beijinhos ("pra casar") e dizia "Que bom que tu veio!" (sempre essa frase). Ela abraçou a Manu, elogiou a sandália dela enquanto a Manu elogiava o vestido florido ("bem verão, né?").

Tinham chegado só quatro pessoas, colegas da Arquitetura. Nem o Rafinha, nem o Pedro (nem o Dante) tinham chegado. A Scila apontou pros amigos dela, que olharam de volta. Apresentou cada um e sorriu mais ainda:

"Mas vocês já se conhecem, né?"

A Manu correu pro sofá porque reconheceu uma das gurias — sentadas num sofá com só um lugar vago. Em cima de um dos braços do sofá, um(a) gato(a), o rabo flanando, olhava a movimentação da casa. A Scila fechou a porta:

"É tudo meio autoexplicativo." Ela apontou pra uma mesa de jantar coberta de presentes já abertos, papel colorido e umas caixas de salgadinhos e docinhos de padaria já abertas. Perto, ficava um par de caixas de isopor: "Ali tem cerveja e o Pedro tá no mercado comprando uísque e absinto... É que vocês chegaram cedo..."

O evento estava marcado pras 21h no Face e chegamos às 21h30. De fato, cedo. Sorri por falta do que fazer. A Scila não tinha parado de explicar...

"... e, claro, tem poucos doces por enquanto, porque umas amigas minhas vão trazer cupcakes de buceta também."

Entreguei um pacote grande de papel brilhoso. Ela futricou o embrulho, tentou ouvir ("O que será que é?"), brincou um pouco, e quando abriu:

"Um mini pufe!"

Era um quadrado de almofada. Era amarelo. Era um ônibus amarelo, na real, tipo daqueles americanos. Não entendi porque dividido por dois ficava quarenta e cinco por pessoa pra uma almofada meio grandinha (a Manu escolheu e comprou sozinha (e achei que a ideia era boa)). Talvez as drogas que o médico da Manu receitou pra cabeça tivessem um efeito alucinógeno. Vai saber.

Mas a Scila agradeceu a Manu pelo presente e se abraçaram etc. Sentou meio desengonçada no pufe junto da Turma do sofá. Sentei junto do pessoal. A música vinha de um mp3 player ligado a uma caixa de som em forma de panda.

Mais gente chegou ao longo da noite e não sei se o apartamento era pequeno ou se eram pessoas demais. As coisinhas pessoais da Scila (suvenires do Nordeste, um capacho da Mulher Gato) se amontoavam com uma mobília que já era do apartamento (o sofá mais velho que nós, as portas com buracos de cupim).

Cara, um cupcake de buceta é basicamente um cupcake com uma buceta feita de algum tipo de chantilly em cima. Tinha vários formatos, redondas, umas com uns pelinhos feitos de granulados de chocolate, umas alienígenas com creme verde. As amigas da Scila que trouxeram tinham encomendado numa padariazinha do Bonfim. Nunca tinha visto antes, mas me informaram que é engraçado.

Perto da meia-noite, de carona com um bando de amigos de infância (Dante incluído), chegou o Pedro com uísque (— de garrafa) e absinto. Abraçou a irmã como se nunca tivessem brigado. O Dante tava todo fantasia de designer, aquelas roupas meio gays e estilosas e mais caras só porque eram rasgadas e velhas e a coisa toda. Ele veio me dar oi, cumprimentou a Manu e foi pra cozinha, onde se colocava gelo nas bebidas que não eram cerveja.

Depois de um tempo, consegui prever as piadas, falas e comentários do grupo Rafinha Pedro uns outros guris, com quem passei a maior parte da noite. A Manu tinha parado de falar poucas vezes (ainda com os mesmos colegas da Scila) e ria muito. Mesmo um pouco longe dela, eu me sentia bem por isso.

Me levantei pelo silêncio.

Circulei pelos núcleos de conversa, da cozinha, da Manu e das colegas, de umas pessoas que eu não tinha certeza quem eram, da mesa de comida, até que notei o(a) gato(a) se enroscar na minha perna. O(a) gato(a) era uma celebridade da festa e, sempre que passava, as pessoas vinham brincar com ele, e estranhei ninguém estar em torno dele naquele momento. Brinquei com o(a) gato(a), que se rolava pelo chão tentando pegar minha mão. Passei mais tempo com o(a) gato(a) do que com alguns núcleos de conversa.

O Dante se abaixou perto do(a) gato(a), que veio correndo. Chamava o(a) gato(a) de "Taco". Chamei de Taco também, e fui corrigido pelo Dante:

"Hein, Taco Cat é o nome."

"Taco… Cat?"

"Taco é pros íntimos."

"Da família."

Eu ia voltar pra Manu quando ele disse:

"Avisaram que tu ligou."

Não sabia que cara fazer, então não fiz nenhuma.

"Não pedi pra avisar."

"Fiquei curioso, só isso mesmo."

Ele brincava com o gato, que ronronava e rolava no chão. Expliquei que tinha visto as mensagens. Ele olhava pro gato ao responder: "Bom. Paciência." Eu me sentei no chão pra voltar a brincar com o Taco Cat. O Dante pentelhava o gato, atiçando o bicho pra ir de um lado a outro e depois pro outro e depois pra cima e depois embaixo do tapete. Abria e fechava as mãos, o que fazia o gato atacar mais rápido. Dei corda pra brincadeira, puxando de leve o rabo comprido. Taco Cat miava.

"Ele fica sem conseguir o que quer", o Dante arranhou o chão, que Taco Cat atacou. "Mas igual ele tenta de novo e de novo and over and over again."

"E de novo e de novo", parei de mexer no gato pra ele poder respirar. O Dante continuou:

"Ele tá se divertindo, hein?"

"Acho que, se ele não quisesse, ele se levantaria e iria embora."

"Ele parece independente o suficiente pra isso."

"Ele deve saber lidar bem com isso", quis rir, mas não ri.

"Mas a gente também tá se divertindo com isso, então..." O Dante riu mesmo.

"Provocar é divertido."

"Não pra todo mundo." Ele parou de mexer no gato. "Hein, espero que tu não tenha te incomodado com o negócio da ligação."

"Não achei nada."

"Era da família."

"Tanto faz", me afastei um pouco do gato.

"Eu sei que tudo isso pode parecer estranho pra ti."

"Estranho é explicar o gosto de água", olhei o gato se espreguiçar e rolar no chão porque os dois tinham parado de brincar. "Ou descrever o que é 'vermelho', definir esquerda e direita."

"Se tudo isso não é estranho pra ti, é o quê?"

"Não é nada, porra."

"Tu me ligou, hein."

"Não é nada, porra."

Ele se levantou: "Tá." (o gato seguiu o Dante)

A Scila trouxe um bolo com recheios em camadas da cor do arco-íris. Ela berrava que já que todo mundo chegou, dava pra cantar Parabéns e tinha que cantar Parabéns. Cantamos a droga do parabéns. Amanhecia quando todo mundo foi embora (alguns apagaram pelos cantos (e ficaram lá)), dizendo que a Scila devia fazer três aniversários por ano. É como se eu fosse um turista na minha própria casa (era a casa da Scila, mas deu pra sacar).

Tava uma merda,
Ike

p.s. pensei em cogumelos.

p.s.2 tudo já tá bem decorado com coisas de Páscoa e coelhos e coisa e tal. Ri sozinho com a imagem de tu — cheio de tubos, murcho, amarelado e de fralda — com orelhas de coelho.

p.s.3 "coelhinho, se eu fosse como tu, pegava uma cenoura e enfiava ela no...": demorei pra entender essa. Eu achava que era só uma grande canção em loop do coelho enfiando a cenoura no coelho.

p.s.4 agora penso nos cogumelos de novo.

Canoas, 25/03

Meu velho, enquanto eu abraçava a Manu e ela já respirava pesado pra dormir, ouvi meu celular vibrar. Consegui ler um pouco antes do almoço, eram três mensagens divididas em oito por causa do número de caracteres.

A primeira (dividida em quatro):

"Água pura não estimula nenhuma sensação de sabor, nem afeta o olfato. Seria basicamente como perguntar 'Como é respirar oxigênio no espaço sideral?' sabendo-se que humanos não podem respirar lá sem equipamentos. Mas boa parte da água que tu toma entra em contato com alguma outra coisa, minerais e tal. Depende de onde tu tá. Tu te acostuma com um sabor. Por isso que água de outros lugares às vezes tem gosto ruim. Não é água."

A segunda (dividida em duas):

Vermelho é uma cor evocada pela luz constituída pelos maiores comprimentos de onda visíveis pelo olho humano. Essas características são compartilhadas na cor do sangue, tomates e a lata de Coca-Cola na minha mão. É o oposto de verde.

A terceira (dividida em duas):

Tanto esquerda quanto direita são direções. A diferença entre elas é que, de frente para o Norte, esquerda é Oeste e direita será Leste. Se tu aprender em que lado do teu corpo tava qual lado, tu pode diferenciar a esquerda e direita mesmo quando olhar pra outra direção que não seja o Norte.

Respondi:

"tu mandou isso bêbado?"

Um "não" veio quando a gente já tava na soneca depois do almoço.

"tu ainda quer me ver?"

Foi o melhor que eu pude fazer. Fiquei me perguntando o sem-motivo de novo até que veio um outro "não" em resposta.

"não tô te convidando pra trepar", mandei. Logo em seguida, completei: "pode ser cinema, pode ir mais gente, sei lá."

"tu paga."

Sei lá, sei lá.

p.s. esses tempos uma menina no posto reclamou pra mim que os salgadinhos tavam desorganizados.

"Vou levar pra um superior", me achei engraçado.

"Que bom, porque deixar como tá dá um ar de que vocês são preguiçosos."

p.s.2 acho importante notar que tem uma diferença entre preguiçoso e "eu não quero fazer essa merda".

p.s.3 sei lá.

Canoas, 31/03

Meu velho,

marcamos num dia em que a Manu tinha GAP (comentei com ela que tua mãe tinha dito que ela ia, e ela respondeu (sem ficar mimimis nem nada) que achava que não fazia diferença pra mim).

Ele escolheu um shopping específico em Porto Alegre por causa de uma série de argumentos sobre áudio e qualidade de imagem. Eu pretendia comprar um outro presente pra Manu, da Comemoração Oficial de Gramado. Aí ela não ia me dar um presente e eu ia ficar sorrindo.

"Tu chegou a acompanhar o Oscar?", o Dane disse.

"Bah, não."

"Eu tô bem a fim de ver A invenção de Hugo Cabret. Não tive tempo, hein?"

"Pois é."

"Botei pra baixar o Monsieur Lazhar, porque óbvio que não ia vir pra cá", ele olhava os pôsteres do cinema com uma cara de tudo-isso-é-ruim. "Tava em cartaz aqui aquele 'Os homens que não amavam as mulheres', é bem bom também."

"Não gosto muito de história de amor."

Ele riu muito alto.

Deixei que ele escolhesse Sete dias com Marilyn, porque "era a única coisa que parecia interessante". Achei que ele ia dizer que íamos ao cinema e não ao circo quando perguntei se ele queria pipoca, mas foi até ele quem pediu manteiga extra.

Antes de o filme começar, vieram os anúncios (o Dane comentou que anunciar é caro porque era uma audiência garantida), uns bichinhos-3D-que-apagavam-seu-cigarro-se-você-fumasse-no-meio-da-sessão e que em caso de falta de energia, as luzes de emergência se acenderão automaticamente.

Não comentei que o filme tinha sido mais legal do que eu esperava. Não comentei isso com ele enquanto ele elogiava como o filme tinha capturado a-interdependência-do-magnetismo-e-da-vulnerabilidade da Marilyn. Era um filme de entretenimento, é claro, mas—

"Isso é um xis?", perguntei. Não, era um bauru vegano. Quis esconder meu Whopper com batatas grandes. E, ele explicou, não era nem pelo vegetarianismo. "A combinação fica boa."

Falamos de qualquer coisa e depois de qualquer outra coisa, íamos do Youtube até a mãe dele (que tinha morrido quando ele tinha nove anos e deixado uma pensão militar que ele usava pra pagar a faculdade (na verdade, a pensão tinha ido pro pai dele por algum motivo jurídico, mas o pai dele encaminhava direto)). Falamos de novos modelos de celular (ele mais falou do que eu) e chegamos até mensagens de texto. Falamos das mensagens que ele tinha mandado. Reclamei que eram muito formais, ele riu.

"É que, hein, as tuas ideias eram uma merda, tipo 'definir vermelho' é tosquinho."

Me engasguei com minha Coca-Cola: "Oi?" Ele não tinha parado de rir: "Eram ruins. Come on, tu não achava a resposta meio óbvia?"

"Óbvia?"

"Wikipédia, hein."

"Wikipédia", repeti pra mim mesmo. "Bom, foi o que veio na hora."

"É, não dá pra querer muito", ele se abaixou pra ver uma coisa no celular.

Comi enquanto ele mexia no celular: "Mas se essas não são perguntas boas... eu não sei o que é."

Ele limpou a boca já limpa, falou algo sobre seu suco de abacaxi com blueberry (que é mirtilo, o Dante explicou). Fez uma pausa, sorrindo de nada. "Hein", ele olhou pra mim. "Por que o Tarzan não tinha barba?"

"Por quê?"

"Sei que tem um livro e tal, mas não li. Mas tem filmes e o desenho e tal, sem barba."

"Sem barba."

"É, hein."

"Minha vez." Mastiguei uma batata. Devo ter demorado o dobro do tempo pra pensar: "Da onde vêm os bebês das sereias?"

"E será que os atores de Teletubbies já ficaram de pau duro no set? Hein, durante uma gravação?"

Começamos a rir mais por juntar Teletubbies e paus do que pela graça.

"Tá", eu disse. "E como as luzes de emergência se acenderão automaticamente se não tem eletricidade?"

Ele franziu a testa meio uma-professora-que-pergunta-quanto-é-um-mais-um-e-ouve-quarenta-e-três. Disse: "Não tem um dispositivo que controla isso?"

(Eu devia pedir desculpas? Rir da situação? Mudar de assunto?)

"Mas", ele disse, "luzes de emergência se acendendo automaticamente podem ser úteis".

"Dá pra usar no cinema, em prédios, na rua, coisa e tal."

"Imagina essas luzes na nossa vida. Hein, tá dando alguma merda que te tira a noção, que deixa as coisas mais nebulosas. As luzes acendem."

"Deve ter pessoas assim, que são luzes."

"E quando tu é cego pras luzes, hein?"

"Daí é uma emergência mesmo."

"Que conversa mais séria pra dois guris comendo xis."

"Vegano, hein", ele brincou com o canudo do suco. Começamos com temas leves (veganos que são grosseiros com seres humanos) e depois aos temas pesados (como eu às vezes pensava em te ligar ou te mandar um sms, mas tu tá em coma (risos)). A comida acabou e ficamos na mesa até ele comentar que podia me dar carona pra casa (afinal, ele tava indo pra Esteio e ia pegar quase o mesmo caminho). O carro era um Fiat Punto preto, dele mesmo, que me fez fazer uma piada sobre ser caro e tal e tal. Ele disse que convenceu o pai e a avó dele que nunca mais queria nenhum presente na vida, mas precisava de um carro. Táxi era inviável, van tinha horário fixo, trem parava às onze. Pela freeway, ele foi contando como é ser criado pelo time avó-pai-namoradas-do-pai-etc. "Tive que desde cedo entender que relacionamentos precisam de muito pra dar certo", ele disse, e ficamos nisso até eu explicar o endereço e as ruas e ele parar na frente da minha casa.

"É uma casa bonita."

"Minha mãe gosta de casa. De ter casa."

"E cuida bastante."

"Ela é um pouco obcecada."

"Hein, cara", ele disse, "vamos marcar de se ver de novo". Eu respondi que a vida era esse eterno "vamos marcar de se ver". Boa parte das minhas relações se resume em um "nossa, vamos marcar". Ele fechou a cara: foi legal hoje. É, tinha sido.

"Eu sou ruim pra manter contato com pessoas", eu disse, "mesmo que eu goste delas".

"A gente dá um jeito", ele ainda tinha a cara séria. Agradeci a carona e tive problema pra abrir a minha porta. Ele explicou que tinha que ter um jeitinho e esticou o corpo por cima de mim pra abrir.

E ele ia se levantar e, ainda por cima de mim, tentar me beijar.

Eu tinha até uma técnica de fuga pro lado.

Eu tinha até uma conversa pronta na minha cabeça sobre como tudo tinha sido legal e tudo o mais, mas eu não era esse tipo de pessoa. E que achei que tinha ficado bem claro, coisa e tal.

Mas o Dane voltou ao assento dele, a minha porta já aberta, o calor da rua quebrando o ar-condicionado do carro. Ele repetiu "a gente dá um jeito" e entrei em casa. Enquanto tomava banho, a frase "eu me fodo, mas me divirto" ficou na minha cabeça. Sabe quando tu tem uma resposta excelente pra uma discussão de duas horas atrás? Essa sensação. Mas não sei onde ela encaixaria.

Foi legal até,
Ike

p.s. falei pra Manu que ir ao cinema com meu amigo tinha sido bom. E era verdade. Eu não menti. Foi bom.

p.s.2 ela ficou curiosa sobre esse meu amigo, expliquei a coisa toda. Não falei que ele era gay porque pareceu meio invasivo. E tudo bem. E eu posso ir ao cinema com meus amigos.

p.s.3 não teve problema, não teve nada. Vai me fazer bem ter um amigo gay e tal. Eu vou parecer maduro e aberto e moderninho com meu amigo gay e designer. Nós somos amigos, aliás?

p.s.4 Agora que eu parei pra pensar que eu falei que *minha mãe* gostava de ter casa e era obcecada pela casa. Será que ele achou esquisito?

Canoas, 04/04

Meu velho, eu te falei que queria mudar de emprego, né? Parar um pouco com as pessoas que amam Ruffles por ser mais caro ou sei lá.

Aproveitei a folga de hoje pra organizar meu currículo e ver se achava alguma vaga de estágio em algum desses sites de gente-alegre-de-terno-e-que-tem-várias-vagas-pra-tu-também-ser-alegre-trabalhando-oito-horas-por-dia. A maioria dos meus colegas tem um estágio, não pode ser difícil assim. Eu sofreria um pouco mais pra arranjar um estágio que pagasse o suficiente pra não precisar pedir pros meus pais ajudarem com a faculdade. Eles iam dizer que eu deveria parar de encher o saco, passar logo no concurso pro INSS/Correio/Corsan/Ministério Público/Petrobras/Banco do Brasil/Banco Central/IBGE/Prefeitura e parar de colocar dinheiro num curso que não ia me garantir nada. Te garante na vida primeiro, depois pensa em outras coisas. Quando saí da Química Industrial, foi uma parada cardíaca coletiva. Nunca ouvi "dinheiro jogado fora" tantas vezes seguidas. Em algum momento, até escutei que, se era pra pagar pra estudar, que fizesse Medicina, que dava dinheiro.

Eu até podia fazer um concurso, na real. Minha família vem de uma longa linhagem de funcionários públicos. Até entendo meus pais, eles querem que eu tenha uma vida segura, que eu não me incomode com chefes. Mas como eu vou explicar pra eles que eu queria muito (mesmo) abrir um restaurante? Aqui em Canoas e tal. Um lugar que desse pra tomar cerveja ao ar livre (fumar um cigarro e tal), e, quando cansasse de ficar ali de boa, a pessoa (ou o grupo) poderia comer umas polentas fritas com molho da casa, um sanduíche diferente, até uma massa que viesse quente ainda. Tem poucos lugares pra sair em Canoas, ia fazer sucesso. O ambiente ia ter ar-condicionado e uma banda ao vivo (só que ia dar pra conversar (e a banda não ia ser grossa com todo mundo (além de ruim))). Eu ia ser convidado pra grandes eventos da sociedade canoense e ia ser uma referência de empresário canoense pioneiro, ousado e bem-sucedido.

Por mais que deteste a cidade, eu ia gostar de saber que ela melhorou por minha causa.

Claro que tenho que me formar antes. E, antes de me formar, preciso de um estágio. Meu currículo é tipo "Ensino Médio completo", "Curso de Administração com ênfase em Marketing — em andamento" e experiência profissional: uma loja de conveniência. Coloco "domínio do pacote MS Office" por causa de um cursinho da prefeitura em 2004. Coloco as informações de Química Industrial, mas ninguém deve perguntar muito (até porque eu não sei muito). Tem coisas que não cabem no currículo, saca? Tipo "caiu de skate mais vezes do que consegue lembrar", "faz comida quase-boa quando quer", "às vezes é engraçado num grande grupo de pessoas", "coloca calças bem rápido", "sabe escrever SEIOS na tela da calculadora", "não rodou em nenhuma matéria da escola ou cadeira da faculdade", "nunca chorou por causa de Mertiolate", "lidou com clientes malucos", "já teve o melhor amigo em coma". Nessa última, dá pra colocar um "— presente" do lado. Será que aquele estágio no lance do Rafinha ainda tá em aberto? Como se eu fosse passar.

Por ser meu dia de folga, fui no cinema com a Manu. Jantamos antes. Pedimos uma cebola daquelas fritas, um chope pra mim, uma Fanta. Quando o garçom ("meu nome é Francisco e vou ser o garçom de vocês essa noite") foi embora, a Manu começou a contar do GAP, do bombeiro que ainda ia nas reuniões. Ela soava como a psicóloga do troço, insistindo que "mesmo que o Gabriel não tenha sido um 'amigo próximo', ele fazia falta...".

"... e eu tenho que lidar contigo que tá lidando com isso. E tu te encaverna", ela fez uma concha-estilo--toca com as mãos.

Deixei quieto. O Francisco trouxe o chope e o refri e a cebola e perguntou se a gente queria os molhinhos por mais 3 reais cada e avisou que qualquer coisa era só chamar. Falamos de tu estar no hospital (ela não tinha te visitado fazia uns três meses), do teu pai e de como a tua mãe até conseguia não-ir no hospital tipo uma vez por semana, em dias calmos.

"Que bom que é aposentada", eu disse, "pra se dar a luxos tipo passar uns dias inteiros no hospital".

A Manu fez uma careta:

"Aposto que ela preferia trabalhar das oito às oito do que ver o filho vegetativo de graça."

Então ela tem faltado às visitas pra arrumar a casa. Ela tinha começado a fazer bordados pra própria casa, daí começou a fazer pra vender. Bom, Dona Fátima esperava e ia continuar esperando. Se tu acordar e ela não tiver lá, ela nunca mais vai sair do teu lado (tu passeando com o cachorro e ela do lado, tu no meio da aula e ela sentada contigo). Perguntei da Ciça. Eu nunca mais tinha ouvido falar dela, e queria te atualizar. Tua namorada, né.

"Ela vai pra Índia", a Manu mordeu uma cebola.

"Oi?"

"Coisa do trabalho, acho que vai em abril."

"Mas e o namorado dela *em coma*?"

"Ah, Henrique, que saco." Ela largou a cebola mordida no prato. "Se fosse ela em coma e o Gabriel por aí, tu ia dar todo o apoio."

"Mas ela veio visitar cheia de mimimi e chocolate..."

"Henrique."

"Poxa, o que ele vai pensar quando voltar?"

E se o Gabriel não voltar?"

O Francisco recolheu uns papéis soltos pela mesa, perguntou se precisava de outra e se a gente já queria pedir e se eu queria o meu chope-grátis-porque-era-happy-hour e o nome-dele-era-Francisco. Se a gente queria pedir nosso prato? Não, a Manu respondeu. Deixei ela se sentir no controle. Ou só fui um fraco, sei lá. Depois que o garçom saiu, eu e a minha namorada recaímos no silêncio. Coloquei a mão em cima da mão dela em cima da mesa. Disse um "eu te amo".

"Tu ouviu tudo isso no GAP."

"Importa que tu reflita sobre perda."

"Mas que perda?"

"É uma perda."

"Ele tá dormindo e já vai acordar", eu tava na metade do meu chope.

"Esse tempo que ele tá longe já é uma perda."

"Tudo tá normal."

"Quando ele acordar, Henrique, ele não vai ser o mesmo—"

"Pelamordedeus, não viaja sobre sequela."

"Mas que guri", a Manu continuou tomando o refri. "Eu só queria que tu entendesse", ela disse, "que se todo mundo ao redor dele mudar, *ele* não vai ser o mesmo".

"Claro que vai."

Bebi cerveja de propósito. Ela se inclinou pra frente na mesa:

"Tu acha que o teu caderninho vai manter ele no teu ritmo?"

Só pelo "caderninho", quase fui pra sala de cinema do filme pro qual estávamos adiantados ficar sentado no escuro.

p.s. pedi desculpas.

p.s.2 falamos de amenidades com longos silêncios entre assuntos-mais-ou-menos-pesados-que-não-conseguiam-ficar-leves.

p.s.3 vimos American Pie: o reencontro. A Manu falou que gostou.

19.
Só mais dezessete minutos

E é apenas quando Cecília vê Henrique entrar no corredor de laticínios que ela decide: deveria escolher o arroz com mais calma.

20.
Nada contra ninguém do Leste Europeu

Gramado, 08/04

Meu velho, a Manu parecia feliz. Não sei se ela ficou chateada com ter que pagar a passagem pra Gramado (já que eu ia pagar o táxi até o fim de mundo onde ficava o parque-com-cachoeira-que-tinha-cabaninhas-e--era-espantosamente-barato-pra-um-feriadão que a gente tinha reservado). Pode ser porque ela não tenha gostado da coisa toda de um meio-que-aniversário de namoro na data, um oficial depois. Tava tarde, tava escuro, eu só queria me limpar e dormir. Ou só dormir. Mas se eu fosse dormir enquanto ela chorava, ela choraria mais ainda quando eu acordasse. Perguntei se era porque ela não tinha gozado. Se tinha algo de errado na cabana. Era isso, aposto. Ela ficou chorando. Ela tava chateada porque a cabana era muito úmida? Porque eu tinha notado. Ela ficou chorando. Chamei ela de Mumu, meu amor, sim, a cabana era muito úmida. Perguntei se ela queria acender a lareira. Perguntei se ela queria que eu pegasse uns papéis higiênicos no banheiro pra ela. Ela ficou chorando.

Perguntei se ela preferia dormir assim, porque por mim não tinha problema, mas eu não ia poder acordar ela com o oral como ela sempre gostava — "A maioria dos homens chupa mal, Henrique." "Oi?" eu disse. "Cala a boca." "Tem algo que eu possa fazer pra ajudar?" "Não." "Tu tá falando isso porque não tem mesmo ou porque tu tá fazendo um daqueles esquemas que tu diz que não e daí espera que eu adivinhe?" "Eu sempre te digo o que eu quero, seu viado." "Não diz não." "É que tu tem na tua cabeça uma imagem de mulher que só existe em vídeos burros do Youtube. A louca, a emocional, a mulher-que-pergunta-se-o-jeans-deixa-gorda-e-tu-sabe-que-não-tem-uma-resposta-certa-pra-isso-tu-te-fudeu-igual-é-uma-cilada-hahahaha-mulher-é-tudo-louca-hahahaha-uma-semana-por-mês-tem-que-enjaular-hahahaha. Me deixa chorar."

Abracei a Manu: "Não sabia que tu não gostava do Youtube." Ela ainda chorava: "Não é isso." Fiz carinho no cabelo dela: "Eu gosto." "Em primeiro lugar, tem muita besteira." "E em segundo..." Ela ficou chorando. Chamei ela, perguntei o que era em segundo lugar. "Em segundo lugar, a gente não tava falando disso", ela disse. "Mas tu teve um surto por causa do Youtube." "Não é o Youtube, pelamordedeus. Tu não escuta nada?", a voz dela saía enrolada por causa da mistura de lágrimas ranho cara vermelha. A gente não tava discutindo. Ela às vezes me chama de viado meio que brincando. Tava tudo bem. Segurei um sorriso: "Eu tô te ouvindo xingar o Youtube há uns dois minutos." Ela teria suspirado se o nariz não tivesse entupido: "... E é por isso que tu acha mulher louca-emocional-desequilibrada."

Mas ela era que tava chorando depois do sexo, mesmo tendo gozado (ou tendo dito que). E eu achava que mulheres eram loucas porque vejo vídeos no Youtube? No final das contas ela só tava me dizendo que meu oral era uma merda. A gente tinha que trabalhar nisso. Dava pra trabalhar nisso, se ela quisesse e/ou ajudasse.

Ela perguntou quando foi que ela perguntou se uma roupa deixava ela gorda, e eu respondi que não lembrava. Mas ela já devia ter perguntado. Ela continuou chorando umas tipo-lágrimas. "Eu nunca te levei pras compras e te fiz ficar sentado esperando enquanto eu comprava coisas. Eu nunca estourei o limite do cartão de crédito..."

Devia ser TPM.

Abracei a Manu por um tempo, olhei para os cabelos dela e chorei junto. Ela cheirava a chocolate. Talvez porque ela quisesse que eu fizesse isso, talvez fosse porque era a única coisa a fazer. Segurei o choro por uns segundos e só aí fechei os olhos. Adormecer chorando, isso sim, é coisa de mulher-louca-emocional-desequilibrada-não-racional.

O resto do feriadão se resumiu a caminhadas no mato, cozinharmos, ficarmos bêbados e, se eu achava que ela não tava puta, a gente transava (quando ela parecia meio-tipo-braba-só-que-mais-ou-menos, só boquete). Em algum momento em que a gente caminhava numa das trilhas, cogitei colar um bilhão de bolotas de algodão ao longo do corpo para virar uma nuvem. Mas era uma ideia meio tosca.

A Manu passou a viagem de volta inteira ouvindo música no celular. Ao mesmo tempo, ela às vezes colocava a cabeça na janela do ônibus e olhava a chuva que só surgiu no domingo e eu tinha certeza que ela não ouvia nada além de uma conversa triste na cabeça dela. O cheiro da chuva me fazia pensar em como eu descreveria a chuva se tivesse tomado chá de cogumelos. A chuva seria uma coisa meio cremosa, meio grave. A chuva seria o som de um baixo numa banda de rock sem guitarras e isso faria muito sentido. Gostei mais da chuva enquanto a Manu pegava no sono. Botei meu casaco por cima dela, levantei o braço do banco e abracei ela.

Sempre pensei que o jeito que alguém reage ao clima diz muito sobre a pessoa. Mas a regra parece não se aplicar à Manu naquele caso. O pai dela nos buscou na rodoviária e ela me deixou em casa com um beijo no rosto.

Ike

p.s. o Dane me mandou um sms de feliz Páscoa.

p.s.2 minha mãe me lembrou de que eu devia dar um presente pra Dona Fátima de Dia das Mães. Perguntei quem ia pagar e ela disse que a gente (eu e tu) acertava depois.

p.s.3 falei que tua mãe já tinha um filho vivo o suficiente e a minha mãe disse que ela merecia dois. "Ela tá passando por bastante coisa", minha mãe disse.

p.s.4 entendi como uma indireta de que eu devia comprar algo pra ela (minha mãe).

Canoas, 17/04

Meu velho, tive uma entrevista de emprego numa empresa de fita crepe perto dos bombeiros. Fui mal, e o dono da loja não parecia interessado em me entrevistar (ou eu não parecia que queria ser entrevistado, o que fez com que ele não quisesse me entrevistar). Era um emprego de vendedor normal. Repeti que já tinha experiência com o público, mas não sei.

Aliás, que coisa mais imbecil pra existir em Canoas. Uma loja que vende fita crepe, fita durex, fita não-

-sei-o-quê. Quantos tipos de fita existem no mundo? E por que *em Canoas*?

Sério: por quê?
Ike

p.s. a única vantagem pra mim em relação ao posto é que eu trabalharia em Canoas, o que me faria pegar menos o trem. Ir e voltar pra casa seria bem mais rápido. Por outro lado, eu ficaria em Canoas noventa por cento dos meus dias e acho que foi isso que me fez ir mal na entrevista.

p.s.2 tentei ir no shopping Canoas esses tempos procurar um presente pra mãe.

p.s.3 antes disso, perguntei pro meu pai o que eu deveria comprar e ele me disse: a mãe é tua.

p.s.4 fiquei um tempo numa loja de lembrancinhas e a vendedora recomendou um Travesseiro da Nasa. Brinquei que era da Nasa porque o preço era fora desse mundo. Ela não riu.

Canoas, 19/04

Meu velho, o Dane me ligou hoje e falamos de qualquer coisa por um tempo.

Foi legal, porque ele também não sabia o que movimentava a conversa.

Isso é legal,
Ike

p.s. comprei um bicho de pelúcia pra minha mãe.

p.s.2 sabe, é um bicho de pelúcia. Mulher ama bicho de pelúcia.

Canoas, 22/04

Meu velho, tive outra entrevista hoje. Enquanto esperava pelo entrevistador (atrasado em tipo quarenta minutos), pensei em como já fica predefinido na entrevista quem se atrasa e quem espera. E eu não gosto disso. Não gosto da ideia de que o tempo do meu chefe é mais valioso (e digno de espera) que o meu. Mas que coisa idiota de se dizer: não gosto de quando meu tempo (minhas coisas (e tal)) vale menos que o dos outros. Sério. Todo mundo é assim. É tipo "eu sou contra a corrupção".

Era uma vaga pra área de logística, mas eu não sabia. Eles tinham me perguntado coisas de procedimentos, documentos e idiomas.

Eu só tinha resposta pros idiomas. Gosto de dizer que tenho inglês intermediário (com a ajuda do Google tradutor, consigo tudo), mas não falo bem. Ninguém acredita. Eu também não acreditaria. Eu, aliás, também deixaria um monte de gente esperando. Tu também.

Se pudesse,
Ike

p.s. parei pra pensar agora que tu tá meio que deixando todo mundo esperando. Mas não é a espera do tipo irritante. É a espera do tipo eu só queria que o tempo passasse mais rápido. Talvez ficar irritado seja menos pior do que ficar curioso, com essa coceira na garganta. Pelo menos, quando tu tá irritado, tu sabe que tá irritado, e isso é bom.

p.s.2 tipo aqueles cachorros com aqueles cones na cabeça pra não se coçar ou mexer em feridas. Eles não ficam irritados, eles só querem se coçar.

p.s.3 vi um outro bicho de pelúcia pra vender no centro. Comprei. Não sei qual vai ser o da minha mãe ou da tua.

p.s.4 eu sou meio idiota por comprar o presente tão antes. Vou tentar vender pro Rafinha.

Canoas, 30/04

Meu velho, troquei meu feriado do Dia do Trabalho para fazer feriadão na segunda. Fico feliz que o Dia do Trabalho seja feriado pra estudantes também, porque somos todos estagiários fodidos nessa firma deficitária que se chama vida. Na verdade, é pros professores, mas lembrar disso tira o propósito. Convidei um monte de gente pra sair, tentei planejar algo (sítio de alguém? Praia? (praia no inverno é massa)), mas comecei a me sentir aquele amigo que todo mundo odeia, que vai embora e que todo mundo comenta "Bah, que cara insuportável! Por que tu convidou?".

Nem a Manu podia. Cogitei convidar o Dante, mas ele tinha que estudar pra alguma coisa que eu não entendi (e tava de feriadão também). Quando pensei em ir te ver, o dia tinha acabado.

Acabei tomando cerveja com o Rafinha no jardim. Quando meus pais deram uma saída, eu quis acender um beque, mas ninguém tinha seda. O Rafinha tá em crise com a namorada de dezoito anos porque ela é uma namorada de dezoito anos com os problemas-típicos de namorada de dezoito anos. "Nem como direito", ele disse. Falei um "Bah", ele riu. "E tu e a Manu?" "Tudo de boa" (mais tarde percebi que ele queria saber se eu andava comendo a Manu normalmente (Me sinto meio burro sem tu do lado pra me dar um empurrão e rir da quantidade de merda que eu falo)).

p.s. o Pedro chegou bem mais tarde na casa do Rafinha. Nos cumprimentou num aceno e já abriu uma cerveja.

p.s.2 só ouviu a gente conversar, riu junto das piadas até abrir a segunda cerveja (não que tenha sido lento, ele terminou a primeira cerveja bem rápido (mas igual, ficou em silêncio virando a latinha)).

p.s.3 quis dizer "na casa de vocês" quando falo "na casa do Rafinha".

p.s.4 que fique claro.

Canoas, 3/05

Meu velho, como hoje era meu dia de folga, fui tomar umas cervejas com o Dane entre a hora que ele sai do estágio e a hora que tenho que ir pra faculdade. Era um lugar no centro de Porto Alegre (a ideia era algo estilo: ele vinha do estágio até o Mercado Público, eu vinha de Canoas até o Mercado (meio do caminho pra todo mundo)). O lugar vendia ou vinho (ele pediu) ou chope (eu pedi) e, antes de tu pedir um petisco, tu tinha que perguntar se eles tinham. Era comum que faltassem coisas, o Dane explicou. Não falamos muito. O Dane falou de uma prova que tinha tido na semana anterior. Ele nem sabia o nome da cadeira, mas tinha a ver com Finanças, ou Cálculo. Ele reclamou de como ele só queria fazer desenhinhos (foi o que ele disse), e não ficar calculando o custo do desenhinho. Ele contou que tinha terminado a prova e escreveu um "desculpa" embaixo, com uma carinha triste.

Eu ri pra caralho nessa hora, explicando que achei que era só eu que fazia esse tipo de coisa. Ele riu pra caralho, explicando que achou que seria uma coisa muito engraçada porque ele não achava que muita gente fazia. Ele comentou que julgava se tinha ido bem num semestre ou não pelo número de desculpas que pedia em provas. Daí eu ri porque eu perdia as contas dos pedidos de desculpas nas provas (não porque eram muitos, eu só não prestava atenção).

Falamos da Scila, falamos de ti. Ele não te conhece (bem) e eu quis que ele conhecesse. Quis que ele sentasse numa mesa de bar contigo, o Rafinha e eu. A gente nunca mencionaria cogumelos, mas ia rir pra caralho.

Ike

p.s. acabei matando aula, mas tudo bem.

p.s.2 quando a gente tava voltando de trem, sentados no chão de um trem cada vez mais cheio, o Dane perguntou se ele era um pouco melhor que eu em manter contatos.

p.s.3 disse que sim. Disse que tínhamos que sair nós três, com o Rafinha e tudo.

Canoas, 04/05

Meu velho, essa semana eu só quero encher a cara e ver ela.

p.s. talvez eu queira sair do cheque especial.

p.s.2 me ligaram falando de uma entrevista, mas o salário era menor e o meu possível-chefe parecia uma daquelas pessoas que gostam de cobrar coisas que elas não fazem. Era um emprego que eu não ia gostar.

p.s.3 ao mesmo tempo, cita uma pessoa que gosta do seu emprego. Uma só. Uma pessoa que gosta de algum dia do seu trabalho além do dia cinco, dez ou sei lá.

p.s.4 mas ela.

Canoas, 09/05

Meu velho, poucas coisas aconteceram essa semana, e isso fez eu me sentir bem. Aliás, eu não sei por quê, mas eu me sinto bem. Eu tava arrumando umas prateleiras de produtos de higiene (absorventes, lenços umedecidos, sabonetes e outras coisas meio-que-emergenciais (camisinhas sempre atrás do caixa)) e pensei nisso. Talvez tenha sido o cheiro do aloe vera do xampu de bebê que alguém tinha derrubado, mas me veio essa certeza.

Eu sou feliz pra caralho, meu velho.

Eu tenho do que me queixar, mas tenho menos do que me queixar que os outros.

Com exceções e tal, mas minha vida é estável, eu sei o que vai acontecer amanhã, eu tenho uma ideia de como eu vou estar.

Por mais que eu não consiga tomar nenhuma decisão decente, por mais que eu seja um idiota, eu sou um idiota feliz. E ser um idiota feliz deve ser o melhor tipo de idiota (comparado com um idiota e infeliz).

Não que eu seja idiota-idiota, se isso faz algum sentido. Eu só não faço o tipo intelectual, de óculos, discutindo a conjuntura econômica da Noruega pós-crise de 2009. Não é o que eu faço. Eu sou ruim achando países num mapa. Não sei a diferença entre Afeganistão, Iraque, Turquia, Nicarágua e, sei lá, Irã. Eu nem sei se tem uma diferença. Eu não leio jornais, eu não comento os grandes eventos do momento, e nem futebol assisto muito.

E não tem um problema nisso.

Não é que eu seja fã de Zorra Total e seja analfabeto. Eu olho aquela Mundo Estranho de vez em quando. E Veja, a Veja é boa também.

Eu só tenho mais coisas pra me preocupar do que isso.

Eu já disse que não sou exatamente talentoso ou anormal.

E tudo bem. Mesmo.

O Dane sabe a diferença entre a Geórgia e a Eslováquia. A gente conversou via sms e ele contou de uns colegas de intercâmbio dele que eram de lá que iam chapados pro trabalho (ele ficou chamando os dois de Itaquera Europeia (de como eles se achavam tão bons e europeus e primeiro mundo mas eram Leste Europeu)).

(Nenhuma conversa sobre Itaquera Europeia pode valer a pena.)

Agora, conversas sobre pedir desculpas em prova, essas sim (É melhor ser um idiota feliz do que um moderninho... triste? (Não sei se triste (Um moderninho, pronto))). E nada contra ninguém do Leste Europeu. Deve ser realmente legal lá, já que é na Europa e tudo. Deve ter gente que faz as coisas não-chapadas, e que respeita os outros, e que tem uma visão da Europa parecida com a que eu tenho de Canoas. Mas não me peçam pra achar no mapa.

O Dane me contou de um colega que odiava a Suíça. Era suíço e tudo e odiava a Suíça. Era uma província pequena, chata, cheia de gente preconceituosa. O que eu tiro disso é que tudo é um grande Guajuviras (o Dane explicou que Itaquera era tipo Guajuviras de São Paulo (perguntei por que ele não falou 'Guajuviras' logo)).

Mais um exemplo com cachorro: tipo um cachorro correndo atrás do próprio rabo, mas o rabo é um mapa do lugar ideal pra se morar. Só que todos os lugares, depois de um tempo, são Guajuviras. A história de ser turista em qualquer lugar, coisa e tal. Nada contra o Guajuviras também. Tudo isso pra dizer que eu sou feliz pra caralho sendo canoense.

p.s. o pai da Manu já me xingou sobre isso. Ele disse que "tu sabe que não é a cidade que te faz, né? É tu que faz a cidade...". Ele defendeu Canoas. Disse que era uma cidade de gente boa e trabalhadora. Disse que, se eu não conseguia tirar proveito disso tudo, a culpa era minha. Eu devia ser grato, coisa e tal, ajudar a construir a cidade.

p.s.2 disse que pra ver Canoas como uma cidade tão ruim era porque eu tava deprimido. Eu disse que todos os jovens meio que pensavam isso da cidade, ele disse que existia uma geração de bostas e que no tempo dele ninguém tinha tempo pra choramingar. "Não que sejam vocês", ele disse. "Mas existe."

p.s.3 nada contra Canoas também. Ou bichas.

p.s.4 talvez o jeito que uma pessoa lida com uma cidade também diga muito sobre ela.

p.s.5 então essa é minha vidinha, eu sou feliz e triste e ainda fico me perguntando como é que será que isso é.

Canoas, 10/05

Meu velho, aliás: as pessoas podem estar alegres sem motivo, não podem? Assim como todo mundo (tipo a Manu) fica triste sem motivo.

Ike

Canoas, 14/05

Meu velho, fiz uma lista de como eu me sentiria caso tu morresse. Tipo isso:

Triste.

Cansado.

Brabo.

Mimimi.

Sem saco.

Triste.

Não-empolgado.

Acharia-engraçado-se-tu-fosse-cremado-e-largado-em-algum-parque-canoense-porque-é-Canoas-etc.

Tá, mas quem iria ler esse monte de papel?

Mas tá,
Ike

p.s. acho que 9 não é um número cabalístico.

p.s.2 uma pegadinha engraçada: me levantar no meio da aula (onde tô), sair correndo pra fora da faculdade (passar pelo chafariz, pelo estacionamento), continuar a correr. Não voltar. Começar uma nova vida com um nome falso.

p.s.3 ou pegar um ônibus e nunca mais ser visto.

p.s.4 tipo uma nota no jornal: Henrique Martins foi visto pela última vez na estação Canoas/La Salle, ao entrar no trem no sentido Novo Hamburgo em 16/05/2012.

Canoas, 14/05

Meu velho, domingo passado foi Dia das Mães. No sábado de noite, dei um pulo na tua casa depois de falar com o Rafinha se podia dar presente pra tua mãe. Ele tinha comprado uma pulseira e curtiu a ideia. Entrei na casa, tentando não bagunçar a arrumação de sábado que tua mãe sempre faz, abracei a Dona Fátima, entreguei o bicho.

Dona Fátima foi ficar com a vó materna de vocês (que, aliás, não vai precisar fazer aquela cirurgia na perna (o que é bom)). O Rafinha contou que ela mostrou o bicho pra todo mundo, dizendo que tinha sido ele que tinha dado. Quando chamavam atenção pra confusão dela, ela só abanava a cabeça e dizia: "Filho é tudo igual." O Rafinha disse que dava vergonha alheia.

A única coisa que me lembro do churrasco da minha família foi um comentário que a Manu fez. Ela se inclinou pra trás na cadeira, falou que todas essas pessoas em eventos familiares são cérebros de cinco quilos que dirigem corpos doze vezes mais pesados. E ela me fez rir, porque essa é a guria que me faz rir.

Ike

p.s. a Ciça ligou pra dar feliz Dia das Mães, o Rafinha atendeu. Dona Fátima pediu pra dizer que tava no banho e deixar recado.

p.s.2 fiquei imaginando se a Ciça já tava na Índia. Quão cara seria uma ligação dessas?

Canoas, 16/05

Meu velho, eu me lembrei de uma vez que tu tinha brigado com uma guria com quem tu tava ficando.

"O que te incomoda é que tu perdeu a discussão", eu disse, nada caipira e totalmente sábio. "Sabe aquela coisa de perder uma discussão?" Tu usava uma camisa do Homem-Aranha que na época não era descolada como é hoje. Daí tu disse: "Ah, eu tava errado. Mas não ia dizer." "Há quanto tempo vocês não se falam?" "Um tempo." "Por que vocês brigaram mesmo?" (Pode ser que tu tenha dito só que vocês não se falavam fazia um tempo.)

O que tu disse na hora?

Na época, o final do primeiro semestre já dissolvia a animação de ser o bolsista que passou em primeiro lugar. Tu não arranjava estágio, tu achava que ia rodar numa cadeira (tu nunca tinha rodado numa cadeira (e talvez tu perdesse a bolsa se rodasse?)). Nem eu tinha emprego, mas eu achava que tava tudo bem, porque eu já tinha tido empregos, e ter empregos parecia uma incomodação gigante. Isso antes de eu querer trocar de curso (e meus pais dizerem que se eu ousasse trocar de curso (e botar dinheiro fora), eles iriam parar de pagar (as duas matérias que eles chamavam de) faculdade)). "Eu sinto que eu não sou bom", tu disse. "Bom em nada."

Isso que falo de não ter talentos, de estar condenado a ser normal, tu não falou nada disso. "Não é questão de ser normal e nada demais", tu disse. "Sei." "É uma questão de ser um grande bosta."

Gargalhei, porque era uma piada. Tentei mudar de assunto, mas aquela tua postura corcunda de desânimo quase me assustava. Essa falta de coisa nunca tinha te incomodado tanto. Não na minha frente. E depois, tu nunca ficou tão chateado, pelo menos não na minha frente.

"Nunca imaginei que um dia tu te sentiria um bosta", eu disse (e era verdade). "Eu me acho um bosta de vez em quando", tu disse, "mas eu me acho uma fraude o tempo todo". Eu disse "Tu só finge o contrário". "Isso." "Sei lá, eu te vejo como um cara talentoso." "É. Tá."

Fiquei quieto, porque não sabia o que dizer. Falar qualquer coisa parecia mais esperto do que ficar com cara de bunda pra tua frase. Quis ser uma daquelas pessoas que deixa o assunto leve, daquelas que animam todo mundo. Mas não deu certo. Foi aí que eu percebi que nós éramos tipo almas gêmeas, só que pra amigos (sem nenhuma conotação gay (nenhuma mesma, sério)).

Ike

p.s. sabe aquele sentimento de ter algo pra dizer depois que a conversa acabou? Eu tive isso pra essa conversa.

p.s.2 tu era bom em alguma coisa. Tu devia parar de mentir pra ti mesmo. Tu era bom em desvendar histórias de quadrinhos complexas, tu cozinhava um miojo do caralho, tu fazia teus amigos (e tua namorada (e tua família)) felizes, tu sabia bem a hora sem olhar pro relógio. Tu conseguia prever reviravoltas do final de histórias ferradas.

p.s.3 tu não devia deixar coisas idiotas como estágio ou faculdade te deixarem puto só porque eles têm essa coisa de ser relevante pra sociedade e influenciar na economia tipo fazer o mundo girar. Teus talentos refletiam teus interesses, e o que importava pra ti era importante.

p.s.4 tu te lembra do que eu falei quando tu não rodou a cadeira? "Te falei, seu filho da puta." Te falei, seu filho da puta.

p.s.5 não sei por que escrevi tudo no passado.

p.s.6 quis dizer *agora*.

Canoas, 17/05

Meu velho, eu tinha uma entrevista de estágio numa escola de idiomas ali perto do Zaffari. A pessoa me entrevistou enquanto mexia no computador. O cargo era pra recepcionista, e até me ligaram uns dias depois sobre a vaga. Tinha uma entrevista de *follow-up* (?), mas sei lá. A loira-magra-formada-em-Educação-Física-que-dava-aula-de-Inglês fez uma careta quando perguntou do meu inglês e eu disse que entendia mais do que falava. Fui tri educado pra dizer não.

Ike

p.s. preciso dizer que me senti bem dizendo não.

p.s.2 de novo, eu sou um idiota feliz pra caralho.

p.s.3 cenário do apocalipse: todo mundo só desiste. Junto.

p.s.4 só não entrem no meu ônibus.

Canoas, 18/05

Meu velho, eu tinha tomado cervejas com pessoas, eu tinha virado Resident Evil 5 com o Pedro, dormi bem, fui bem num par de trabalhinhos bestas da faculdade, fui te ver no hospital com o Rafinha e tu tava com uma cara acordada (só que em coma), recebi uma cantada de um cara no posto e não fiquei pensando a respeito, assisti a um show de comédia que fez a Manu rir pra caramba (e apesar disso, até saí pouco (e economizei)), fui numa entrevista de emprego perto da faculdade (e com um salário bom (como efetivo mesmo)), saí com a Scila (que não mencionou ele (até porque eu não mencionei (até porque ela não tinha nada pra mencionar))).

Mas aí veio um: "hey! tudo tranquilo?", e daí um: ":)"

Eu tinha pensado em outras coisas. Eu tinha parado de pensar nos cogumelos. Eu tinha parado de pensar.

Ike

p.s. tinha parado.

p.s.2 ele tinha que fazer um trabalho pra faculdade sobre design das estações de trem (um comparativo ou algo assim). Daí tinha que andar de trem em especial nas estações Mercado, Canoas/La Salle, São Leopoldo e Novo Hamburgo.

p.s.3 ele me contou tudo isso no meio da conversa, usando muitos "hahahahahah" porque se lembrou da gente andando de trem.

p.s.4 eu sabia que ele queria que eu fosse junto. Me ofereci e ele aceitou, depois de perguntar se não seria problema. Previsível.

21.
O histórico de mensagens

A música de fundo é Girls just wanna have fun. Renan acha que vê Dante. Dançava num círculo com algumas jovens e dois morenos com roupas muito heterossexuais para aquela boate. Renan tenta não escorregar nem grudar nos restos de cerveja, uísque com energético, refrigerante, água, vodca, cuba-libre e tequila até chegar. Antes de se aproximar do grupo, vê Dante se esticar sobre o balcão com uma nota de cinquenta reais.

— Duas Stellas? — confirma o barman, com o dinheiro na mão.

O tempo de o barman buscar as cervejas, entregá-las, atender um par de peitos, calcular o troco, atender um cabelo azul e entregar o troco a Dante foi o mesmo pra Renan chegar. Berra:

— Ei.

Dante se vira. Abraça Renan.

— Poxa — Renan diz.

— Poxa.

— Tem um tempo, né? — Renan tenta falar mais alto que a música. Por causa dos empurrões das pessoas indo e vindo do balcão, os dois estão a um passo de distância, sob o som de Lady Gaga.

— Vem — Renan puxa Dante pelo pulso. — Cigarro?

Dante ergue as duas cervejas:

— Depois.

— Eu te pago outra.

Renan segura o pulso de Dante com força.

— Cara — Dante ergue as duas Stellas de novo. — Sério.

— A tua fila tava muito grande.

— Renan — ele se solta —, depois.

Enquanto as músicas lentas terminam e já se acendem algumas luzes, Renan o vê de novo. Tenta alcançá-lo depois da saída, mas Dante já entrou no táxi com duas pessoas.

Ele se afasta da aglomeração na saída, espera Carol, Gui e Arthur. Pensa em se adiantar para o Pampa Burger, mas ficou. Puxa o telefone, acessa os contatos e seleciona "Não atender 3". E se ligar? Não se devia ligar para pessoas com tanto álcool no sangue. Uma mensagem de texto? Encara a tela do histórico de mensagens vazio. Digitou: "De bowie?" e acha aquilo tudo muito engraçado. Não envia, coloca o celular de volta no bolso.

Assim que puxa o telefone e liga para Não Atender 3, vê Carol, Gui e Arthur numa saída próxima.

22.
Tu leu errado a primeira frase

Canoas, 20/05

Meu velho, nós nos encontramos na estação. No subterrâneo da entrada, fazia calor, mas quando subimos pra plataforma, um vento gelado com cheiro de fritura quebrava isso. O Dane tirou muitas fotos (uma câmera grande (ele mexia demais nela antes de qualquer coisa)), anotou umas coisas num caderninho feio de capa dura (às vezes no celular), comentou comigo sobre esse Bob's parece muito que é uma versão brasileira de Starbucks ter um Bob's Milkshake logo na saída do trem, ainda na estação, do lado das catracas. Falei que, no verão, eu comprava o de morango duas vezes por semana, o que fez com que ele risse dizendo que morango era coisa de mulher.

Era um bom horário num bom dia pra se andar de trem (ele chamava de "metrô de superfície"). Ele fez comentários que não sei se eram de design ou arquitetura, falou de planejamento urbano e dos bancos.

Como o Trensurb anda numa (única) linha reta, a gente poderia ter ficado no mesmo trem e ido da Mercado até a Novo Hamburgo, tirando fotos pela janela. Era uma boa ideia. Quando comentei isso com o Dane, ele riu alto.

Na Canoas/La Salle, ficamos na fronteira das catracas com a saída (na parte de dentro). Ele gravou umas coisas que eu disse, porque achou que a opinião de um usuário ajudaria a apresentação. Daí voltamos pra área de embarque pra pegar o mesmo trem no mesmo sentido na mesma linha reta. Ele tirou uma foto minha perto da placa que dizia "Canoas/La Salle". Me obriguei a pedir pra ver a foto e minha cara era a de um vilão da Disney (o nariz muito esquisito (as orelhas de abano)). Pedi outra. Ele olhava pra mim através da lente, mexendo na lente ou algo assim, me dizendo pra ir pra tal lado por causa da iluminação. Me senti um não-usuário de trem por um momento. Na quarta tentativa de não tirar uma foto monstra, o Dane parecia cansado: "As fotos tão boas, pô." Ele ajeitou a câmera na cara: "Essa é a última."

Enquanto esperávamos o trem (num banco de ferro pra três pessoas (eu e ele sentados mais ou menos perto)), uma guarda olhava o Dane fotografar os trilhos. Comentei isso com ele, que guardou a câmera até o trem chegar. "Acho que não pode", eu disse. "Não poder não significa que não vai acontecer", o Dane tirou a câmera da malinha-de-câmera assim que a gente se sentou de novo.

Na estação Esteio, entrou uma menina de coturno de tarraxas. Usava jaqueta de couro, coturno, um vestido curto vermelho. A meia-calça rasgada em pontos muito específicos parecia muito justa pras coxas já anoréxicas. Só vi ela porque o Dane apontou (isso não é falta de educação?) e falou do autor do livro que ela lia. O troço devia ter umas quatrocentas páginas (não é meio impossível de carregar por aí um livro desses (só pra ler no trem?)), um autor com muitas consoantes na capa. Ela se levantou (um olhar meio malvado e irritado) na Luiz Pasteur (o Dane zoou que chamavam de Luiz Pastel (eu ri)), saiu puxando a saia do vestido pra baixo. Andou um pouco com a mão por cima da bunda. Olhei pro Dane: "Uma mochila com um demônio e o medo de mostrar a bunda." Ele olhou as portas fecharem: "As pessoas e suas saias curtas."

A estação São Leopoldo foi rápida. Não participei das fotos, ajudei a achar um usuário pra responder umas perguntas padronizadas (qual era a maior dificuldade ao usar o trem). Ele queria muito conhecer a Novo Hamburgo, mas não tava funcionando ainda. Tudo ia estar limpo, não-amarelado e sem-poeira. O mais perto disso era a Aeroporto. Ele falou que a estação Aeroporto estava em três idiomas e até dava pra usar os banheiros. Mas era só entrar no trem que tinha um choque de realidade. A gente riu.

A gente riu bastante (e ele tem uns dentes bem retos, até, acho que é aparelho. Parece aparelho. Se bem que eu não sei exatamente como são dentes pós-aparelho). O rosto dele tem um formato meio arredondado, só que mais reto nas pontas. Tem umas pintas na cara. Tem uma pintinha na pálpebra, que quase achei que fosse maquiagem. Precisei de uns minutos pra me certificar do que era (ele quase parece um dálmata (mas de um jeito legal)).

Uma vez ele foi pegar a bolsinha-da-câmera e pegou na minha mão. "Opa." Uma vez a gente tava dando licença pra uma moça de cadeira de rodas e encostei no cotovelo dele sem querer. Uma vez quando ele tava tirando uma foto minha, ele falou que tinha um cabelo meu no meio da cara que era meio esquisito. Tentei arrumar até que ele disse: "Ah, mas puta que pariu", se aproximou um pouco e puxou uns fiapos.

"Cabelo ruim", eu ri,
Ike

p.s. uma vez ele pediu pra eu alcançar um negócio pra ele e a gente encostou dedos.

p.s.2 foi um total de quatro vezes.

p.s.3 não que pedir pra rever fotos seja uma coisa que eu faça muito. Eu não tiro tantas fotos assim, tiro?

p.s.4 tipo as fotos que a Gi tirou na praia. Ela criou um álbum desses disponível-só-pra-algumas-pessoas e eu fiquei meio "Como assim, teve foto?"

Canoas, 24/05

Meu velho, uma das primeiras histórias que a Manu me contou foi que um cara na rua gritou que ela era gostosa. Ela tava na parada de ônibus e mostrou o dedo do meio. Só que o carro teve que parar no sinal. Ela contou que andou até o carro e começou a bater no vidro: "Quem tu acha que é, babaca?"

Na minha cabeça, isso define a Manu tanto. A Manu tá triste? Ela vai tomar remédios e vai ficar bem, porra. Ela é forte o suficiente pra saber quando é fraca.

Eu me pergunto se tem alguma dessas coisas que me define tão bem e tão fácil. Tipo quando eu era pequeno, tava comendo cereal na cozinha, daí ouvi a música tema do Thundercats e corri pra sala. Minha mãe tinha passado a tarde encerando a casa. Eu tava de meia, na cera, fui pro chão. Fiquei tipo desmaiado por cinco segundos. Minha mãe disse que a última coisa que ouviu foi "meu sucrilhos!". O cheiro da cera grudou na minha bochecha por dias (não que meus banhos fossem exemplares).

Talvez seja isso. Talvez sejam as desgraças-patéticas. Tipo aquela vez que meu melhor amigo entrou em coma porque caiu duma rede.

Ike

p.s. também teve aquela vez na escola dominical que umas crianças tavam rindo de mim porque eu tinha confundido Moisés com Noé (e tinha ido mal na prova objetiva sobre as histórias dos dois). Daí fui falar com a professora. Daí a tia-de-óculos-não-lembro-do-nome-acho-que-era-Valdirene: "O que Jesus fez com as pessoas que foram malvadas com ele?" "Ele morreu", eu disse. Umas semanas depois, a esposa do pastor veio falar comigo antes do culto. Ela me entregou um VHS que eles vendiam numa banca no estacionamento da igreja. Era tipo um par de irmãos que iam pro passado e viam e participavam de histórias bíblicas. Daí ela me deu uma edição sobre Jesus. Eu perguntei por quê, ela só sorriu e disse que eu era um guri que merecia. Na época, tive certeza que de dentro do VHS ia sair um bicho que ia me atacar e nunca vi a fita. Eu era bem piá na época. Desgraça patética.

p.s.2 e teve a vez em que a Dona Zilá me corrigia por usar vírgulas demais e frases longas demais e repetir palavras demais e, quando eu não repetia, eu usava substitutos esquisitos demais. E ela me fazia entregar texto depois de texto. Ela tinha uma tabela, tu te lembra? E tinha uma listinha, tipo: repetições, daí tinha 1, 2 ou 3 (talvez eu esteja me repetindo agora). Daí em repetições, tu fez 3. Daí, nova linha, estrutura de qualquer coisa, tu fez 1.

Se tua nota totalizasse mais que 8 (acho), tu tinha que entregar o texto de novo. E eu entrava num vício de quando eu arrumava as vírgulas, eu tinha que arrumar a "escolha de vocabulário" e assim por diante. Aprendi uma caralhada de palavras na época, de tão irritado de reescolher as palavras que nunca agradavam.

p.s.3 as palavras nunca vão fechar bem, era isso que me irritava. Eu (literalmente) usava tudo do Dicionário Escolar de Bolso Aurélio. Não fechavam. Eu vencia a Dona Zilá no cansaço daqueles parágrafos (ela pedia pra gente escrever "parágrafos", de tipo cinco linhas. (Às vezes textos. (Por quê?))).

p.s.4 e quando surgiu aquele "Voa Canoas" com um avião em cima. E quando os vereadores pagam outdoors desejando "Boas-Festas, Canoas". Isso me deixa realmente puto. Porque essa gente toda estudou com a Dona Zilá e provavelmente não tiveram que reescrever tudo de novo porque ela ia mais com a cara deles.

p.s.5 eu sabia que a Dona Zilá não ia com a minha cara.

p.s.6 uma vez, a gente teve que escrever um poeminha. Na terceira vez que reescrevi o poema, eu não tinha nada criativo e mal-educado pra escrever. Quando tu escreveu o Poema-Eu-Odeio-os-Poemas-do-Trem, eu pensei numa resposta (mas ela nem nos dava mais aula).

p.s.7 e nada disso é desgraça-patética. Acho.

Canoas, 25/05

Meu velho,

(sem título)
E se eu te dissesse que
Tu leu errado a primeira frase
E então tu releu a primeira frase
Mas não tinha nada de errado
Mas tinha algo de errado com a terceira
Vá se foder,

Eu tô tão puto.

Ike

p.s. eu nunca tinha colocado esse poema num papel (eu repetia ele (na cabeça) e mexia nele (sem falar)).

p.s.2 no papel, soa mais idiota.

p.s.3 mas Dona Zilá aprovaria o vocabulário.

p.s.4 uma ideia: um código desses estilo de video game que libera um milhão de coisas. Tipo pula catorze vezes, um passo pra frente, dois pra trás, se abaixa. Daí subitamente tu tem mil reais na conta bancária, ou surgem armas na tua mochila ou algo assim.

p.s.5 tô meio puto mesmo.

Canoas, 25/05

Meu velho, o Dane me convidou por sms pra ver ele num bar da Cidade Baixa. Disse que sabia que era dia de semana, tinha gente que tinha aula e tudo, mas ele queria comemorar algo. Era importante, dizia a mensagem. Quando a Scila disse que ia, confirmei.

p.s. e sei lá.

p.s.2 quis ir.

Canoas, 29/05

Meu velho, fui na casa do Pedro com o Rafinha. Tivemos uma discussão bêbada, chapada e algo assim. "Tá, mas e se o diabo te manda pro inferno por ser uma pessoa ruim, por que ele te faz sofrer?" "É, ele não é um cara mau também?" "Ele não devia ficar tipo aí, meu parceiro, vamos comemorar!" Foi engraçado, mas por um instante parei pra pensar. Era uma boa pergunta, não era? Escrevi justamente pra saber. Tu deve saber. Tu gosta dessas perguntas bêbadas. "Tá, mas se o diabo faz os malvados sofrerem, ele não é um cara legal, então?" "E se o papa morre, ele tá sendo promovido ou demitido?" Parece que tudo pode virar uma pergunta.

p.s. não parece que tudo pode virar uma pergunta?
p.s.2 e se tudo pudesse virar uma pergunta?
p.s.3 mas tudo não é uma pergunta?
p.s.4 né?

30/05

Meu velho, hoje acordei, fui pro banho. Pensei, Meu, quero voltar pra casa (mas nem tinha saído). É foda.

Aliás, essa semana eu tenho que estudar pra alguma prova de algum professor fodido. Eu tirei tipo 4,5 na primeira (porque o professor é daqueles que diz: "Fala aí tudo o que a gente aprendeu até agora", só com questões de escrever). Tenho que decorar. Eu odeio decorar, odeio prova. É vômito. Daí tu sente fome depois porque a barriga tava vazia. Não conheço ninguém que se lembre das matérias depois. E não conheço ninguém que tenha um plano pra sair da faculdade que envolva "empreender". Vão trabalhar num negócio do pai, vão ser efetivados, talvez abram um troço no futuro. Mas ninguém vai "empreender". Ao mesmo tempo que eu só quero me formar, eu acho que nunca vou fazer nada legal na vida. Ao mesmo tempo, soa uma excelente ideia acordar, trabalhar e ter o resto do tempo livre. Sempre dá pra entrar em outro curso na Federal (bom, pra mim não dá. Quando mudei de curso, meus pais disseram que eu deveria tomar a decisão respeitável, que seria me formar e calar a boca).

p.s. demorei pra perceber que a decisão respeitável tende a ser uma armadilha.

p.s.2 e nem eu vou ser empreendedor. Nem empresário. Vou ser o dono do meu restaurante-boteco-bar-pub e empresário do ano quatro vezes consecutivas e ele vai ser o mais massa de todos. Isso não é empreender.

p.s.3 e nos meus discursos de empresário-do-ano-quatro-vezes-consecutivas, vou começar com um "Eu não sou um empresário".

p.s.4 e a plateia vai ficar em silêncio, um olhando pro outro, todo mundo meio o-que-está-acontecendo.

Canoas, 01/06

Meu velho, o Dane tava com mais uns seis amigos num bar da Cidade Baixa desses que têm "carta de cervejas". Eram caras, mesmo sendo cervejas. Os amigos do Dane eram modernos que nem ele, usavam óculos de aro grosso, bigode e pele clara demais pro Brasil. A maioria deles não tinha pintinhas no rosto. Falavam daquele jeito parecido deles. Uma das gurias tinha o cabelo raspado no lado esquerdo e comprido no lado direito. Trabalhavam em coisas levemente artísticas e não pareciam precisar pensar em Fies ou pagar as contas, nem nada assim. Falavam muito em fazer o que se ama e brincavam sobre como nada legal dava dinheiro. Mas tinham um misto de orgulho com senso de humor sobre isso. Gostavam de cerveja, mas não de Kaiser.

A Scila chegou mais tarde, ela disse que sabia que ainda era um pouco quente, mas eu tinha que provar a cerveja-artesanal-qualquer-coisa-stout. Ela pagava. Era uma merda.

Em algum momento da noite (quando todo mundo já tinha chegado e todo mundo já tava bêbado o suficiente pra aplaudir e achar tudo bonito), o Dane se levantou. Ele agradeceu os aplausos numa reverência bêbada.

Contei as pintas do Dane no braço enquanto ele falava. Foi aí que ouvi um "eu já sabia!" de alguém, e entendi que o Dane ia viajar (palavras-chave: França, segundo semestre). Ele se sentou e algum dos babacas passou o braço por cima dos ombros dele e beijou a bochecha. "Parabéns, meu querido!"

Alguém perguntou por que ele tinha avisado tão tarde, ele disse que só tinha descoberto agora. Demoraram a divulgar a informação, coisa pública, sabe como é. A Scila sorriu pra mim: "Que bom, né?", "Acho que sim", bebi minha cerveja amarga e ruim pra caralho. "A Unilasalle não tem nada ligado ao Ciência sem Fronteiras?" "Oi?" "Intercâmbio." "Ah...", parei. "Acho que não", respondi. "É, acho que pra Administração não tem", a Scila tomou um pouco da minha cerveja, pra reclamar que eu tinha deixado esquentar. As piadas ao fundo eram sobre como o Dane tava ganhando bolsas de estudos pra ser desenhista no exterior, a Dilma ia pagar pra ele ir pra Lyon encher a cara, a guria meio sem cabelo perguntou se ele ia ter que estudar de verdade. Falaram de reais como Dilmas (a passagem custava mil e quinhentas Dilmas), dólares como Obamas (mas de quantos Obamas ia ser a bolsa?), mas eram Sarkozys (a bolsa seria em Sarkozys semanais (mas ele não tinha certeza de quantos)). Entendi. Fiquei tanto tempo com uma sensação de zumbido no ouvido (tipo quando tu sobe a serra (tipo aquela dorzinha)) que só fui prestar atenção quando alguém se despediu, dizendo que tava tarde e tinha aula. A Scila se virou pra mim e perguntou se eu tinha como voltar. "Pego o trem daqui a pouco", eu disse. "Ike, já passa da meia-noite", ela olhou pra minha cerveja amarga-ruim-quente. Ela convidou todo mundo pra uma festa que ia ter no Laika, ainda dava tempo. Uma amiga tinha feito uma lista de aniversário. "Tu não trabalha amanhã?", eu disse. "É o aniversário da chefe." Agradeci, dizendo que ainda tinha que ligar pro meu pai (pra ouvir que eu deveria pegar um táxi (e me virar)). Eu e o Dane nos levantamos pra pagar junto da Scila (em algum momento (não sei como), a gente concordou que não íamos ficar só os dois na mesa).

"E agora?", o Dane comentou assim na saída. Perguntou se eu queria dividir um táxi. "Pra Canoas?", eu disse. "Pro Motel Botafogo." Não ri, mas ele riu. Se bem que, num dia de semana, depois da meia-noite, um pernoite num motel poderia ser mais barato que os quarenta ou sessenta reais de táxi. "Não tenho dinheiro trocado." Ele meio que me cutucou: "Tu me paga outra hora." Eu disse que ia pagar mesmo, eu não gostava de dever dinheiro pros outros, eu só aceitava porque já estava fodido de qualquer jeito. "Relaxa", ele disse. Começamos a caminhar no sentido de uma parada de táxi. "Fiquei feliz pra caralho que tu veio", ele disse. "Por quê?" "Porque eu tinha dito que era importante." As nossas mãos meio que se batiam enquanto a gente andava lado a lado.

Ele segurou minha mão. Na real, ele meio que deixou os dedos dele se encaixarem nos meus. E eu estava bem com isso.

Falei pro Dane que tinha pensado demais nos cogumelos e que ninguém pensava tanto assim num porre de vodca. "Acho que é mais difícil passar a ressaca moral que a física", eu disse. "Até não pensei tanto", ele catou um dinheiro e deixou separado pra pagar o táxi. Vai ver eu sou provinciano canoense idiota (mesmo ele sendo de Esteio, que é um terço de Canoas (sei lá)). Até porque ele já usou LSD e tal. "Mas eu entendi os viciados", eu disse. "As cores eram coloridas." Nós já estávamos na freeway, quase passando o Arena do Grêmio (em construção). Ele olhava pela janela: "É aquela história de não conseguir viver num universo pequeno quando tu já viu mais." Eu olhava para nós pelo reflexo da janela, aquele espelho preto: "Assim eu queria poder viver todos os dias da minha vida." "As coisas importavam, hein." Ele falou que sentia como se todo mundo quisesse falar num microfone, falar pro outro. E aquela sensação durava tanto que a gente sabia que ela nunca mais ia acabar. Ele pediu pro taxista ligar o rádio.

Me contou como o Pedro tinha ficado puto da cara uma hora, porque não tinha conseguido ficar chapado. Ele ouvia os outros e entendia que os outros estavam num momento mais específico que o dele. Eu não me lembrava disso. A Gisele estava muito irritada por estar chapada e estar vendo como ela trabalhava e era abusada moralmente, pra virar a chefe dela e acabar abusando de outros funcionários que nem ela, só pra criar mais chefes que nem ela. Esperneava muito. Mas apagou logo, o Dane contou. Ele não lembrava onde. Qual delas era a Gisele mesmo?

Vai ver de novo é a caipirice (o ataque especial do meu *Homo regularis*).

p.s. aliás, *Homo regularis* foi uma expressão que o Dane usou pra definir a Rê. Falou que até o teto dela com cogumelo foi normal, que nada tinha escapado do que tinha que ser, as pessoas se tornavam apenas sentimentos ambulantes. "A Renata era esse *Homo regularis* não chapada e, quando chapada, também era *Homo chapadis regularis*", ele riu. O Pedro era/estava essa raiva sozinha. A "carcaça" (ele disse) de sentimentos aleatórios (que a gente deveria sentir, que a gente achava que deveria sentir (o que as pessoas esperavam)) ia embora e a gente virava a coisa única que a gente era.

p.s.2 o taxista riu um pouco nessa hora.

p.s.3 o Dane não falou o que significava essa história de sentimentos ambulantes no meu caso. Ter me cagado e mijado era um reflexo de eu ser o quê ambulante?

p.s.4 quando estávamos quase chegando na estação São Luiz, o Dane olhou pela janela: "É difícil falar de certas coisas sem soar como um hippie."

Canoas, 03/06

Meu velho, minha mãe não quis fazer janta hoje. Disse que, a cada segunda-feira, ou eu ou o pai teríamos que fazer a janta. Meu pai brincou que então a gente vai comer fora toda segunda.

"Por mim tanto faz, José Antônio", disse a mãe (chamando meu pai de qualquer coisa menos de Jônis (o apelido dele (a gente já tinha parado de usar ele, né? (sei que eu parei em algum momento)))). "Desde que eu não tenha que cozinhar e lavar a louça." Dona Vera fala muito de lavar a louça. Eu sempre quis dar uma máquina de lavar louça pra ela, mas acho que daí ela ia querer que alguém, sei lá, colocasse a louça na máquina ou tirasse. Ou sei lá.

Enquanto Jônis (meu pai reconquistou o status de Jônis quando concordou em ir buscar a janta (mas sem pizza)) saía, a vizinha da frente pediu pra deixar a Babi com a gente. A Babi é uma menina de três anos que às vezes fica aqui (tu conhece ela? Acho que sim). Desde a última vez que tu viu ela, ela dobrou de tamanho. Não. Sério. Ela deve ter crescido uns trinta centímetros. É normal isso? (Sério mesmo, a gente devia falar com um médico.) Ela ficou do meu lado (eu fumando um cigarro) na porta de casa (isso por tanto tempo que cogitei estender um pra ela). Jônis chegou com janta de um restaurante da vizinhança em embalagens de alumínio que colocamos em cima da mesa.

Na janta, falamos de evangélicos, porque meu pai tinha certeza de que eles e os chineses iam ser os donos do mundo nos próximos cinquenta anos. "Pode anotar", ele limpou o molho de lasanha do prato com um pão. "E daí vão ter os chineses evangélicos. Donos de tudo!" A Babi me olhava comer. "A gente está numa ditadura evangélica", disse meu pai. "E estaremos numa ditadura evangélico-chinesa." A Babi falou pro meu pai: "Sino--evangélica?" (Ficamos um tempo falando de como uma criança dessa idade sabe uma palavra tipo "sino-qualquer--coisa" (Depois ficamos (um bom tempo) nos perguntando se o sentido tava certo (ninguém sabia muito bem).).) Perguntamos de onde ela tinha tirado aquela palavra, daí ela disse que Deus tinha dito pra ela. Depois disso, eu ri um pouco. Mordi um pedaço de pão com molho da lasanha e me virei pra ela: "Babi, qual é a tua religião?" "Minha religião é dormir", ela imitou a minha mordida de pão. Me servi de mais lasanha: "E tu acredita em Deus?" "Eu acredito em deitar e fazer soninho", ela mastigava de boca aberta. "Babi, de agora em diante tu é minha messias." "Tua o quê?"

Ike

p.s. quando a vizinha veio buscar a Babi, meu pai se sentiu obrigado a dizer que a criança tava ouvindo vozes, falando de Deus e aprendendo palavras erradas.

p.s.2 a vizinha agradeceu.

p.s.3 o que eu vou fazer de janta na próxima segunda-feira?

Canoas, 07/06

Meu velho, fui te ver no hospital e tudo continua igual. Aliás, essa rima poderia ser um Poema do Trem.

Fui te ver no hospital
E tudo
Está muito igual

Viu que coisa bonita? Eu devia mandar pro Poema do Trem.

p.s. daí imagina que meu Poema do Trem é selecionado e o teu Poema do Trem sobre odiar os Poemas do Trem nunca é selecionado.

p.s.2 bom, esse meu poema de bosta é um Poema do Trem e também uma piadinha nossa sobre os poemas do Trem.

p.s.3 ideia pra um jogo: Mandar Poemas do Trem incrivelmente ruins pro trem, quem mandar o pior poema (e for publicado) ganha o jogo.

p.s.4 ontem tive outra entrevista de emprego. E eu não tava nervoso.

p.s.5 eu sei que estar nervoso é normal e até necessário e o caralho a quatro, mas eu não tava. Eu tava pronto. E isso era bom.

Canoas, 12/06

Meu velho, é dia dos namorados. Fui jantar com a Manu num lugar que ela gosta no shopping de Canoas. Cheguei mais cedo no shopping e comprei um presente numa loja aleatória. Um box bonito de DVDs do Poderoso Chefão (é um filme bom pra caralho (posso não entender de futebol, mas Poderoso Chefão é o mínimo de testosterona que me resta. Não sei se ela gosta, ela disse que nunca tinha visto (insisti que ela já tinha sim visto, comigo, um pouco antes da gente começar a namorar (mas pode ser exagero meu)))). Ganhei um charuto. Tivemos que esperar. Fomos no Motel Atenas. Foi caro. Passamos a noite lá. Trepamos uma vez e dormimos de conchinha. Tudo isso é tão brochante que deixa pra lá.

p.s. um par de ligações perdidas do Dante e um monte de mensagens no Facebook.

p.s.2 ele me manda umas imagens, sério. Tipo, imagens animadas de cachorros e gatos, em geral filhotes. Falei pra ele que não vejo, que esqueço, que não dá tempo, que não sei o que responder, ele diz que é só porque lembra de mim mesmo (eu devia responder? (eu não devia responder)).

p.s.3 quando ele atende (já é de tarde), ele soa como se tivesse de boca cheia, E aí? Tento dar tempo pra ele engolir enquanto penso. Tudo bem contigo? Aham, e contigo? Aham. Tu me ligou? Liguei. Era o quê? Nada não, deixa pra lá. Certeza? Certeza.

p.s.4 vamos uns repetindo as palavras do outro. Daí Então tá, boa noite. Boa noite.

p.s.5 devo ter perdido um detalhe, um sinal de algo pequeno, de um novo celular, de um aniversário de namoro, de qualquer coisa. Ele é maduro demais pra isso (acho), mas ele me falaria se eu tivesse cagado algo. Essa é coisa dos homens. Nós somos claros, meu velho. Até reli coisas daqui, mas não achei nada.

p.s.6 não falaria?

Canoas, 14/06

Meu velho, a gente tava sentado um do lado do outro. A gente tava meio que vendo um filme que ele tinha dito que eu tinha que ver e que não tinha na internet. E não tinha mesmo, eu tinha procurado. A Manu ia vir junto (a convite dele), mas ela cancelou em cima da hora. A gente foi na casa de um colega dele que tinha o filme em VHS (além de um videocassete) e emprestava a chave do apartamento pra todo mundo. O colega era da serra e tava na serra (mas tinha sido convidado também (e eu achava que ia vir)). Foi um dia que choveu e eu tinha pegado pouca roupa. Minha mãe me mandou levar um casaco.

Mas a gente tava sentado bem longe.

Era um filme brasileiro que eu não entendi muito bem. Era sobre crescer, umas várias histórias de gente arrumando empregos, de gente odiando seu emprego, de gente odiando tomar decisões porque todas as decisões definem alguma coisa que não deveria ser definida. Nunca. Os créditos iam pela tela quando eu quis quebrar o silêncio "Tá, e qual é tua meta de vida?", e ele meio que riu: "Eu não tenho muitas..." "Ah, pelo amor de deus, tu tem que ter alguma coisa." Ele se ajeitou no canto dele no sofá. Olhava pra tela da televisão, com os nomes e funções passando. Fulano de tal era assistente de fotografia. Fulano de tal sempre quis ser assistente de fotografia. Dane ainda olhava pra televisão: "Acho que minha meta de vida é não acordar um dia aos cinquenta anos num emprego que eu odeio porque me forçaram a estabelecer metas de vida quando eu era novo demais."

Mas a gente tava sentado bem longe.

Mas a gente se beijou.

p.s. sabe aquela história do se-eu-tivesse-nervoso--seria-tudo-bem-mas-eu-não-tava-porque-eu-sabia? Tipo isso. A gente se beijou logo em seguida. Daí ele colocou um outro filme, que a gente assistiu. Não me lembro sobre o que era. A gente não deu as mãos dessa vez.

p.s.2 mas a gente se beijou quando o outro filme acabou.

p.s.3 meu velho, sabe o que é idiota? Isso de tratar adolescentes tipo crianças durante, sei lá, toda a adolescência. Daí, aos dezessete anos tu vira cento e oitenta graus. E daí tu quer que eles decidam nos próximos poucos anos o que tu quer fazer pelo resto da tua vida.

p.s.4 ao mesmo tempo, tu te pergunta quando tua vida adulta vai começar, mas tu não sabe se é tipo um negócio por decreto tipo isso dos dezessete aos dezoito. Pode ser quando tu te forma, né? Não que tudo esteja mais claro aos vinte e dois.

p.s.5 tenho a sensação de que eu vou ficar o resto da minha vida procurando o que é que eu quero fazer e tal e nunca vou saber exatamente. Esse sentimento adolescente meio que permanece. Eu aos dezoito vou achar que aos vinte e dois vou saber, e daí aos vinte e dois vou achar que vou saber aos vinte e cinco, aos vinte e sete, aos trinta, aos trinta e cinco. Quando tu vê, tu não tem mais chances de fazer o que tu quer porque tu passou todo esse tempo procurando o que era isso.

23.
Um momento difícil

Vera gosta das cafeterias do centro de Canoas. Mesmo que durem pouco mais de um ano, ela gosta delas. Gosta de trazer Fátima junto, eram duas garotonas bem-sucedidas num episódio de Sex and the city. Claro que Vera não sabe que o show se chama Sex and the city e nem lhe assiste. Mas conhece. Saiu um filme do show faz algum tempo. Ela tinha visto o cartaz, o trailer, as mulheres todas saindo pra tomar drinques em Nova York.

Um cortado naquela cafeteria perto do calçadão é bom o suficiente. Fátima também gosta. Vera se sentia bem trazendo a amiga para fora de casa, não só por serem personagens de filme. Gosta de ver a amiga por motivos simples. Mesmo antes de Gabriel ter entrado em coma, Vera apenas via a amiga nos almoços de domingo na igreja. Gosta de ajudar. Mesmo antes de Gabriel ter entrado em coma, Vera sabia que Henrique era um filho melhor. Gosta de dar conselhos. Ele não tinha entrado em faculdades grevistas que só serviam pra fazer piadinha ("Seu pai paga a sua faculdade? A minha também!"), se esforçava mais (tinha um emprego) como Rafael e era mais presente que Gabriel.

Elas se sentam no café e pedem um pingado cada uma. Um pão de queijo para uma, uma coxinha pra outra, elas conversam. Falam de Gabriel por um tempo. Mas o assunto morre, embora Vera saiba que Fátima não quer pensar nessa palavra.

A vista da janela são mendigos, um vendedor de celulares roubados, uma menininha sorridente, uma loja de produtos orgânicos, uma mulher apressada com salto plataforma, um homem com um bebê no carrinho. O vidro protege a cafeteria do cheiro de suor, da poeira e do vento gelado.

Vera sabe que Fátima gosta dela. Sabe que a amiga precisa de ajuda. A amiga, que tem filhos tão perdidos, que está num momento tão difícil. A amiga, que precisa tanto mentir. A amiga, que finge se importar tanto com o filho justo por não ter nenhum interesse maior. Fátima, que provavelmente terá netos apenas depois de Vera.

— Tu anda bem, minha querida? — diz Fátima. — O Rafinha comentou comigo que o Ike tinha ido numas entrevistas de emprego...

— Tudo ótimo.

— O Ike anda quietinho, né?

— Não notei nada.

Vera sabe que Fátima precisa se animar, afinal, tem apenas 50% dos filhos vivos no momento. Vera sabe que deve ser um inferno ser mãe de um filho pseudopedófilo com a namorada quase menor de idade e outro em coma. Vera sabe que deve ser muito difícil ser Fátima.

Vera é muito feliz com sua vida.

24.
É bem óbvio (e/ou "desde que pare de palhaçada" (e/ou "bater num mímico"))

Canoas, 27/06

Meu velho, depois do negócio do beijo, eu não sei de mais nada. E, sei lá, eu meio que adotei isso: o que eu sei? Porra nenhuma, fim.

A gente se beija, às vezes. Penso na Manu depois que isso acontece, mas só penso. Eu já brinquei com a Manu que traição dela com mulher não contava (em especial se eu tivesse junto (e talvez não conte mesmo)). Sei lá, imagina se eu jogo futebol há um ano com a Manu, e um dia me chamam pra jogar vôlei e eu jogo vôlei, eu não tô traindo meu grupo original (vôlei e futebol são diferentes, não são? Completamente diferentes. Claro que, vá lá, os dois são esportes (ou algo assim), mas diferentes).

Acho que a gente tem se visto mais do que imaginei. Até porque a gente não planeja muita coisa. É um sms, é uma coisa meio do nada, ele me dá carona. Ir é mais fácil.

Ele é esquisito e, verdade seja dita, meio insuportável. Ele enche o saco de que fala quatro idiomas e tem experiência internacional, mas só fala mal de todos os países pra onde já foi, só sabe falar do clima em alemão e mistura o tal do italiano com o espanhol dele. O lance dos idiomas nem fui eu que percebi, ele mesmo me contou e riu. Até porque ele disse que era meio idiota quando ele dizia que falava italiano e as pessoas pediam Fala uma coisa aí então. Ele é meio irritante misturando idiomas. Tipo, eu perco informações, sabe? Não é como se eu não falasse inglês nem nada (eu quase-falo), mas poxa. Ele só sabe coisas pra poder ter mais autoridade em dizer que tudo é uma grande bosta pra ele. Ele se zoa justamente como se pra mostrar É, eu sei que não é sério. Ele fala de livros. E ninguém fala de livros hoje em dia. É chato e todo mundo sabe que é chato. Ele quer jogar na cara dos outros que é inteligente, é isso? Ele responde sms rápido, como pra dizer que tem muito tempo livre, que tem um celular mega-moderninho-e-caro-e-trabalha-na-Padre-Chagas-daí-ele-responde-sms-e-nem-precisa-trabalhar-de-verdade. Mas ele mora em Esteio. Aliás, ele me manda um sms quase toda noite, só pra contar, sei lá, do estágio dele. Às vezes ele faz cagada e zoa as próprias cagadas, como se estivesse acima disso. É, ele acha que tá acima de tudo (e isso é bem insuportável).

(Quando penso nisso, fico meio irritado porque eu não sei por que eu deixo ele me beijar. Eu não devia deixar. (Eu devia não ver mais o guri (Tu vai justamente me perguntar isso quando acordar e rir de mim (e falar que eu sou um viadinho)).) É, eu não devia mais ver ele. Acho que é isso que eu vou fazer. Eu gosto de mulher e tudo (E um dia eu vou contar essa história durante uma partida muito bêbada de Eu Nunca, e isso vai mostrar que sou totalmente-cabeça-aberta-pra-essas-coisas (Daí eu vou pegar uma mina que vai me achar muito moderninho só porque eu já peguei caras e tal)). Daí ela vai contar pra todas as amigas dela (ou algo assim.).)

p.s. aliás, não me entenda mal. Eu gosto de livros, gosto mesmo. Só acho que nasci pra falar coisas, não pra ouvir coisas.

p.s.2 tipo, sei lá, livro de história é algo retardado. Eu posso ver um filme com uma história, alguém pode me contar uma história.

p.s.3 livro pra faculdade até acho importante.

p.s.4 não posso deixar de falar com o Dane até quarta que vem, que eu tenho uma entrevista numa produtora de vídeos de Esteio que ele mesmo me indicou. Mas depois com certeza.

Canoas, 27/06

Meu velho, digo pro Dane Eu sou muito idiota. Por quê? Porque eu devia ter visto tudo isso acontecer. Eu devia ter me ligado. Ele mexe no meu cabelo. "Mas tudo faz sentido agora, não faz?" Empurro a mão dele. É, tudo faz sentido. Ele fica mexendo na minha mão, que empurra a mão dele. Como ele não diz nada, continuo, É como se, antes de acontecer, eu nunca fosse imaginar isso. Agora que aconteceu, era a única coisa que poderia acontecer.

"Hein", ele ainda mexe na minha mão. "Tem um efeito na psicologia que se chama hindsight bias, the knew-it-all-along effect. É o efeito que, quando tu olha pra trás, tudo faz sentido. Tudo é óbvio. Só que, antes de acontecer, tu nunca teria adivinhado. Hein, C.S.I. ou algo assim. Depois que aconteceu, era previsível que ia acontecer. Tipo depois que teu professor explicou o exercício, tudo é claro. É essa a sensação?" "É tipo, sei lá, quando tu vê, sei lá, na aula de história, alguém fazer uma cagada, uma estratégia imbecil. Daí tu fica: 'É óbvio que vai dar errado!' Só que não é óbvio." "Nunca é óbvio." Eu afasto a mão dele de mim de novo Ainda assim, eu devia ter sabido. Ainda assim, eu sou idiota. Ele me beija, Tu não é idiota.

p.s. a gente dormiu junto, mas era só porque a gente ficou na casa dele depois das onze. Achei que não daria tempo de correr até a estação de trem, se bem que mais tarde eu lembrei que o trem parava de circular em Esteio tipo onze e meia? No Mercado é que sai mais cedo (e eu me esqueci da carona).

p.s.2 ele ofereceu a cama dos pais dele (que tavam fora), e quando eu disse que não queria dormir na cama de casal do pai dele, ele oferece o sofá-cama do escritório. Por algum motivo, pareceu uma boa dormir com ele.

p.s.3 não é que meu pai seja ausente, ele disse. Ele só se preocupa bastante com a namorada e tal. Ele gosta dela? O Dane disse que sim. Perguntei se eles se davam bem, ele diz que sim. Perguntei da vó dele, mas a verdade é que eu tinha passado umas cinco horas na casa e ela não tinha saído do quarto. É o jeitinho dela, ele diz. Perguntei se ela ia se importar, ele diz, Ela se importa com pouca coisa além da novela. E não é solitário? "Nunca cheguei a perguntar."

p.s.4 comentei com ele sobre meu poema, mas (claro) não recitei. Só falei. Ele não gostou muito. Tu faz pausas longas demais, ele disse. É que tem uns Enter no meio, eu respondi. Não é porque tu deu nova linha que é poesia, ele diz.

p.s.5 (não dormimos de conchinha, antes que tu ache que foi gay.) Dormimos um de frente pro outro, acho que da forma mais hétero possível, já que ninguém encarava o cu de ninguém.

p.s.6 quando eu acordei, ele ainda dormia e deu tempo de ficar olhando a pinta em cima do olho que achei que talvez fosse uma ferida. Era uma pinta mesmo. Pequena. Mancha de canetinha.

28/06

Meu velho, vejo o filme do Alien de novo. Não sei por quê. É parte dos meus hobbies, acho, essa coisa de ver o mesmo troço quatro vezes, ficar parado na frente da geladeira e não pegar nada (até porque a geladeira tá vazia (e se eu olhar pra dentro o suficiente, vou me deprimir)), rir das minhas próprias piadas, deitar no chão e desmaiar por causa do sucrilhos.

p.s. falando em não ser patético, fiz uma entrevista de emprego numa empresa de contabilidade. Me atrasei um pouco porque o Dane ia me dar carona, mas não conseguiu (em cima da hora). Mas deu certo, acho.

p.s.2 é engraçado como quando tu não é interessante, eles não te ligam. Daí, quando te querem, te ligam, te elogiam, te puxam o saco. Eu já falei o lance do tempo, né?

p.s.3 ao mesmo tempo, o meu tempo é (sim) menos relevante que o dos outros. Esses tempos pensei sobre isso e achei um mimimi exagerado meu.

p.s.4 mas não que eu faça muito mimimi. Não acho que eu seja tão mimimi assim. Tipo, todo mundo é muito mimimi, não é uma coisa de idade.

p.s.5 tem várias coisas que não fazem sentido que as pessoas glorificam. Tipo os amigos do Dane. Glorificam muito não sair (ficar em casa, ficar no PC), ser “ansioso” socialmente, ser “esquisito”, ter alguma dessas doenças sociais. Essas pessoas que passam o tempo todo na internet, não falam muito com pessoas de verdade e acham muito massa não gostar de pessoas. Quão doente tu tem que ser pra não gostar de pessoas? Ninguém?

p.s.6 ainda falando de mimimi.

28/06

A caminho da estação de trem, vou devagar. Chegar é tranquilo, até porque fica perto. São casas, casas, casas, casas, grades, grades, grades, tinta descascada, tinta descascada, cachorros fedidos, cachorros fedidos, cachorros fedidos (às vezes, uns caminham comigo até a estação e me dá vontade de levar eles pra dentro do trem (mesmo sendo pulguentos e sarnentos (e fedidos))), gatos barulhentos, gatos barulhentos (são menos gatos porque eles fogem mais que os cachorros e são mais discretos), casas, casas, casas, casas de dois andares, casas com puxadinhos, casas com cachorros que latem, casas feias, casas com jeito de ricas e caras demais pro meu bairro, grama no meio da calçada, a rua com o asfalto esburacado, talvez um carro (pelo horário). Como chega o inverno, é escuro na hora que eu saio pra começar o turno das seis da manhã.

p.s. não sei por que falei isso. Não sei por que importa o caminho pro trem. Não sei por que escrevo no trem. Mas esse horário é uma bosta pra se mexer.

p.s.2 o pior horário é o das sete, porque o pessoal em geral tem que chegar em Porto às oito e tal. Esse dá pra sentar no chão às vezes.

p.s.3 fui na casa do Dane esses tempos. Ficamos um tempo juntos até que a Manu ligou, eu não quis atender e achei que tava na hora de ir.

p.s.4 ele andou um pouco no quarto de cueca, enquanto comentava que eu tava velho demais pra não ter me formado. Comentei que me achava bem jovem e dei um resumo do meu desperdício de tempo até entrar na Administração.

p.s.5 ele colocou uma calça até a metade, Tá, então Química Industrial? Isso. Ele tirou a calça e jogou pra mim E por que mesmo?

p.s.6 eu continuava sentado na cadeira confortável dele. Eu tinha uma professora de Química no Ensino Médio que era muito engraçada — Gostosa. É.

p.s.7 ele terminava de enfiar a camiseta, Confessa, hein, tu homenageava ela antes de ir dormir. Eu talvez devesse começar a me vestir, Eu ia bem em Química! A gente sempre vai bem na matéria da professora gostosa.

p.s.8 ele ajeitou a segunda meia, Tá, então tu mudou pra Administração, o curso mais Eu-não-gosto-de-nada da história.

p.s.9 fingi que procurava minha camiseta.

p.s.10 ele se sentou na cama e me assistiu, Mas tu não gosta de muita coisa. Mexi um pouco no meu pé antes de meter uma meia, Que coisa errada de se dizer. Mas tu não gosta, hein. Se eu fosse te dar um presente, eu nunca saberia o que te comprar. Não é algo que eu penso "Henrique igual a tal coisa", hein.

p.s.11 ainda estava com um pé descalço, Eu gosto de um monte de coisas (pensei em dizer "filmes", mas ele ia achar problema). Me diz três coisas que tu gosta. Internet, dormir e cerveja.

p.s.12 ele apoiava o queixo na mão, Não, eu gosto de cerveja: tu toma cerveja. Procurei mais uma meia, Eu não sabia que era uma competição.

p.s.13 eu já tava pronto, Tá bom, gênio, do que tu gosta então? Ele se espreguiçou em pé, Eu gosto de cerveja, de viajar, sei lá.

p.s.14 tocava uma banda em francês que tinha gente demais. Ele dirigia e a gente tinha acabado de rir de uma piada que ele tinha feito sobre isso. A gente tinha aquela respiração meio parei-de-gargalhar-agorinha.

p.s.15 falei que não gostava de viajar. Ele perguntou da onde eu tinha tirado aquele assunto. Falei que tinha me ocorrido, porque ele gostava. "É, a gente discorda de muita coisa", ele mudou a música.

p.s.16 a banda superpopulosa já tava na metade de outra música, mas eu fiquei meio Quem viaja sempre acha que foi uma puta viagem, que teve uma experiência única. O cara pegou um trem e viu umas igrejas velhas e acha esperto.

p.s.17 ele riu.

p.s.18 não sei por que eu não tinha calado a boca, Daí ele quer escrever um livro sobre essa merda. Todo mundo faz a mesma coisa quando viaja.

p.s.19 ele mudou a música de novo, Acho melhor gostar do que todo mundo faz do que de nada. A gente tava meio quieto.

p.s.20 a gente se despediu com um beijo na bochecha, ele comentou algo pra gente fazer no final de semana, mas não entendi muito bem.

29/06

Meu velho, tem um cara no trem, ele é famoso até (qual a palavra? Motorista de trem? Maquinista? (Condutor?)). Enfim. Tem um cara que fala coisas quando chega a estação, aí ele anuncia, Estação Rodoviária: (num ritmo cantante) Faça uma boa ação, dê um sorriso, seja gentil, você é uma pessoa especial, tenha um bom dia e faça o dia de alguém bom. Apareceu na Zero Hora uma vez, esse cara.

Hoje, ele fala esse negócio de ter um bom dia. E um silêncio se estabelece no trem depois que ele fala pra sorrir e melhorar o dia de um desconhecido. Umas pessoas se riem, outras comentam pra outras, Que cara simpático, né? O clima no trem pesa até que as portas abrem, apesar da mensagem fique-feliz-vai-ficar-tudo-bem.

Depois da estação Aeroporto, ele falou Não importa se você vai viajar, desde que você esteja perto dos seus amados. Gosto mais da mensagem da boa ação. Visite seu amigo em coma, mande um sms pra sua namorada (sempre mando um sms pra minha namorada quando ele fala da boa ação), bata num ladrão que rouba uma velhinha. Aliás, bata num mímico (quando foi a última vez que a gente viu um mímico?).

Isso de bater num mímico, tu me falou isso a primeira vez que a gente fumou maconha. Tu te lembra disso? A gente tinha uns quinze anos, tava com uns amigos velhos do Rafinha (deviam ter uns dezoito, dezenove (e isso era bem velho na época)). O Rafinha vomitou (Foi tu que vomitou? (Ou eu?)).

Bater num mímico. A gente tava falando de esmola, a gente tinha passado por um mendigo perto do posto (ou era uma loja? (tinha uma praça onde os guris-

-extremamente-velhos ficavam, pode ser uma praça)). E tu (ou eu (ou o Rafinha (ou algum dos outros guris (uma guria?)))) falou de boas ações. Falamos do mendigo, Porra, o mendigo (a gente talvez tenha rido). E falamos de boas ações de novo (talvez a gente tenha falado do mendigo antes (ou falado de boas ações várias vezes (ou talvez a gente não tenha falado de mendigos (foi a primeira vez que a gente fumou maconha, não dá pra esperar muito)))).

Talvez ninguém tenha dito isso. E eu tenha pensado e só pensado.

Mas eu sempre me lembro de bater num mímico (talvez alguém tenha sugerido bater no mendigo). A ideia era que, se eu pudesse ser invisível, eu iria pra Paris e bateria num mímico. Espancaria, chutaria, faria o cara desmaiar. Mas não por bater. Imagina os aplausos que esse cara ia ganhar pela performance. Me lembro disso quando falam de boas ações. Eu faria isso.

Sabe quando tu decide que é amigo de alguém? Não que tenha aviso piscante e tudo mudando de cor. Mas tem algo diferente. Naquela tarde decidi que tu era meu melhor amigo. Não sei se tinha um Cargo de Melhor Amigo aberto (ou se ele tinha sido ocupado algum dia). Sei que soa idiota (pode (e provavelmente foi) ter sido a maconha), mas sei lá. Tentei continuar sério. Eu só tava ali, tu tava ali, quebrar um mímico a pau soava como uma boa ideia. E (talvez tu nem saiba disso) talvez aquele fosse um segredo nosso.

p.s. pensei em mandar isso pro Dane, porque ele é todo das artes e é capaz que ele fosse gostar. Não mandei, porque é só uma ideia que eu tive chapado e nem presta. Aliás, uma ideia que tu teve quando chapado.

p.s.2 alguém teve. Chapado.

p.s.3 e esses guris amigos do Rafinha me davam um pouco de medo na época. Mas ao mesmo tempo eles me ensinaram que ter medo de traficante não fazia muito sentido. Tu te lembra da vez que eles tinham que "fazer umas coisas"? Tipo ir no banco, fazer um depósito, sacar dinheiro, comprar suco, comprar maconha, pegar pão (pão era por último porque era no caminho de casa). E o traficante era só um cara na rua. E isso que foi uma tarde inteira, na minha cabeça parece um momento muito longo.

p.s.4 tipo no lance dos cogumelos (eu vou parar de falar nos cogumelos). Demorou muito (mas muito) tempo. Eu nunca tinha notado tanto detalhe.

p.s.5 tenho que parar de falar dos cogumelos.

p.s.6 a Manu me mandou um sms agora, Tu me liga de noite? Queria conversar contigo. Perguntei O que foi? Ela diz que é só saudade. Se é só saudade, não usa a frase de emergência (Queria (preciso) conversar contigo). Porra. Me deixa tenso por nada.

p.s.7 porra.

p.s.8 ah, vá se foder.

p.s.9 posso não achar que não é só conversar, né?

29/06

Tem um alívio muito grande em pensar que alguém vai entender isso. A ideia de que alguém pensa como eu. Porque pensar é uma coisa meio sozinha, meio absurda, e ninguém vê o que o outro tá fazendo (aqui eu falaria dos cogumelos, mas (pelamor) não de novo). Tipo chegar num lugar alto e querer pular só porque tu tá num lugar alto (ou na plataforma do trem, e se perguntar o que aconteceria (E se eu me jogasse antes do trem chegar?)).

Ou tipo quando eu falo com alguém, cogitar E se eu desse um tapa na cara dele? Ou arrumar o celular perto da cama num ângulo perfeito caso alguém te ligue numa emergência. Tipo soltar um palavrão ou um resmungo quando tu te lembra de algo vergonhoso. Tipo ficar secretamente puto com alguém que apertou um botão do elevador (ou aquele de atravessar a rua) logo depois de tu ter apertado. Tipo cagar e olhar o papel. Tipo botar a primeira letra de um sms em minúscula (e usar um ponto no final) só pra mostrar brabeza. Tipo mentir sobre algo idiota (e até se convencer de que aconteceu) só porque fazia sentido na hora (e passou muito tempo continuando com a história).

Tipo achar que um dia tu vai quebrar no meio (espero que tu concorde com essas coisas, porque se não concordar vou parecer muito idiota).

É, isso alivia um pouco. Saber que não sou eu secretamente gritando (ou querendo gritar) palavrões na rua.

p.s. outra dessas é quando alguém te conta uma história repetida e tu subitamente te pega questionando todas as bases que fazem vocês amigos.

p.s.2 isso é o bom de escrever aqui, dá pra me certificar (às vezes).

p.s.3 sobre o lance de concordar com as coisas ou elas vão parecer idiotas: se a história é minha, eu posso muito bem exagerar. Se eu contasse tudo literalmente, ficaria meio chato.

p.s.4 ou seja, sempre dá pra negar.

p.s.5 eu faria isso em pessoa também, só pra esclarecer.

p.s.6 e também tem o que eu não conto. Tu não precisa saber tudo.

25.
Mari e Carol e tanta gente

Mariana sorri ao ver Manuela à espera na estação de trem. Ainda sorrindo, ela se aproxima e a abraça.

— Como cê tá bonita! — ela pausa. — Não que seja um fator determinante no teu valor como ser humano ou mulher, não é mesmo?

As duas riem e se abraçam de novo. Começam a caminhar no sentido do calçadão canoense.

— Cê comentou que seu horário de almoço era apertado, não é?

Manuela assente. Elas descem a passarela para o calçadão, as bolsas de marca por quinze reais, os cachorros eletrônicos, os brincos, as antenas, os venenos que matam de formigas até ratos e provavelmente cachorros, as farmácias, as lojas de roupas, as lojas de eletrodomésticos. Manuela aponta uma loja de sapatos espremida entre duas magazines: trabalhava ali.

Atravessam a rua principal e chegam à Praça do Avião. Os vestígios de uma cabine telefônica que não tinha mais telefone, uma bandeira do Brasil hasteada, bancos e árvores em canteiros contornavam o ponto de referência mais conhecido da cidade, O Avião. Manuela faz uma careta para o F-8 Gloster Meteor dos anos cinquenta sustentado por um suporte de concreto armado. As duas param e o encaram por alguns instantes.

— Cê largou mesmo a Enfermagem, né? — Mariana ainda olha o avião.

— Olha quem tá falando — Manuela caminha na direção de um banco. — Tu era a que mais sabia cuidar de gente.

Em frente à praça, a BR-116 e uma passarela. Fede a trânsito. As duas garotas se sentam num banco pichado e conversam amenidades por um tempo. Sim, Mariana estava gostando de Ciências Sociais, mas gostava mais do trabalho da ONG do que do curso em si. Falam de algumas ex-colegas que largaram o técnico para se casar, ou das que se formaram e nunca deveriam ter se formado. As duas concordam que não sentem falta do cheiro de sangue.

As duas observam um vira-lata pular em torno de uma criança com um sorvete. Mariana puxa um pacote de chicletes da bolsa e oferece à amiga, que recusa. O ruído das pessoas que andam depressa, dos estudantes que se encaminham para esperar o ônibus e dos taxistas que saem de um ponto próximo preenche o silêncio entre as duas.

— Tu já te decidiu, né? — Mariana diz.

— Sim, Mari.

— Com certeza?

— Acho que sim.

Mariana se inclina para a frente.

— O pai sabe?

— Ele não precisa saber, acho.

— Esses tempos eu ouvi de um projeto de lei que o marido tem que autorizar a mulher caso ela queira fazer cirurgia de laqueadura. Sabe? E o troço é tão mal formulado que não diz nada sobre caso a mulher seja solteira... — Mariana diz. — Mas chega. Foco.

Manuela ri:

— Senti falta disso.

— É uma merda perder contato, né?

— Deus abençoe o Facebook.

— Se bem que não sei se ele abençoaria nossos usos do troço.

Mariana baixa os olhos para o celular:

— Vou ver onde a Carol tá — ela digita rápido enquanto fala para Manuela: — Mas, tá, foco. Tu me disse que tinha uma noção do que tu queria fazer.

— Não com o Henrique.

Manuela parece procurar algo na bolsa, que não encontra. Fecha-a de novo e olha para as costas da amiga, inclinada na direção da réplica do primeiro avião a jato do país.

Mariana sabe que é difícil. Sabe que Manuela, assim como todas as garotas, preferiam não ter que passar por isso. Amar também é uma questão de timing, de *quando* se pode amar. Mariana puxa a folha de um caderno com um desenho de gatinho na capa. O fundo da folha é rosa bebê e as bordas mais escuras em roxo e magenta. Ainda nas bordas, o gatinho persegue morangos.

— Cê consulta e confirma as semanas — Mariana escreve um endereço de e-mail na folha e, ao lado, "até 12". — Se for até doze, manda um e-mail pra essa menina. Ela é muito querida, te manda instruções e tudo pelo correio, bem de confiança.

— Tá... — Manuela ia puxar a folha, mas Mariana a segura. Com o celular em mãos, Mariana olha para a tela e copia um número.

— Essa clínica ainda é no Rio, é a única que eu conheço... A Carol sabe mais daqui. Enfim, a gente vê isso.

— Tá... — Manuela puxa a folha. Mal se nota que a folha tinha cheiro dos morangos, por causa do resto dos cheiros. Manuela dobra a folha marcando com força os vincos do papel e a enfia na carteira, junto da identidade.

— Tão foda as denúncias no Facebook. Se falar qualquer coisa, tem que deletar muito rápido. — Mariana fecha a bolsa: — E eu queria te ver.

— É mais seguro assim, né?

Mariana apoia as costas no banco novamente:

— Escuta, se cê quiser ajuda com o remédio... Só avisar, tá? Sangra, dói um monte...

— Se precisar de lugar pra fazer?

— Claro.

Manuela pede um chiclete à amiga, que revira a bolsa e o alcança. Manuela abre o pacotinho e começa a mascar. Tenta fazer uma bola, mas Mariana entrega outro chiclete para a amiga e explica que tem que mascar *mais* com *mais* chiclete.

— Eu nunca achei que — Manuela pausa. Logra fazer uma bola pequena, que estoura logo e a suja. As duas riem. — Nunca achei que uma coisa dessas pudesse ser tão coletiva.

— Tem que ser um pouco coletivo — ela sorri. Elas sorriem.

— É só difícil saber o que fazer boa parte do tempo.

— A vida afetada é a tua.

— Mas o Ike—

— Já vi um monte de guria de casamento marcado e puf. Tu tá na posição vulnerável aqui, tá bem?

Manuela faz uma bola de chiclete maior, que, ao estourar, suja parte da bochecha. Começa a falar que tem que trabalhar e que não devia estar sujando a cara com isso. Mariana confere o celular esperando por Carol de novo:

— Eu tô sendo muito pesada contigo.

Com uma bola de chiclete na cara, Manuela faz que não com a cabeça. Com as mãos, faz um sinal de "peraí". Mariana sorri: tem que sorrir mais, ela sabe. Tem que mostrar mais simpatia. Quer pedir detalhes sobre os remédios, sobre o anticoncepcional, quis pedir o nome do antibiótico e do antidepressivo. É tudo importante para as estatísticas da ONG. Manuela termina de limpar o rosto e se resigna a deixar o chiclete sob a língua.

— A ONG tem algum envolvimento com isso? — Manuela tem cara de choro.

— A gente finge que não — Mariana sorri. — Mas cê cria um network bom, né? Trabalhando com questões femininas.

Manuela ainda com cara de choro.

— Eu não sei como te agradecer.

As duas sorriem e Mariana finalmente cumpriu algo de importante, finalmente falou umas frases bonitas. O telefone toca.

— A Carol. — Ela atende, apoiando o telefone no ombro. Assim que Carol pergunta se ainda tem tempo de chegar, Mariana repete a pergunta para Manuela.

— Tá tudo bem — Manuela sorri. — Dá tempo.

26.
Assim que as coisas quebram

Canoas, 30/06

Tem algumas pessoas que eu já espero que venham comprar coisas no posto. O maconheiro típico (ele não sabe pagar direito, ele pega muita comida, ele paga por coisas que não leva), a Amorzinho, o Solitário Incorrigível (que fica sentado ali por muito tempo), o Âncora (esse foi o Pablo que notou (é o cara que não faz nada enquanto espera na fila inteira, mas quando chega lá quer um milhão de coisas e fica todo peraí-que-eu-esqueci-um-negócio-ali-no-freezer)), aqueles caras que entram na loja falando no celular e nunca desligam e todo mundo ouve a conversa, o cara que grita muito e te acha incompetente, o cara que te acha incompetente mas finge que não acha e te trata como criança, o cara que reclama dos preços. Mas eu não espero a Manu. Ela apareceu no caixa (eu tava no caixa). Ela usa um decote bonito, mas talvez eu só não queira olhar pra cara dela. Ela trabalha ali no Centro (virou gerente da loja (eu contei essa? Pois é, ela é coordenadora, ou um desses cargos tipo coordenadora que na verdade são uma palavra bonita tipo artista de recursos humanos)), e o curso dela (o preparatório pro concurso (do Banco Central)) é por ali também. Ela cruza os braços embaixo dos peitos: "Tu sai às três, né?"

Sim. Ela ainda tinha os braços cruzados, Já são três e cinco. Só me deixa terminar de atender. "Tá", ela descruza os braços e vai até a padaria pegar um croissant recém-feito que deixava a loja toda cheirando a pão quente. Ela (me) paga o troço e fica sentada perto duma mesa me esperando pra comer.

Quando chego perto da mesa, ela se levanta antes de eu sentar. A gente sai e só mais tarde eu passo o braço em torno dela. Tá tudo bem? Ela me dá um beijo, Tu não tem aula hoje, né? A gente continua caminhando até a parada de ônibus. "É sexta", eu aperto ela.

Vamos pra casa? Nós dois paramos no ponto de ônibus. Dá pra ir no cinema antes, ela diz. "É sexta", ela sorri. Depois de passarmos pela catraca e arrumarmos um lugar no fundo do ônibus mas nem tanto, pergunto se ela tá bem de novo. Por quê? Achei estranho, Mumu, achei estranho. Ela se apoia no meu ombro: "Queria te ver, eu tava em Porto..." (às vezes, quando eu tô prestes a falar com a Manu, eu sinto que vou dar play num filme (o famoso "Coisas que eu queria nunca ter chegado a saber")). Ela fica quieta apoiada em mim durante a viagem de ônibus. Feito uma velhinha, ela se segura no meu braço quando descemos as escadas. Na estação Rodoviária, o trem embala ela até pegar no sono de volta no meu ombro. Acordo ela quando chegamos na Mathias Velho, Tu ainda quer ir no cinema? Ela abana a cabeça.

Nós vamos pra casa dela. Ela não quer cozinhar (ou conversar muito). O pai dela empresta o carro pra irmos pra Esteio, buscar um shawarma no único lugar que vende shawarma na região metropolitana e voltar. Corro pra entrar no único lugar que vende shawarma na região metropolitana (eu sei, eu sei, tu vai dizer que ele nunca estaria no centro de Esteio porque pelamordedeus (mas ainda assim)).

Comemos shawarma vendo Avenida Brasil. A Manu queria assistir. Aliás, alguém devia te explicar o que tá acontecendo, porque quando tu chegar, é capaz da Carminha ter morrido. A Manu dorme durante o Globo Repórter, que falava de bebês de bichos, tipo bebês pandas, bebês girafas, bebês crocodilos. Assisto. Tento pegar no sono no meio de um filme tipo de terror sustinho. Ajeito a Manu no meu colo, Tu quer dormir? Ela ainda dorme, Tá bom. Talvez eu pudesse colocar ela nos meus braços e levar pro quarto como um cavalheiro, mas ela é grande demais. Sou desajeitado demais pra isso, ia derrubar a guria (e gritar "meu sucrilhos!"), ela ia cair, quebrar o pescoço e nunca mais andar e nada nunca seria bom de novo (porque todas as pessoas da minha vida estão lentamente entrando em coma uma por uma (isso também seria um bom filme de terror)).

Ela me empurra pra fora da cama de noite. O que foi, amor? Tenho que escovar os dentes. Tu escovou. Ela coloca o travesseiro na minha cara. Fico imóvel, curtindo o sufocar, a falta de ar com a possibilidade de vazio. A Manu ainda deixa o travesseiro na minha cara. Mal ela ri, faço carinho na mão dela. Ela tira o travesseiro da minha cara, Tu não vai reagir? Não vou responder, caralho, porque morri. Ela joga o corpo em cima do meu. Deixa o peso despencar em cima de mim. Aproveito o cheiro dela, a textura, a pele com pele com pele com pele, o cabelo que cai pela minha cara. Ela fica deitada em cima de mim. Manu, vai escovar os dentes. Ela se aninha em torno de mim. Mudei de ideia.

p.s. ela se deita, abraça minhas costas. Deixo ela ser a concha grande da gente deitado de conchinha.

p.s.2 gosto dessa guria.

p.s.3 eu nunca posso magoar ela.

p.s.4 a Manu falou que tiveram treinamento de segurança e de emergência pra caso aconteça alguma coisa na loja. Desses cursos que eles dão pra poder te culpar caso tu morra quando tudo explode.

p.s.5 falou que tinha visto umas amigas do curso de Enfermagem. Eu não sabia que ela era tão íntima assim das ex-colegas (mas falei que achei legal (a Manu precisa de amigas (ela realmente parece melhor depois da história de sou-infeliz-tomo-remédio-porque-é-isso-aí))).

31/06

Meu velho, minha turma da cadeira de Filosofia Geral e Ética quis fazer um churrasco pra comemorar o final do semestre. Tipo, não foi um semestre difícil. Foi só chato, sabe? A decoreba. E, tipo, não importa se a cadeira é difícil, se o professor é foda, é só decorar as coisas. Pegar o resumo com alguém, criar uma palavra escrota pra lembrar das outras palavras.

Eu não sei muito bem a diferença de faculdade e de escola. Essa podia ser minha pergunta de TCC.

(A parte cansativa é estar de corpo presente. (A parte cansativa é lidar com o professor que não queria estar ali pra alunos que não queriam estar ali. (A parte cansativa é essa coisa medo-de-rodar-se-achar-idiota-mas-eu-quero-estudar-mas-não-quero-estudar-e-eu-só-queria-ir-bem-e-que-essa-merda-toda-acabasse.)) Rodar é uma coisa tão idiota e irritante, e rodar por falta é tão irritante (e idiota e irritante (e idiota e irritante e idiota.)))

A professora vai, como boa professora de Humanas que adora uma interação e gente amontoada. Marcaram um churrasco na casa de um colega nosso num sábado que eu trabalho, mas acho que dá pra chegar mais tarde. Vou ligar pra Helô (que geralmente divide resumos e provas de veteranos, e é a única pessoa da aula que copia qualquer coisa (ela seria bem bonita se não fosse gorda pra caralho (é bonita de rosto, sabe? (deve ser foda ouvir que tu é bonito de rosto, como se o corpo fosse uma grande bosta)))). Ela vai saber.

Vamos às minhas notas:

Administração de Vendas e Negociação — 7

Gestão de Pequenos Negócios — 8

Filosofia e Ética Geral — 7

p.s. viu? Fiquei bem acima da média em todas. Meu boteco-pub-restaurante-só-não-traga-seus-filhos parece promissor.

p.s.2 convidei a Manu pra vir junto pro churrasco e tal.

p.s.3 posso achar estranho que ela usou um "!" pra dizer que ia ("vou sim!!")?

p.s.4 é idiota reparar nisso, mas a Manu não usa muitos "!".

p.s.5 e tantos seguidos? Deve ser cansaço.

01/07

Meu velho, a Manu me manda um sms hoje de manhã Quando meu sutiã e minha calcinha combinam eu sei que eu tenho toda a minha vida sob controle. Acho engraçadinho e falo que ela combinava pouco sutiã e calcinha. Ela responde Por isso mesmo!

p.s. eu rio, mas tem um ponto de exclamação ali.

p.s.2 mando a piadinha pro Dane, ele não responde.

p.s.3 ele comentou que não tava bem, que se sentia meio inútil, que nem um giz de cera branco.

p.s.4 (achei uma metáfora legal, até porque ele trabalha com essas coisas de cor).

p.s.5 respondo Bom, acho que tu só precisa achar um papel preto, não?

p.s.6 ele ri em letras minúsculas, Acho que é por isso que eu ainda falo contigo.

p.s.7 eu rio.

p.s.8 as pessoas riem demais, acho.

02/07

Meu velho, hoje uma guria chega no posto, compra pizzas congeladas da promoção (aquelas que vêm em cima dum isopor, com plástico por cima), uma Coca Zero (ela era (bem) magra). Ela tem umas cicatrizes no pulso, que falo que acho estilosas. Porque são estilosas, ela é toda estilosa, toda do rock, cabelo comprido, maquiada, All Star e calça jeans rasgados, uma camiseta velha do Deep Purple e tal. Quando eu falo Poxa, as cicatrizes combinam com o teu estilo, ela puxou as mangas por cima da mão. Deve ser coisa de nascença, ela deve ter vergonha ou algo assim.

A cara dela parece vazia Acontece. Coloquei uma Tortuguita na sacola dela. Acho que ela não vê. Sei lá, ela parece merecer. Ela quase-sorri, me entrega o valor das coisas dela. Pergunto É só isso? Ela para e me conta sobre como ela talvez fizesse lasanha de janta, mas agora já tinha comprado pizza, e ela gostava de pizza. Eu sorrio. Não tem ninguém depois dela na fila, então deixo ela me contar (acho que se tivesse alguém na fila eu também deixaria ela falar). Ela me conta que a mãe dela trabalha de noite, então ela tem que se virar. Ela me conta que estudava naquela escola perto do posto. A voz dela soa bem (ela agora fala de como a mãe dela tá grávida (mas ela terminou com o pai da criança)). Não soa como música, nem nada. Mas não soa ruim, aguda, chata. Ela ainda puxa as mangas Tu já parou pra pensar que se duas crianças nascem ao mesmo tempo aqui e no Japão, elas vão ter nascido no mesmo momento, mas em dias diferentes?

Eu rio porque é engraçado de verdade. Ela não fala mais nada, as mãos apertando as mangas nas mãos que seguravam as mãos e as mangas e as sacolas (Tchau (Tchau)).

p.s. agora pensando, ela podia ter tentado se matar. Cortar os pulsos é um negócio comum, né? Eu devia ter dado duas Tortuguitas.

p.s.2 o que mais eu ia fazer? Sou meio bunda com pessoas.

p.s.3 eu sou totalmente bunda.

p.s.4 comento com a Manu que achava que uma suicida-fã-de-comida-congelada tinha estado no posto, ela ficou meio Caramba, como assim?

p.s.5 comento com o Dane que uma suicida-fã-de-comida-congelada tinha estado no posto, ele diz Como tu sabe? E eu fiquei meio Poxa, ela tinha uns cortes no pulso. Ele diz Ela não quis se matar. Por quê? Porque quem quer se matar se mata direito, ele respondeu via sms. Respondo com uma risadinha.

p.s.6 boto na internet Como se matar só pra ver o que aparecia. Todo mundo tem uma teoria de como tem que acontecer. Um tiro, se atirar de algo alto (acima de dez andares, (só pra ter certeza)), se afogar. Deve ser foda querer se matar.

03/07

Meu velho, te visito no hospital e tá tudo meio que bastante parecido.

p.s. não consegui falar com ninguém, cheguei meio tarde.

p.s.2 tua mãe não tava lá.

p.s.3 pensei num negócio, sobre eu não querer que tu tivesse sequelas. Acho que me tornei uma daquelas pessoas que xinga as decisões do cara da novela (ou grita com os juízes no meio de um jogo de futebol).

p.s.4 sentei do teu lado e botei a mão em cima da tua mão (seguindo as ordens). Esperei tu apertar minha mão.

p.s.5 e esperei.

p.s.6 e acho que tu apertou (ou se mexeu (ou tentou se soltar)).

p.s.7 obrigado.

04/07

Sabe quando tu tá meio cansado-bêbado-chapado-sem-saco-mas-especialmente-só-cansado? E tuas mãos não seguram nada direito? Às vezes eu tenho a sensação que as pessoas são esses copos, corrimãos, travesseiros, celulares, que eu quero segurar quando tô cansado-bêbado--chapado-sem-saco-mas-especialmente-só-cansado.

p.s. e não importa o quanto de força eu tenha, eu não seguro nada.

04/07

Meu velho, tu sabe por que o nome do Dane é Dante? (Eu sei que não.) Perguntei pra ele (não que eu devesse ver ele (mas eu vi)). Perguntei, ele riu, ele disse que tinha um vô meio cheio de vontades (a vó do quarto na casa dele era a viúva desse vô). O nome do pai dele era Dante Alighieri (composto assim. O pai ficou com vergonha e tirou o Alighieri um tempo depois). Mas ele tem um tio Galileu, outro Austro Roberto, Galeno Garibaldo, Áureo e um tio Fernando (esses nomes parecem aquela história das filhas chamadas Pata, Peta, Pita, Pota e Maria). Ele tentou limpar uma ranhura do copo de chope, Meu avô gostava dos clássicos. O Dane não é Júnior por causa daquela questão do Dante Alighieri e tal e tal.

Eu rio da história toda, Eu tenho que voltar pra casa. Ele diz Mas tá cedo. Eu chamo o garçom, peço a conta, enquanto o Dane me fala que tá cedo, que eu devia ficar mais. O garçom vai embora, enquanto o Dane fica todo Sabe, eu vou embora uma hora dessas, daí tu vai sentir minha falta, e ninguém vai ouvir tuas piadinhas.

Fui embora.

Fui embora porque ele não entende porra nenhuma, porque não é da conta dele quem ouve minhas piadinhas ou quem vai embora.

p.s. ele não decide isso. Me liga mais tarde. Tu tá bem? Tô sim. Te achei estranho. Fico num estado de pensar se tem algo que posso dizer que vá significar "tá tudo bem". Ele diz É que eu não sei brincar com o Ciência sem Fronteiras. Ele continua, É estranho tu preparar as pessoas pra tu ficar longe? Seria melhor só ir. Digo É, seria melhor se tu só fosse (tentando transmitir minha mensagem de "sim tá tudo bem, de fato"). Ele ri porque acha engraçado.

p.s.2 volto pro status de pensar se tem algo que eu possa dizer de novo até que me lembro de que Tu notou que a gente não se beijou hoje? Ele diz Ué, nós somos amigos que se beijam. Nós não somos um casal que sai junto. É uma diferença, não é? Penso em desligar, Nós não somos amigos que se beijam. A gente se beijou. Ele ri mais porque pra ele é mais engraçado ainda A gente se beijou umas quatro vezes diferentes pelo menos. Eu rio não porque é engraçado.

p.s.3 ele ainda ri um pouco (eu sei como a voz dele fica quando ele tá parando de rir), Acho que tô com pouca bateria. Eu fico ouvindo o riso dele se dissipar, Sei. É sério, Henrique! Eu acredito, Sei. Ele diz Tu sabe que eu não minto pra ti. Hein, até porque mentir sobre bateria? Eu podia inventar logo a história de um túnel (ele faz um barulho de chiado e baixa a voz dizendo que o sinal tava piorando (eu seguro o riso)).

p.s.4 quando eu vou te ver de novo?, digo. Ele diz Tenho que ir pra Porto Alegre essa semana ver uns negócios do passaporte. Posso passar no posto e te dar carona pra faculdade. Eu me pergunto da bateria, Tô de férias, lembra? Eu sei que ele ficou feliz com a notícia, apesar de só ter dito um Ah! Ele me pergunta Tu quer ir em algum lugar? Sempre, digo. Decidimos que a gente decide isso amanhã.

p.s.5 concordo que tá tarde.

p.s.6 desde que ele pare de palhaçada.

05/07

Meu velho, a Manu passa aqui em casa depois do GAP e parece feliz (a informação de que ela continua no GAP (ainda) me surpreende). Conversamos pouco. Tomo uma cerveja (ela, vinho). Ela quer ir no cinema. Quero sair, quero sair, ela diz. Vamos ficar de porre, cara, ela diz. Não falamos de ti. Mumu, já passou das onze. Tá bom, vou arrumar um puto pra me comer e me engravidar mais que tu — Mumu, tu tá bêbada. E ela nem bebeu tanto. Ligo pra mãe dela Oi, Dona Ancila? Tu tem como passar aqui? A Manuela pegou no sono aqui em casa.

Por causa do horário que a Manu vai embora, durmo pouco.

p.s. ela me mandou um sms umas duas da manhã. Ela não usou nenhum ponto de exclamação pra dizer Poxa, é triste quando as pessoas que te deram as melhores memórias se tornam memórias apenas.

p.s.2 às vezes, fico brabo contigo por entristecer a Manu.

p.s.3 e fico brabo comigo.

p.s.4 e com o Dane.

p.s.5 (quando acordo com o sms da Manu) mandei um sms pro Dane (só pela carona) Quando tu vai fazer teu passaporte mesmo?

06/07

Vejo o Dane. Ele me mostra o passaporte novo dele, ele sorri na foto (ele tem um sorriso muito grande ao mencionar a foto, Ninguém sorri nessas fotos, mas agora pode (eu sorrio de volta, porque ele realmente ficou bem na foto)). O carro chega na casa dele e, de novo, a vó dele fica no quarto.

A gente faz pouca coisa (a gente não vê filme (nem liga a TV (na verdade)), não conversa muito, não come nada (não bebe nada (na verdade)), não vê vídeos toscos no Youtube (a gente não liga o computador (na verdade)), ele não me mostra os livros dele com capa dura e folhas plásticas demais com títulos em francês e inglês e coisa e tal (que ele nunca me mostrou (na verdade (mas sempre acho muito designer-estiloso-com-criatividade-em-forma-de-livros-espalhada-pela-escrivaninha))).)

Tem coisas que a gente não pode controlar, acho. E tem as coisas que a gente não quer controlar. E não sei se tem uma regra pra separar uma coisa da outra. Por exemplo, tu eu não posso controlar. Ou sono, eu quase controlo. Mas e quando tu quer controlar uma coisa que tu faz? Por impulso, saca? (por isso que acho errado ficar brabo com gente que engorda e tal (controlar é muito difícil (ao mesmo tempo que controlar é o que a gente faz o tempo todo, engordando ou não))).

Peço uma toalha emprestada (pra tomar banho antes de voltar (porque né)). Enquanto deixo a água escorrer pelo cabelo, sinto o cheiro que tava no meu travesseiro na praia. Cheiro o sabonete, o xampu, a toalha, o desodorante (passo o desodorante dele como forma de enganar que só quero cheirar), a pasta de dente (vai que foi a baba?). Percebo que sou um imbecil quando tento cheirar a água.

Ele liga o som do carro numa banda que ele chama de Apanhador Só (é esquisito (e se dependesse de mim, a gente não ouviria)). Tenho bastante certeza que ouço um pato de borracha em algum momento. Ele pergunta Tu quer colocar outra coisa? Digo Não. Ele faz aquela cara de quem acha que eu tô mentindo mas ele não quer se incomodar. Ele olha pra mim, Hein (e sempre que ele olha pra mim enquanto dirige eu prevejo um acidente), tu conseguiu usar o chuveiro tranquilo? Aham. Gosto um monte daquele chuveiro, é novo e tal. Ele me conta do chuveiro como se interessasse.

É engraçado, eu chuto, como o teu cheiro do sabonete é o mesmo que ficou na minha cama na praia. Ele olha pra rua, Hein? É, digo. O cheiro do teu sabonete ficou no meu travesseiro na praia. Ele olha pra mim com uma cara parecida com a de não querer treta mas como se tivesse uma gota de suor descendo pela nuca. Hein? Tu não te lembra? Ele olha pra mim A gente nunca ficou na tua cama. Nem na praia? Fico olhando pra ele e a gente se olha por tanto tempo que eu acho que ele *quer* cometer um acidente. Digo Então tu tá me chamando de maluco. Ele (enfim) olha pra frente, Tu tava mais chapado que eu, isso eu digo.

p.s. chego em casa sem ninguém e sem nada na geladeira. Tem poucas coisas que me deixam mais triste que geladeira que só tem presunto, queijo, margarina, ketchup, mostarda, fruta e salada (e a cozinha sem pão, claro).

p.s.2 eu até trago do posto umas coisas que tão perto da data de validade ou recém venceram que nos dão (às vezes vendem mesmo (não sei se podem fazer isso?)).

p.s.3 mas hoje não deu. E eu tava com bastante fome.

p.s.4 daí eu ligo pra Manu. E falo com a Manu por um tempinho. Tenho certeza de que ela tá vendo um filme enquanto mexe no PC (dá pra ouvir o tec tec tec).

p.s.5 eu e o Dane marcamos de nos ver de novo no final de semana que vem, mas tenho que trabalhar e tinha prometido pra Manu que a gente ia no cinema.

08/07

A gente tá numa praça perto da casa do Dane. A vó do Dane tinha decidido cozinhar e, portanto, ele resolveu sair. Era a primeira vez que via a vó do Dane e ela parece ser uma pessoa normal. Tudo parecia normal, menos ir pra praça do nada. Sentados num par de balanços da praça, o Dane fuma um cigarro careta e eu não pergunto muito. Um cara aleatório tinha pedido fogo e continua na nossa volta. Acende um cigarro de maconha e oferece. Ele veste uma dessas camisetas com símbolos militares que não existem, meio como se fosse de um antigo soldado. Só noto porque o Dane notou, Onde tu comprou essa camiseta? O cara ri, Ganhei da minha ex. O Dane passou o beque de volta pro nosso novo melhor amigo, Tu sabe que tem o símbolo comunista ali? O cara olha pra própria camiseta, O quê? O Dane ri, Tipo Cuba. O cara fica olhando o símbolo, Caralho. Ainda olhando a camiseta, ele me passa o beque. O Dane acende um Lucky Strike quando ofereço o beque. Tento passar pro Comunista, mas ele ainda olha a camiseta com muita atenção. Quando o Dane já pega o maço de cigarros de novo, ele olha pro Comunista, Tá bem? Ele faz que sim com a cabeça, Caralho. O Dane se vira pra mim, Ele tá olhando outra coisa. Eu rio, Eu sei. O Dane mexe no cigarro, Não, ele não tá olhando o símbolo comunista mais, que é aquele ali. O Dane aponta o símbolo. O Comunista olha tipo uma mancha na camiseta, perto de um símbolo com um pássaro. Talvez eu esteja chapado, mas rio por quase um minuto, e só consigo parar quando me falta ar. O Comunista para de olhar a camiseta e senta no chão. Fico respirando o cheiro de maconha por mais um tempo. Ficamos em silêncio e o silêncio chapado é bom. O Dane se vira pra mim, Tu deixou o caderninho na minha casa? Eu rio, Oi? Hein, o caderno das cartas, do teu amigo dos três meses. Três meses? Não tem aquele amigo que tu não visitou por três meses daí escreveu umas cartas por culpa?

O Comunista mexe na grama, arranca uns troços de grama, sujando as mãos.

O cheiro de erva forte já se gruda nas minhas roupas. Digo Não foi por culpa.

Por que tu não visitou ele por três meses, então?

Tusso, Não visitei porque não queria pensar. Ele tosse por mais tempo do que eu, Hein, isso não te deixou culpado? Inspiro, uma coceira desce pela garganta e se instala nos pulmões Sei lá por que não visitei o guri ou por que tem carta, sei lá, sei lá. Ele ri, Acho que noventa por cento das conversas contigo se resumem a "quem é esse?", "do que tu tá falando?" e "sei lá". Tusso, rio e tusso de novo. Meus olhos ardem Não é minha culpa se eu não sei. Hein, e de quem é? Sei lá, digo de propósito.

Ele diz Hein, esse teu amigo em coma deve ser o único que sabe o que acontece na tua cabeça. Por isso que ele tá em coma. Eu e ele rimos até nos lembrarmos de que o Comunista continua ali. Ele faz carinho na terra de onde arrancou a grama. O Dane olha pra ele e comenta que ele deve ter usado outra coisa antes. Concordo, fechando os olhos. Fico escutando uns grilos e uns cachorros e o Dane puxar assunto com o Comunista. O Comunista volta a falar. Mexe na grama, Cara, cês já imaginaram como as outras pessoas pensam sobre sexo? O Dane tosse com a boca fechada, Como assim? O Comunista ri, As pessoas falam que as pessoas pensam em sexo a cada, sei lá, tantos segundos. Só que eu não acho que as pessoas percebem que as pessoas não pensam igual às outras pessoas, o Comunista começa a rir. Ele baixa a cabeça olhando pro chão e começa a rir. Uns minutos depois, o Dane olha o relógio e diz que já dava pra voltar.

p.s. fico pensando nisso de como as pessoas pensam em sexo.

p.s.2 na volta de carro, conversamos um pouco sobre a vó dele. Não parecia um assunto delicado, mas o Dane só falava quando eu perguntava.

p.s.3 comento que deve ser estranho ser criado só pelo pai e pela vó. Ele diz Meu pai se esforça pra parecer bem com tudo, com isso, com a minha mãe, com as namoradas que vão embora. Eu olho pela janela, E ele não tá? O Dane faz que não com a cabeça, Ninguém pode ser tão positivo, tão orgulhoso, sem algo negativo, entende? Eu não acredito em gente cem por cento feliz. Eu ainda olho pela janela, E teu pai é uma pessoa cheia de problemas e feliz. Talvez seja a maconha, mas o Dane ri alto, Isso me irrita.

14/07

Acabo ligando hoje de manhã pra desmarcar com o Dane (eu esqueci, pessoas esquecem, cara). Ele pergunta se eu tô legal. Me sinto mal de estar ligando pra desmarcar em cima da hora, Tudo certo. Ele comenta Uns amigos meus vão na Redenção. Tem um restaurante chinês no centro, dá pra almoçar por lá, mas tu não pode porque tu trabalha antes. Mas eu te busco no posto quando acabar teu horário, fica tranquilo, a gente dá um jeito. Meu velho, digo. Ele continua Acho que nem vou de carro. Mas posso te buscar de ônibus, a gente pega o mesmo pra voltar. Quero que tu chegue logo. A gente pode dar um pulo lá em casa depois, eu e tu. Meu velho, digo. Se ele estivesse visível, ele estaria mexendo as mãos pra caramba, Acho que a Scila vai. Meu velho, digo. Ele deve mexer muito as mãos, Tu tem falado com a Scila? Não vou conseguir ir, digo. Ele para com as mãos, ele segura o choro (dá pra ouvir (sei que dá)). Ele diz Alright. Eu rio, Tu não tá puto? Ele diz Que horas eu te busco aí? Eu inspiro contando até trinta e três (alguém me disse que contar até trinta e três enquanto respirava diminui batimentos cardíacos (e acalma e tal)).

Quero contar pra ele da dica de respirar pra acalmar.

Ele fica em silêncio enquanto penso em contar a dica da calma com respiração. Digo Mas não é nada demais, né? A gente tá de boa? Ele vai desligar logo, Hein, não supervaloriza isso. Mas tu tá puto? Ele diz Sim-mas-tenho-que-ir-agora e faz uma brincadeira sobre como tem que curtir as pessoas que vão. Desliga.

p.s. me sinto arrancando um dente. Como se o Dane fosse o dentista que futrica nas coisas e eu não faço ideia do que tá acontecendo (por causa da anestesia e tal).

p.s.2 como se eu soubesse que eu deveria estar sentindo dor ou aquela sensação esquisita quando uma coisa de metal arranha os dentes (tipo unhas no quadro-negro também).

p.s.3 e eu vejo ele tirar algodões cheios de sangue da minha boca e vejo ele dar pontos e coisas assim e me pergunto o que diabos está acontecendo.

p.s.4 mas não é nada demais, é? Ele disse pra não supervalorizar (caso tu não saiba, supervalorizar é "orçar acima da média").

27.
Município de valor

Não só uma canoa, canoas. E uns vários aviões espalhados. Não é como se alguém pudesse culpá-la pelo complexo de cidade-dormitório que a persegue. Até porque toda capital pede, por definição, uma órbita de cidades-satélite. A síndrome de cachorro de rua acompanha: a eterna pergunta do que é ser um cidadão daquela cidade. Em São Leopoldo, são descendentes de alemães. Em Porto Alegre, o centro do universo, mas e ali?

A cidade que era um espaço vazio ganha um trilho de trem, e assim ela vira uma Cidade. E o que une as pessoas é um trilho de trem que concomitantemente a divide. Depois, uma rodovia, com a mesma função. Dois riscos quebrando a cidade no meio, forçando passarelas, ligações e pontes.

Não é como se alguém pudesse culpar uma pessoa específica, o prefeito, o governador, o presidente, o tio da padaria. É assim que as coisas são. As demandas — as necessidades — das pessoas tornam a cidade o que ela é. O que as pessoas realmente usam na cidade, encontram.

A cidade não pode narrar sua versão dos fatos. A cidade não pode dizer que os benefícios que ela traz são apenas tarefa cumprida, enquanto os problemas são problemas. Não pode insistir no fato de que resistiu a duas enchentes. Não é como se alguém pudesse culpar a cidade em si pelo seu símbolo ser um avião, e o nome ser canoa.

28.
As pessoas deviam tomar no cu mais seguido

15/07

Eu tenho que arrumar uma estante de coisas no posto, mas recebo uma mensagem do Dane. Rio lendo, Estou num processo seletivo sobre qual dos meus infinitos e desejáveis amantes eu deveria ver hoje. Cuido pra que ninguém me veja, Envolve carona pra casa? O celular vibra quando eu já comecei a organizar uns refrigerantes, O processo seletivo é: conte-me uma história.

tu não me disse se envolvia carona

hein mas claro

Entro no banheiro dos funcionários. Sei que vai ser rápido, Um cara com uma touca de moletom cobrindo a cabeça passa por ti num carro. Te entrega um livro grosso parecido com a Bíblia, papel fino, letra pequena, a coisa toda. Ele ri pra caramba e, assim que tu pega o livro, vai embora.

O Dane pergunta se era o final. Era, mas digo que não.

tu abre o livro, percebe que é um livro sobre a tua vida inteira, cena por cena. Tu leria até o final?

O Dane pergunta se acabou. Tinha acabado, mas digo que não.

tu lê o livro até a cena do momento em que tu recebe o livro e percebe que tem tipo só mais três folhas. Agora é o final

Consigo ouvir o Dane rindo pela pergunta, Por que o cara tá com uma touca de moletom na cabeça?

p.s. Dane me manda um sms, Que horas eu te busco?

p.s.2 e quem sou eu pra recusar carona? (opção 1: ir de pé no trem e mal conseguir ouvir música nos fones (ou o Pablo conversando), com as janelas fechadas e com o risco de pegar alguma dessas gripes que só existem no trem (opção 2: carona no carro-de-rico-do-Dane com o vidro fechado (mas ele é limpo))).

p.s.3 compramos umas pizzas congeladas (daquelas caras com nomes em italiano complicados demais só pra fazer as pessoas pagarem mais de qualquer jeito (o Dane insiste que são melhores mesmo)) e umas cervejas perto da casa dele (ele paga com o Vale Refeição da firma).

p.s.4 quando a gente chega na casa dele, comento, Achava que tu tava puto comigo. Ele já liga o forno pra colocar as pizzas, Hein, sempre que alguém… lets me down (?), eu aprendo algo. Continua, Eu acredito em tomar no cu pra aprender coisas (forço a cara pra ficar sério (mas penso numas três piadas (talvez mais))).

p.s.5 depois de comer, ele me mostra uns vídeos no PC dele (ele me corrige e diz que é Mac (mas enfim)), que ele tava mexendo na agência, e conta, Me ofereceram um aumento pra ficar, mas pelamor, né? Ele faz aquele gesto de tipo balança como se decidisse o peso de duas coisas Lyon ou agência? Ele continua fazendo o gesto quando o telefone dele toca. Ele desliga O calor cheiroso que sai do forno me dá vontade de ficar na cozinha o resto da tarde/noite.

p.s.6 quando volto do banheiro, ele tá todo Não--claro-pode-ser-amanhã-sim-claro-sem-dúvida-sem-problema-hein-of-course-frase-em-inglês-numa-vozinha--meio-dengosa-que-me-surpreende e daí fica cheio de Tá-agora-tenho-que-ir e desliga. Não comento, porque não é como se a gente fosse um relacionamento ou como se ele me devesse alguma coisa.

p.s.7 mas quero perguntar. Ele sabe que tenho a Manu e tal.

p.s.8 depois da pizza, a gente não faz muita coisa.

p.s.9 enquanto a gente não faz nada, a Manu me liga umas três vezes. Manda um sms dizendo que quer conversar (deve ser mais um daqueles acessos de saudade de TPM (decido não me preocupar)). Mais alguém liga (mas eu nem vejo no celular (na real) porque em geral é bobagem).

p.s.10 os pais do Dane chegam em casa, me cumprimentam, se interessam, aprendem meu nome (e repetem muito (tipo, Então tu conhece o Dante de onde, *Henrique*?)), trazem comida da rua, oferecem, dizem que eu tenho que ficar pra jantar. Têm um jeito desses de pessoas que discutem a taxa Selic e aceitam o filho gay. Falo pouco, mas eles também ouvem pouco.

p.s.11 aliás, não era a mãe do Dane, né? (Acho que não comentei com ele nada tipo, A tua mãe é... (mas foi por pouco (idiota, idiota, idiota)).)

p.s.12 chego em casa já no finalzinho da novela. Minha mãe não pergunta onde eu tava e eu meio que sinto vontade de dar explicação. Tava com o Rafinha, aviso enquanto passo pela cozinha. Que estranho, ela olha pra TV de quinze polegadas na cozinha que só serve pra ver a novela, porque o Rafinha ligou. Paro antes de ir pra sala, Era importante? Acho que sim, porque ele disse que tentou te ligar, ela diz, fiquei com a sensação de que era sobre o Gabi. Volto um pouco pra dentro da cozinha, Mesmo? Olha, ela ainda vê a novela (mesmo que seja só o comercial), eu fiquei com a sensação. Eu não disse nada, viu? Não fica te ouriçando todo aí.

p.s.12 Faço piada com a minha mãe por falar "ouriçar" e vou pro quarto. Depois de não conseguir falar com o Rafinha no celular, tento retornar as ligações pros números que tinham me ligado. Ninguém me atende e eu só acordo no dia seguinte porque o celular tem aqueles despertadores que tu programa os dias de semana e horário que tu tem que te acordar.

16/07

Eu conheço a Manu. Ela ouve barulhos de noite e já fica Ok, é isso aí, já era, eu vivi bem essa vida curta. Entra sabão no olho dela e ela já começa a me falar Pois é, agora tô cega pra sempre, como é que eu vou ver meu primeiro filho? O coração dela acelera e ela já Bom, então, eu vou ter um ataque cardíaco ou isso é um AVC? Um policial passa por perto e ela É agora, vamos todos ser presos, eu provavelmente matei alguém ou vão me enquadrar num crime que não cometi. Ela pega sol demais, Puta que pariu, tô com câncer de pele como é que eu vou contar pros meus pais. Eu imagino que ela, quando faz provas, é do tipo Não vou olhar pro lado, vai que o professor acha que eu tô colando e eu nunca mais consigo nada no futuro?

É o jeito dela (e isso é normal, não é? (não é como todas as mulheres são?)).

Então o que eu faço quando ela me diz que acha que a gente tem que terminar?

a- ( ) Porra nenhuma.

b- ( ) Rio.

d- ( ) Pergunto se ela tem certeza.

e- ( ) Pergunto se ela tem mesmo certeza, se já conversou com o psicólogo (terapeuta, psiquiatra, sei lá). Ela sabe que ela já me falou isso, né?

f- ( ) "d" e "e" estão corretas.

É no mínimo lógico, não é? Mulher é foda, meu velho.

p.s. aparentemente, ela vem tentando falar isso pra mim há quase dois meses.

p.s.2 aparentemente, ela acha que eu precisava ouvir a notícia por telefone na minha hora de almoço (foi quando eu consegui ligar de volta).

p.s.3 aliás, sobre ti: tu teve uma infecção respiratória. Aliás, tu tem uma infecção respiratória. Ninguém me explicou muito bem, mas parece que essa história de respirar por tubos meio que permitiu o desenvolvimento de uma bactéria ou um vírus ou sei lá (acho que não é só a coisa dos tubos (mas, como eu falei, ninguém me explicou muito bem)). Tão te dando antibióticos e a coisa toda.

p.s.4 posso ficar surpreso que o SUS tá te tratando direito o suficiente?

p.s.5 ou é pelo plano?

p.s.6 que merda não saber como funcionam as lógicas todas de um hospital. Nunca precisei de nada disso, mal vou no médico. Nem aparelho usei (se bem que meu sorriso é meio esquisito). Quando preciso ir, pago a consulta e tal. É foda isso.

p.s.7 minha mãe que sabe essas coisas.

p.s.8 que coisa mais burra pra se dizer, "aliás, sobre ti". (Tu sabe (não sabe? (Quando ler, já deve saber (se ler))).)

20/07

Não consegui falar com a Manu. Tento ligar pra ela, tento ir na casa dela e sabe que diferença fez? Bosta nenhuma.

Vou te ver no hospital e sabe que diferença fez eu te visitar? Bosta nenhuma. Tu fica lá, parado, fazendo bosta nenhuma, fazendo tua mãe chorar. Tua mãe diz que tu apertou a mão dela duas vezes, e isso faz ela chorar mais. Quando ela conta de como tu aperta a mão dela, ela chora, chora. Ela tem uma interpretação. Um aperto é sim. Dois apertos são não. Então ela pergunta coisas, tipo, Tu tá bem, meu filho? Tu só precisa descansar, né, filho?

Quando tu não aperta, ela refaz a pergunta, Tu não gosta muito da mãe falando, né, filho? Ela sorri muito (respirando o ranho), Ele tá bem, ele só quer descansar. Ela cheira a sabonete. Dona Fátima resmunga baixo O Rafael foi embora cedo, que guri do inferno. Ela segue e reclama do médico, do hospital, das cadeiras duras, de ti, do teu pai (sentado do lado dela), do clima (faz frio, mas parou de chover (ontem choveu muito (não sei se essa informação importa))), da comida, dos tubos, de ti (porque tu tinha que cair que nem um idiota?).

(Nota: a título de informação, duas tias tuas vieram te visitar nesse dia. Não sei o nome, são meio baixas, uma delas é gorda. As duas têm cabelo curto e falam meio alto. Acho que mais parentes virão visitar, aliás.)

Tua mãe entra de novo na sala-esquisita-cheia-de-frescuras-pra-entrar-tipo-isolada-e-não-era-mais-junto-com-todo-mundo, Seu Rogério olha pra mim, Tu quer carona pra volta? Nossa, abano a cabeça num sim, nem precisava perguntar. Ele olha pra Dona Fátima, Teus pais tão bem? Tão sim, digo, eles queriam vir, mas pegar o trem esse horário... Teu pai ri. Vai ter tempo, ele ainda olha pra Dona Fátima. Acho que sim, tento ver o que tem de tão legal na Dona Fátima (não dá pra ver ela). Seu Rogério sorri pra Dona Fátima (invisível pra mim) Tu sabe, Ike, o médico conversou com a gente hoje. Ah é? É. Ele disse pra gente se preparar pro pior, já faz tempo que o Gabi tá assim.

Ah é? (eu não tenho nada pra acrescentar.)

Foi o que o médico disse.

Ah é? (não que o teu pai tivesse me chocado.)

O médico disse que faz dez meses que o Gabriel entrou em coma, ele quer fazer exames de novo. Dez meses? Dez meses, Ike. Bah.

Bah.

Assistimos tua mãe voltar da sala isolada longe de tudo longe da gente. Ela volta com um cheiro de hospital. Depois de se sentar do lado do teu pai, ela olha pra mim, Ele não falou comigo dessa vez. Mas perguntei se ele queria conversar agora e ele não apertou minha mão. Ele quer descansar. Teu pai fez carinho no braço da tua mãe, Todo mundo quer descansar.

Assim que passa o horário de engarrafamento da BR, vamos embora.

p.s. a Manu ficou na casa dela, parada, nem saiu, pediu pra dizer que não tava. Que nem tu, seu merda. Fui no GAP no dia da Manu e ela não foi. Fiquei na frente do trabalho da Manu, mas ela saiu acompanhada de umas gurias. Antes de eu chegar perto delas, elas passam pelas catracas.

Bosta nenhuma.

Até eu pegar meu cartão do trem e chegar na plataforma, elas já não tão mais lá e só me resta o fedor de estação de trem lotada.

p.s.2 eu quero quebrar um copo (que nem numa novela). Quero arrancar teus tubos, quero que tu morra logo. Porra. Chega. Quero arrancar aquela fralda idiota pra caralho. Por que tu não aperta a minha mão, seu cuzão? Eu sou a pessoa que tá te atualizando em tudo o que acontece. Eu sou a pessoa que pensa em ti. Que merda.

p.s.3 quero que a Manu morra logo também. Puta que pariu.

p.s.4 grande merda, grande merda, grande merda, bosta nenhuma, grande merda, porra, porra, porra, que merda, puta que pariu essa merda toda, filhos da puta, idiotas, cuzões, é foda, têm que se foder, seus merdas, filhos de uma puta transexual aidética sem perna com cara cheia de pus que só dá o cu e foi cagar e pariu, chupadores de pica, merda, puta que pariu, parecem aqueles funkeiros que ouvem funk no celular no ônibus e ficam espalhando a merda de vocês pra tudo quanto é lado, que cu, que cu, que cu, que cu quadrado cheio de formigas venenosas, que cu, que cu, que cu enfiado na tomada, que cu, que cu, que cu, que cu, que cu cheio de merda, que cu, que cu, que cu, que cu, que cu, que cu aidético, que cu, que cu, caralha, caralha, que cu filho da puta, que cu, que cu, que cu, que cu, que cu arrombado, foda-se o mundo, fodam-se vocês, que foda, que merda, que porra, que caralho, que bosta, cada micro-quase-aspecto-pequeno-e-grande (o teu jeito de fazer piadinha com tudo (o jeito da Manu dormir e se aninhar em qualquer coisa (nem que sejam os cobertores (ou o meu travesseiro (aquela vaca (aquela puta arregaçada cheia de herpes)))))) de vocês é nojento e ninguém nunca vai amar vocês, vocês vão morrer sozinhos porque não fazem nada pra ajudar nunca, não se importam com ninguém, não sabem sentir coisas, seus escrotos do caralho, os pais de vocês devem estar na cadeia agora mesmo (estuprados por três cavalos (e gostando)) os dois, até porque vocês e o pai de vocês fedem que nem um bando de limpador de elefante de circo que foi coberto de diarreia e porra e suor do palhaço. Vocês dois. Fedem. É essa minha mensagem. Tomem um banho e venham chupar meu pau. Que merda.

p.s.5 Dane mandou um sms, Tudo bem? Não quis comentar o que houve. Não quis falar de nada.

p.s.6 porra.

p.s.7 porraaaaa.

p.s.8 porra.

p.s.9 bah.

21/07

Faz cada vez mais frio (mas gaúchos sempre enchem o saco com essa coisa de odeio-verão-mimimi e quando chega o inverno ficam igualmente odeio-inverno--mimimi). Vejo Jogos Mortais do I até o VI. O Rafinha briga com a namorada de dezoito anos (e diz que agora é definitivo). Tinha um show de uma banda de um amigo dele e estar no meio de um monte de desconhecidos que têm um gosto musical e uma história em comum (e eu não ser parte de nada disso) me faz beber pra fazer o tempo passar melhor. Passo parte da noite me prometendo que vou ficar até meia-noite e, quando chega a meia--noite, me prometo que vou às duas.

p.s. perto da uma, já tô bêbado o suficiente pra não me importar que todos sejam desconhecidos.

p.s.2 faço um amigo, mas não me lembro do nome dele. Mas ele passa uma parte da noite falando pra todo mundo Esse moleque é foda, é muito foda, sério, Rafa, tu tem que chamar ele mais seguido, porra, Rafa.

p.s.3 (chamam teu irmão de Rafa).

p.s.4 em algum momento da noite, mando um sms pro Dane, Saudade de ti, e ele me manda um hahahaha (em minúsculas) no dia seguinte.

p.s.5 tento ligar pra Manu.

p.s.6 faz esse frio que nunca muda e tu pode te entupir de roupa, mas tá frio. E tem o vento.

22/07

Eu queria desistir.

Ligo pra casa da Manu e a mãe dela atende, Alô, ela tosse logo em seguida. Alô, dona Ancila. Ike, ela tosse outra vez, me manda não ligar mais. Dona Ancila soa como se tivesse passado o dia correndo uma maratona e ainda não tivesse tomado água.

Dona Ancila, uma vez só eu preciso falar com a Manu, digo (soo como uma música sertaneja que nunca fez sucesso). Uma vez só, eu não quero incomodar vocês, volto pro refrão da minha música. Ela inspira e expira. Eu queria te ajudar, ela diz (e eu acredito). Ela foi passar a semana no Rio com uma amiga, ela diz (e eu acredito (eu devia acreditar?)). Nem eu sei onde ela se meteu, dona

Ancila quer me bater. Escuta, digo, tu pode pedir pra ela me ligar?

Eu queria muito conseguir mandar tudo à merda (de verdade). Queria muito poder não me importar.

Dona Ancila quer me chutar no olho, Não. Ela tosse várias vezes seguidas e ouço nada por um tempo. Alô, eu ouço. Dona Ancila, digo, a minha história com a Manu não pode terminar desse jeito. Depois de tossir de levinho, Só porque acabou por telefone não quer dizer que acabou mal. A gente namorava há dois anos, inspiro. Ela tosse (e me pergunto se ela já procurou um médico).

Mas eu também queria muito falar com ela. Ver a cara dela de quem diz que acabou.

Faço aquele esquema de inspirar e respirar, mas no dezenove, a Dona Ancila fala É melhor assim, tá bem? Mas Dona Ancila (não termino a frase, porque meu argumento é só que Mas Dona Ancila). Não vira um desses namorados do programa do Ratinho, Henrique. Respeita a tua ex-namorada.

Dá pra concordar que ligar pra pessoa num horário de almoço e dizer que Não dá mais não é nem um motivo de verdade. Eu tava comendo, poxa.

Fico em silêncio, porque o que eu tinha pra dizer acabou naquele "mas". Tenho vontade de perguntar da Ciça, mas a mãe da Manu nem deve se lembrar da Ciça (nem eu me lembro muito bem (seria legal se tu não te lembrasse quando acordasse)). Tá bem, respondo. Brigado, respondo. Ela desliga.

Acho que dá pra concordar que dizer que Não tá funcionando mais não é nem um motivo de verdade.

Muito menos Eu preciso de um tempo.

Muito menos Acho que tu sabe tão bem quanto eu que acabou.

E nem ousem falar dos meus amigos.

E nem me venham com Todo mundo já sabe que tá morto (e é claro que ela falava da relação (não de ti (ela não ia falar de ti assim))). Ela falou Tu tá obcecado com o Gabriel. Tu não larga de um caderno idiota, tu não te faz nada que importa mais, ela disse. Tu nem tenta, ela disse (Mas tu acha que isso tem a ver com a gente? eu falo baixo pra não incomodar ninguém na salinha de trás. (Todo mundo já sabe que tá morto, ela disse.).) Ela não ia falar assim de ti.

Muito menos As coisas mudaram. As coisas não mudaram. Aliás, se algo mudou, foram as coisas-coisas (o cabelo (dela), as roupas (dela), o que a gente vê). A gente-gente tá igual.

É foda discutir com uma guria com 5982300 GB de memória. Ela se lembra.

Ela riu quando explicou Tá na hora de crescer. Tem responsabilidades novas, e a nossa relação não reflete isso. A nossa relação não é um espelho pra refletir porra nenhuma. É nossa, entende? (Não tenho certeza se faz sentido (Não sei se foi exatamente assim que aconteceu.).) Por mais que eu tenha pensado nessa conversa de novo (e de novo (e de novo)), tem partes que parece aqueles filmes em VHS que pulam fazendo uma barulheira. História-história-história-cena-branca-lenta-barulho-barulho-cena-nova-num-outro-cenário.

p.s. então eu só me lembro de quando eu fico meio Ah-então-vai-tomar-no-teu-cu.

p.s.2 as pessoas deviam tomar no cu mais seguido.

p.s.3 eu ouvi o barulho que ela faz quando respira antes de chorar.

p.s.4 (ela inspira muito (uma barulheira)).

p.s.5 ela quase me bateu, Vai te fuder, seu viado.

p.s.6 agora penso naquele lance do Dane dizer que aprende tomando no cu (não quis dizer nesse sentido).

23/07

O Dane me liga. Eu não atendo. Ele manda uma mensagem de texto (Tu precisa de carona?). Até queria falar com o Dane, mas não agora. Desde que eu e a Manu terminamos, eu tenho certeza de que ela sabia de mim e do Dane (A Scila? O Pedro? A namorada brigada do Rafinha? (e ela nem conhece a namorada brigada do Rafinha)). Aquele *viado* soou tão fora-de-lugar-mesmo-sendo-no-lugar. A gente terminar também soou meio fora de lugar, na verdade (soar fora de lugar?).

Comento isso com o Pablo enquanto voltamos de trem. Sei que tô sendo o cara que fala da ex-namorada (não me dá vontade de comentar o travesti que ele atendeu). Ele me conta que viu uns documentários sobre aranhas. Mas tu não tem nada melhor pra fazer?, tento soar engraçado. Eu também não sou muito fã do tema, ele tenta soar tranquilo, mas meus parceiros de RPG desmarcaram em cima da hora. Mas, enfim, o que eu quero dizer, ele continua, é que a gente não come sete aranhas enquanto dorme. O Pablo não se importa que eu não diga nada, E por exemplo, sabia que mais pessoas morrem com rolhas de champanhe voadoras do que por mordidas de aranhas venenosas? Ah é? É. Tu vê só. Henrique, ele diz. Fica me olhando, nós dois enfiados no meio de pessoas com cheiro de desodorante e naftalina das roupas de inverno eternamente guardadas. Ahn, oi. Então, o que isso quer dizer?

Quer dizer que aranhas não são perigosas?, tento não parecer mais bunda (do que já sou). Ele ri alto, eu rio junto porque é a coisa certa a fazer.

Eu tava falando da tua namorada, cara. Ah.

Imagina assim: se tu fosse dizer o que é mais perigoso, tu diria uma aranha, com certeza.

Tá. Então, ele sorri muito, é isso. Sorrio de volta porque (né?) quem sou eu pra ir contra o cara que vê documentários de aranha em vez de jogar RPG (sendo que as duas opções são toscas). Não falamos de muita coisa. Conclusões da conversa:

1. Posso dizer pro Dane que meu celular tava desligado;
2. Posso dizer que não tava com vontade de conversar;
3. Posso dizer que tava ocupado na hora;
4. Posso dizer que ganhei carona do Leonardo;
5. Posso contar pro Dane que minha namorada terminou comigo e vejo uma teoria conspiratória porque ela me chamou de viado (posso dizer que meu melhor amigo tá pra morrer).

p.s. fiquei com vontade de comentar isso pro Dane. As luzes de emergência não se acenderiam automaticamente pra uma rolha de champagne voadora, né? Mas pra uma aranha, sim.

p.s.2 que engraçado isso.

p.s.3 mas não tenho vontade de falar com o Dane. Nem de explicar a coisa toda das aranhas.

p.s.4 queria ter algo no que pensar.

p.s.5 penso nos cogumelos e percebo que cada vez mais vou me esquecendo. Volto pras páginas dos cogumelos e releio. São muito longas. É muita coisa.

p.s.6 queria voltar lá. Não mudar as coisas, mas mudar as coisas. Faz sentido isso? Acho que não queria mudar as coisas (talvez avisar pra mim mesmo alguns resultados esperados e evitáveis).

p.s.7 se bem que eu não sei qual foi a gota d'água com a Manu.

p.s.8 não sei qual foi o momento em que a moeda caiu e fez um eco no fundo da máquina. Não sei quando eu fiz ela colocar a moeda na máquina.

p.s.9 já te vejo falando que relacionamentos não são máquinas com moedas e nem um copo d'água. Já me vejo falando que tu não entendeu nada.

p.s.10 tu conhece a história do vizinho que morava na tua casa? Antes de ti? Então, eu tinha uns seis anos quando ele se mudou (daí eu te conheci (acho)). A empresa do pai dele transferiu ele pro interior de Santa Catarina. Na véspera da ida dele, a gente assistiu um desenho da TV. Tinha uma música no desenho, e a letra era sobre como ser amigo é nunca precisar dizer adeus (e tal e tal (e como nós éramos amigos, a gente decidiu nunca dar adeus (daí ele foi embora e a gente nunca se despediu))). Eu tinha certeza de que aquilo significava um monte, e que a gente ia ser melhores amigos pra sempre (que nem naquele filme (ou era um desenho desses que a gente acompanhava?)). Eu não faço ideia do que ele tá fazendo agora.

p.s.11 parando pra pensar, não lembro se o vizinho não era uma vizinha menina, e a gente era um casal.

p.s.12 aliás, tu não tinha te mudado do interior de Santa Catarina antes de vir pra cá?

p.s.13 agora não tenho certeza de quem assistiu o troço comigo. Porque pode ter sido tu.

p.s.14 mas também, por que fui me lembrar disso agora?

p.s.15 talvez fosse uma dessas coisas-que-eu-e-tu--tivemos-quando-a-gente-era-pequeno-e-retardado. Eu e tu nunca demos tchau (talvez).

p.s.16 desculpa se eu estiver me repetindo.

24/07

Foi mal. Tu entende. E, se algum dia tu ler isso (tu não vai ler isso (tu vai morrer com aquele teu pulmão fodido de merda)), me desculpa.

p.s. até porque tu me deve uma.

p.s.2 tu me deve uma porque ninguém merece nada disso.

p.s.3 e eu tô te atualizando.

p.s.4 imagina chegar no Rafinha quando acordar e E aí, o que tu tem feito?

p.s.5 e daí ele tem que te contar as coisas.

p.s.6 desde o começo.

29.
Dante, Dante e Tarsila

Enquanto o pai se apoia na porta, Dante acena com a cabeça:

— E aí?

O pai observa o filho ir e voltar do armário, jogando tralhas para dentro de uma mala já aberta. Bate no batente lateral:

— Tu te lembra?

— Doze.

Dante não para de revirar o cheiro de viagens pelos bolsos — a poeira internacional acumulada, as roupas gastas e as novíssimas. O pai olha para o filho.

— O que tu acha de sair pra jantar?

Combinam de sair às sete. O sol sumindo da rua escurece o quarto, de luzes ainda apagadas. O quarto tinha cheiro de incenso, cigarro de tabaco e de maconha. O pai sabia que o filho fumava, embora o filho achasse que ninguém da casa soubesse. O pai descobrira que o filho era gay aos dezesseis anos de idade, em especial porque invasão de privacidade pode ser justificada nesses casos.

— A gente podia sair agora — Dante risca uma frase numa lista — e dar um pulo no cemitério.

— Acho que já fechou.

— Cemitério fecha?

— Esse fecha — o pai diz —, acho.

O pai acende a luz do quarto, que arde os olhos de um jeito gostoso. Sob a luz, o filho lembra menos um vulto.

Tarsila estaria muito orgulhosa de Dante, dos dois Dantes. O pai sabe: ele mesmo está muito orgulhoso do filho. Quando disseram que a mamãe foi ficar com o Papai do Céu, ele não acreditou. Criou um parque de diversões que era apenas feito de carrosséis subterrâneos, marrons, com um céu de raízes de árvores. Disse que era ali que mamãe estava.

— Ela vai descer do carrinho daqui a pouco — o filho mostrava o desenho. Dante pai se riu por se preocupar, à época, que o filho era muito efeminado. Era uma criança diferente, o pai aprendeu e, mais tarde, aceitou que era um adulto esquisitão.

O filho repete a pergunta:

— Posso levar um amigo?

— Oi?

— Hoje.

— Poder pode — o pai sorri. — Mas eu não quero levar a—

— Ela não tem muito a ver — Dante puxa o celular do bolso. — Tô esperando um amigo retornar a ligação, pra ir junto.

— O Henrique?

Dante fica em silêncio.

— Gosto dele — o pai entra um pouco no quarto.

— É, mas eu não sei se vou conseguir que ele vá — Dante abre uma gaveta e tira de dentro uma garrafinha decorativa de cachaça. — Queria mostrar o túmulo da mãe, na verdade.

— Hoje não dá — o pai entra no quarto. Ele se senta numa cadeira atrás da escrivaninha com o Mac Pro Desktop do filho. — Hoje não tem como. Ele é só amigo?

De costas para o pai, apoiando o papel na parede, Dante risca mais uma frase da sua lista:

— Tenho que ir pro banho.

— E o Renan? — O pai espreguiça as pernas. — Ele pode vir.

— Pai — o filho diz —, preciso escolher minha roupa pra tomar banho.

— Só tô dizendo que—

— Pai — o filho diz. O pai cruza os braços:

— Tá bem, tá bem.

Sai do quarto. O filho toma banho meia hora depois. Usa uma camisa polo preta e tentou, sem sucesso, arrumar os cabelos. O pai se levanta do sofá.

— O Henrique vem?

— Numa próxima.

Caminham lado a lado, enquanto o pai pensa no que a psicóloga da escola dissera. Apoio, apoio, apoio: o pai não podia se tornar um inimigo. Isso há tanto tempo, mas apoio nunca seria demais.

— Eu gosto do Henrique, viu? — o pai entra no carro. — Ele podia vir.

— Eu sei, pai — o filho mal bate a porta e liga o rádio. — Eu sei.

30.
A metade do caminho

25/07

Tu te lembra daquela vez que tu teve febre por uma semana? E tua mãe tinha que trabalhar (na época que teus pais tavam separados), daí ela te deixava lá em casa no final da tarde. E quando tu voltou pra aula, tu achava que todo mundo já tava em outra série.

Penso nisso quando me lembro de como as coisas demoravam pra passar quando a gente era menor. Quando eu e tu (às vezes o Guto) esperávamos pra passar Pokémon na televisão. E a gente não tinha sono, a gente tinha tanto tempo, eu me sentia tão entediado. Agora, eu procuro qualquer coisa o que fazer o tempo todo tipo agora, mas só porque o que tenho pra fazer não são as coisas tão idiotas que quero fazer. Queria poder falar disso pra alguém (alguém que fosse responder (no caso)). Alguém me disse uma vez que a ideia de que o tempo passa mais rápido quando a gente envelhece faz sentido. Quando tu é um recém-nascido-chorão-come-e-dorme, trezentos e sessenta e cinco dias são um ano da tua vida. Quando tu faz o segundo aniversário, um ano é cinquenta por cento da tua vida. Quando tu chega aos oitenta, um ano é tipo... 1/80 da tua vida(?).

(Porque escrever isso tudo foi muito rápido (mas tu tá fodido tem quase um ano). E cada dia que tu tá mal passa muito mais rápido que os dias em que tu tava bem. E um dia eu vou ter oitenta anos e vou dizer que tu participou da maior parte da minha vida (porque tu vai continuar apagado até lá).)

Faz sentido.

p.s. 1/80 é 0,0125. Dá 1,25%.

p.s.2 eu realmente podia parar de escrever por aqui.

p.s.3 leio o que o Dante mandou. Falou de muita coisa, falou que tinha visto a Scila esses tempos, falou da mãe que morreu, fez uma piadinha sobre um filme em preto e branco que achava que eu deveria ver, falou (meio (bem) bêbado) que vai embora, falou que tem festa de despedida (posso levar a Scila?), falou que se sentia enjoado, falou que queria muito ter conversado comigo esses tempos. Tento ligar de volta e ele não atende.

p.s.4 me irrita um pouco que às vezes a gente pareça um casal.

p.s.5 uma vez, quando dormi na casa dele, e antes de apagar as luzes, ele comentou Tô lendo um livro bem massa. Ah é? Ele tinha apagado a luz e voltava pra cama, Hein, tem uma cena em que esse cara fala pra essa mulher que amor é dormir junto. (Se o trem estivesse funcionando, se um táxi não fosse sair caro, se minha mãe não acordasse de susto porque cheguei, eu teria ido embora.) Tu concorda?, ele perguntou. Acho que sim, eu disse. Ele se deitou na cama de barriga pra cima. Fiquei do lado dele, numa vibe meio tentando encostar cada milímetro das costas e dos ombros no colchão. Ficamos olhando o teto (ou pelo menos eu acho que era pro teto que ele tava olhando (já comentei o quão bem o Dane cheira pós-banho?)). Mas eu não te amo, eu disse (porque a gente nunca falou de amor (porque falar de amor é pedir pra conversa virar uma discussão que vai dar sono, é coisa de guria, não tem uma resposta pra essas coisas (porque amor é amor e pronto (e eu nunca achei que fosse discutir amor com um cara)))). Soava estranho dizer Eu não te amo pro Dane, como se eu precisasse dizer isso, como se não fosse óbvio.

(Isso foi antes de eu terminar com a Manu, umas três semanas atrás (acho) (da Manu terminar comigo, quer dizer).)

p.s.6 nessa hora, o Dane ficou todo Hein, não disse que se aplicava à gente. Eu ri (era a única coisa a fazer). Ele riu, Eu não amo todo mundo com quem eu transo. Inspirei e expirei (técnica dos segundos aquela). Acho que vou dormir, e me ajeitei de lado. Ele me abraçou, Boa noite.

p.s.7 e aquilo também me faz querer levantar e ir embora (se eu soubesse o caminho do trem (a pé), se eu não fosse perder tanto tempo pro trabalho, se eu não estivesse cansado (de verdade), eu teria ido embora). Ele fazia carinho no meu ombro, Dormiu, hein? Sim. A gente riu. Acho que a gente é a exceção pra um monte de coisa, né? Pra regra do love and sleep, pra— É, pra tudo. A gente riu mais um pouco.

p.s.8 (não sei se falei (ou só pensei) isso) Amor é andar de mãos dadas, meu velho. Mãos dadas é a coisa mais ridícula que um casal pode fazer. Cachorro e dono. Não é prático, alguém puxa prum lado, tem um ritmo estranho de caminhar. Isso é amor. Amor é pouco prático, desconfortável (mas tu não quer soltar). Porra.

Ele me deu um beijo na nuca, Vamos dormir (não sei se ele respondeu (ou se só disse isso mesmo (meio vou-

-dizer-qualquer-coisa-pra-que-a-gente-possa-dormir-de--boa))). Ele é tão mais alto que eu e tão mais como um homem deveria ser que eu. E é viado (com i). Isso deve quebrar alguma regra de algum lugar.

p.s.9 eu e a Manu andávamos de mãos dadas. Até no verão no calor de uma praia meio bosta. E a gente tropeçava. E ela andava devagar, e eu arrastava ela que nem esses cachorros que odeiam banho.

p.s.10 de uma certa forma, um relacionamento são duas pessoas que se recusam a desistir uma da outra. Duas pessoas igualmente ferradas, claro.

p.s.11 penso em ligar pra Manu, mas não vai dar em nada.

26/07

Tento ligar pra Manu, a mãe dela insiste que ela (ainda?) tá viajando. Mando um sms pra Scila, sem resposta.

p.s. quero ver o Rafinha, mas ele tá todo não-porque-agora-que-eu-voltei-com-a-Thaís.

p.s.2 tento ligar pro Dane, que pede pra gente se ver (ele pede pra me encontrar perto do trabalho dele (o que é uma merda porque a Padre Chagas é cara pra caralho, além de ser longe e eu precisar pegar uns dois ônibus do posto até lá (podia ser no centro, que é meio de caminho))).

p.s.3 mas (claro, óbvio) tudo bem.

p.s.4 hoje todos os meus amigos tão em coma.

26/07

Acho que foi com o Dante até. Vi um desses programas vamos-investigar-as-falhas-desse-filme-olha-essa-cena-que-não-faz-sentido-coisa-e-tal. E falava daqueles (todos) filmes de ação com personagens que atiram com uma arma em cada mão (Tem uma cena clássica de Matrix com isso (também vi Matrix com ele (que falha na minha formação não ter visto Matrix))). Aliás, vários filmes desses de guerra e tal, o personagem mais foda é o cara que usa umas vinte armas por braço. E o programa falava um troço que nunca me ocorreu: as pessoas *erram mais* com uma arma por mão. O cara com uma metralhadora só acerta mais que o cara com uma em cada mão.

p.s. por causa daquele troço que a arma faz quando termina o tiro que meio que volta uma energia pro braço (sabe?). Daí não importava quão treinado o cara testado fosse, quando ele atirava com uma arma em cada mão, ele errava, algo com desequilíbrio.

p.s.2 uns índices absurdos.

p.s.3 a conclusão era que um personagem que usasse essa técnica provavelmente tomaria uns tiros bem fácil, além de acertar menos.

p.s.4 (mesmo com o dobro de chances).

p.s.5 por mais que eu esteja sem a Manu, ainda me sinto como uma pessoa que atira com duas armas, errando tudo o que é coisa.

p.s.6 atiro torto, e ainda acho que tô sendo o mais foda.

27/07

Essa vai ser a última coisa que escrevo. E sei que parece um filme desses que dá merda no final, daí é A Última Despedida no filme A Última Tal Coisa.

Até porque cada livro tem uma última página. Toda novela tem um último capítulo. E aceitar que nenhuma dessas pessoas vai estar perto de ti de novo racha tua cara que nem uma pedra que atravessa o vidro da janela. Um buraco, daí os cacos em torno do buraco, as rachaduras, o eco de uma ausência. Em algum momento, a fita VHS para. Sempre chega naquele troço colorido que faz piii, e depois o chiado do que acabou. Som chiado, cores chiadas.

Essas merdas têm que acabar também.

O bar que o Dante escolhe é um desses bares da moda que têm tema de trevos e tudo escrito em inglês. Tem um cheiro de cerveja e de madeira, com cadeiras meio rústicas, então as únicas cores do universo são tons meio marrons ou verdes.

Ele pede pro garçom duas dessas cervejas pretas (e caras) que ele tanto gosta. Me viro pro garçom, Só uma tá bom. O Dante nem olha pro cara, Eu tô pagando, pode trazer duas. Fiquei olhando pra ele. (Não sei conversar com o Dante (Não sei dizer pra ele que meu melhor amigo em coma provavelmente vai ter que passar por mais uma cirurgia (e que já nos deram a bela fábula de Se preparar pro pior).) Não sei dizer que minha namorada está (insira-aqui-uma-descrição-de-como-a--Manu-está) porque (insira-aqui-explicação-de-por-que--minha-namorada-me-abomina). Fazia tanto tempo que eu não falava com ele.) A gente tanto não sabe conversar que começa com E aí, como é que tu tá? Tudo bem, tudo bem (ele não me cobra das ligações (ou das mensagens) (odeio fazer essa conversa lenga-lenga, prefiro os aliens e explosões e o significado e o céu (daí eu fico muito ruim perguntando das aulas ou do clima))). Pergunto da faculdade (férias), ele pergunta da minha (férias), pergunto do estágio (ofereceram efetivar ele assim que ele voltasse de viagem (ele se riu todo ao dizer que tinham chamado ele de funcionário-ambivalente-que-não-trabalha-só-no--design-e-que-consegue-inovar-e-pensar-holisticamente)). Porque falava da mudança de decoração da agência, ele me conta uma história sobre como quando ele era pequeno, ele tinha medo de "cair pra dentro" de um vaso da casa porque tinha visto Jeannie é um Gênio (uma vez) e morria de medo. Nós dois rimos por educação. Ele agradece o garçom pela cerveja. Não brindamos e ele começa com Escuta, falando em agência, essa é minha última semana. Mesmo? Mas não iam te efetivar? Ele bebe um gole de cerveja, Cara, eu vou pra França no dia trinta.

Sério?

Te mandei uma mensagem sobre a festa de despedida. Hein, por isso que queria te ver. Tento tomar mais da minha cerveja, Meu velho, tinha esquecido, esses últimos dias andam foda (Tá foda pra mim, foda tipo realmente-foda. Acho a coisa mais fraca-chorona-idiota--sem-noção possível de dizer é que algo tá foda. Mas tá foda.) Ele sorri, Foi foda pra mim também essa semana. Olho pros quadros descolados e modernos, que nem o Dante, do restaurante-bar enquanto ele olha o cardápio. Tento soar interessado, Tu vai entrar no Facebook pelo menos, né? Ele fala com o cardápio na frente da cara, Escuta, Henrique, eu vim aqui pra me despedir de ti. Olho o quadro de umas fotos de um duende verde sentado numas moedas Eu entendi isso. Não, ele diz, tu já ouviu Song to say goodbye?

Oi?

A gente não ia dar certo, hein. Mas a gente não é nada. Ele pega um guardanapo e seca a boca Por isso mesmo (é muito poético como o gosto forte e amargo da cerveja preta tinha se prendido na minha garganta (me dá vontade de vomitar bem nessa hora e isso também é quase-poético)).

(Ele falar em inglês faz eu me sentir um desses soldados no front de guerra tentando decodificar algo que vem de qualquer pessoa que manda em mim e sabe mais que eu e é menos dispensável que eu. Só que meu rádio (porque eu tô no front) fica pegando o sinal errado das mensagens do inimigo russo (porque a qualidade do meu rádio é uma bosta (e tudo dá errado com meu rádio (e no resto))).)

Ele chamou o garçom, pediu outra cerveja e uma Coca-Cola.

A Manu terminou comigo, eu digo. Ele fica bebendo, quase chegando na metade da cerveja.

Tell me: eu namorei enquanto a gente tava junto, hein? (Penso em corrigir o A gente tava junto (afinal a gente não tava), mas não vem ao caso.) Não sei, eu digo, acho que não.

(Quando o refrigerante chega, ele empurra o copo pra mim. Começo a beber a Coca-Cola (por causa do gosto amargo (e o enjoo e tal)).)

Ele olha pro copo meio-vazio dele, Eu fiquei com mais alguém além de ti? Desculpa, mas eu sou obrigado a saber disso? Ele ergue o copo no ar num brinde imaginário, Se tu não é obrigado a saber isso, por que eu sou obrigado a saber da Manu? Eu ouço as tuas coisas.

Eu falo mais, ele fala mais. A coisa vai ladeira abaixo. Digo que egoísta é ele de querer marcar uma reunião só pra me xingar, ele diz que eu não entendi porra nenhuma. Digo que ele só entende pessoas que pensavam igual a ele, e ele diz que pelo menos ele não pensava só nele. Ele diz que alguém precisa falar pra mim que eu era tão autocentrado que não me ligo que, já que meu melhor amigo morreu, eu deveria quem sabe arrumar outros amigos. Ele não morreu, digo. Eu falo mais, ele fala mais. A coisa vai ladeira abaixo. O Dante diz que eu falo com fantasmas porque tenho uma mentalidade egoísta e provinciana, e portanto (portanto (ui ui ui) eu sou o Senhor Dante Nome Italiano e Palavras Difíceis) não quero mudar pra me relacionar com pessoas diferentes. Eu mando ele trocar o disco, ele me manda trocar o disco. Eu falo mais, ele fala mais. A coisa vai ladeira abaixo.

Paro.

Tomo a Coca-Cola (bolhas enchendo a boca (segurei um arroto)).

Henrique, hein, vou fazer um teste, ele diz. Ele diz (bem devagar) Eu não sei o que acontece na tua cabeça, nunca, ele diz. Ainda fala pausadamente (eu era (além de provinciano) uma criança) Tu existe só pra ti e dentro da tua cabeça. Tu entendeu essa meia dúzia de palavras?

Digo que sim. Ele diz que duvidava. Eu falo mais, ele fala mais. A coisa toda já se enterrou no chão (eu imagino uma cratera, tipo um meteoro (e a Coisa Toda lá no fundo por causa do impacto (um buraco exclusivo para a coisa)) porque chegou com tanta força e rapidez no chão). Ele diz que eu preciso amadurecer e (ele não sorriu ao falar) me entender mais, em especial sexualmente. Ele diz que eu pareço aquelas crianças que odeiam chocolate, daí chega um bolo de chocolate, daí a criança prova e fica toda preciso-provar-um-pouquinho-mais-só-pra-ter-certeza. Daí, ele diz, tu serve uma fatia nova pra ti e deixa a pessoa comer o chocolate.

Ele termina a segunda cerveja (eu terminava minha Coca-Cola) e diz que vai embora. A gente ainda tem coisa pra falar, digo. Olha tu sendo a criança do chocolate de novo, ele diz. Paga a conta.

p.s. até porque quem o Dante acha que é? (quem ele acha que eu sou, aliás?).

p.s.2 o exemplo da fita VHS pode não fazer sentido quando tu acordar.

p.s.3 dicionário Aurélio disse que holisticamente é De forma holística; como um todo.

p.s.4 ou seja, deu. Não por causa do Dante, não tem nada a ver com o Dante, não tem nada a ver com ele insistir que nunca sabe no que eu penso. Não tem nada a ver com qualquer coisa. É só que cada vez que escrevo (no trem, no trabalho), quero rasgar tudo. Eu não escrevi nada de bonito, nada de bom, embora eu só quisesse escrever o que acontecia.

p.s.5 e talvez (bem provavelmente (na opinião dos médicos)) tu não vá ler isso.

p.s.6 eu não quero chegar pro meu melhor amigo e dar um relato das merdas que aconteceram enquanto ele tava de coma. Não serve pra nada.

p.s.7 e quem o Dante acha que é?

p.s.8 ele acha mesmo que eu sou provinciano que quer ficar em Canoas? Ele acha mesmo que meu grande objetivo de vida é, sei lá, continuar canoense, tendo uma lojinha, criar filhos canoenses? Numa cidade que fede a xis?

p.s.9 (pensando bem, eu mereço tudo o que tem me acontecido (o Dante surtar que nem uma bicha louca, a Manu me mandar à merda). Eu não sou esse tipo de pessoa que causa paixão ou amor. Não sou. Não imagino uma adolescente voltando da escola e pensando em mim, no meu cabelo, ou na minha personalidade surpreendente (eu não imagino uma guria sendo atendida no posto e pensando Vou pegar aquele gostoso). Eu sou a pessoa-que-sobra-e-bom-já-que-estamos-aqui-mesmo-né (não que seja ruim (mas não apaixona)).)

p.s.10 eu me vejo como um bom marido, desses que buscam os filhos na escola e fazem café. Um bom pai no futuro. Mas uma daquelas pessoas da base da Pirâmide das Pessoas Apaixonantes.

p.s.11 o Dante fala que eu não conheço ele, mas ele me conhece menos que um personagem de um programa de televisão modernoso idiota desses que ele assiste.

p.s.12 ele se acha tão melhor porque fala outros idiomas, vai pra França, tem um carro e vê filmes legendados. Ele não entende que eu também quero ir embora. Eu também tenho a cabeça aberta. Ele não entende que eu não vou ser um provinciano (gostei da palavra (não pra falar de mim)) babaca aqui.

p.s.13 ele não entende que Canoas é pra mim exatamente o que ela é pra linha do trem. Só a metade do caminho.

31.
Só papel

O bipe do próximo cliente já tocou. Fábio força o sorriso de quem é concursado mas só queria ficar em casa vendo documentários esquisitos sobre sereias. O bipe do telão chama o próximo número.

Um idiota levanta a mão e começa a caminhar em direção ao guichê. Carrega uma mochila num braço, uma sacola no outro, uma caixa com as duas mãos. Ainda antes de chegar ao balcão, esbarra em um banner da nova campanha de selos de 2012. Tosse alto e deixa alguns pingos de baba cair no balcão. Entrega a caixa de arquivo de papelão diretamente para as mãos de Fábio.

— Tem ali o endereço — ele estica um papel rabiscado.

— Boa tarde. — Fábio força outro sorriso por falta de janelas das quais se jogar. — Tem algum método de envio que você prefira?

— Desde que chegue.

Fabio confere o papel com o endereço.

— Aqui é um zero ou um seis?

— Zero.

— Lyon, é isso?

— É.

Fábio pesa a caixa. Enquanto completa informações para a impressão do código de barras, ouve:

— São cadernos, só cadernos — o idiota olha para a caixa e aperta as mãos. — Só papel.

Agradecimentos, notas e toda essa enrolação

Roubei ideias de tanta gente que não lembro o que veio de quem. Por ideias, expressões que soavam espertinhas e tudo o mais, agradeço aos amigos, bêbados soltos de botecos e amigos de uma noite. Por conhecer este livro melhor do que eu, agradeço a Arthur, Carolina, Henrique e Leandro. Por serem estes seres adoráveis que só se preocupam com a vendagem dos livros e seus lucros inestimáveis, agradeço a Marcelo Ferroni e a Marianna Soares. Pelo apoio, agradeço aos amigos, à família, ao povo do Feministas Amigxs. Espero que alguns professores saibam se incluir no "amigos". Por tudo, agradeço à minha mãe e a Mariana Ferreira.

O filme das partes que não encaixam é *O mundo de Leland* (*The United States of Leland*, 2003). O livro bem massa do Dante é *A insustentável leveza do ser*, de Milan Kundera.

Canoas, Porto Alegre e Cidade do México
— inverno de 2012 até outono de 2014.

1ª EDIÇÃO [2014] 1 reimpressão

ESTA OBRA FOI COMPOSTA PELA ABREU'S SYSTEM EM ADOBE GARAMOND E IMPRESSA EM OFSETE PELA GRÁFICA BARTIRA SOBRE PAPEL PÓLEN SOFT DA SUZANO S.A. PARA A EDITORA SCHWARCZ EM SETEMBRO DE 2020

FSC
www.fsc.org
MISTO
Papel produzido a partir de fontes responsáveis
FSC® C105484

A marca FSC® é a garantia de que a madeira utilizada na fabricação do papel deste livro provém de florestas que foram gerenciadas de maneira ambientalmente correta, socialmente justa e economicamente viável, além de outras fontes de origem controlada.